KB058284

삶이 흔들릴 때
아들러 심리학

삶이 흔들릴 때
아들러 심리학

알프레드 아들러 지음 | 유진상 옮김

ALFRED ADLER

위기를 기회로 만드는
"미루지 않을 용기"

인생을 두 배로 살기 위한
마음공부 10가지

스타북스

용기로부터 시작되는 마음의 행로

삶을 바꾸는 아들러 심리학

사람에게는 용기가 있고 없음에 따라 삶은 송두리째 바뀐다. 그렇지만 용기라는 것이 "난 오늘부터 용기 있는 사람이 될 거야"라고 다짐한다고 해서 쉽게 갖게 되는 힘이 아니라는 것이다. 자신의 삶을 제대로 살도록 해주는 용기, 주체적이고 독립적으로 살도록 하는 용기, 자유롭게 인생을 살 수 있도록 이끄는 용기는 어떻게 사람의 내면에 단단히 자리를 잡게 되는 것일까.

누군가 유익한 자리에 서도록 용기를 갖게 하기 위해서는 진실을 바로 볼 수 있도록 이끌어 주고, 잘못된 방식을 고집하지 않도록 제지하는 데 성공해야만 한다. 아들러 심리학이 우리에게 용기를 주고 그것을 자기화하는 데 큰 도움을 줄 수 있는 까닭은, 세상을 살아가는 모든 사람들이 자신의 의지대로 주체적이고 행복하게 살아가는 방법을 탐구하는 것이 바로 아들러 자신의 문제였기 때문이다. 아들러는 그 문제를 '머리'로써가 아니라 '가슴'으로써 이해했다.

그래서 아들러는 정상인과 비정상인 사이에 특별한 구분을 짓지 않았다. 문제나 범죄를 저지른 사람들을 대하며 그들에게서 일부러 결점을 찾아내거나 비난하려 들지도 않았다. 아들러는 그저 진실 된 마음으로 '어떻게 이 사람을 이해할 것인가' '어떻게 그 사람이 자기 자신을 이해하도록 도울 것인가'를 고민하고, 어려움을 겪는 모든 사람들이 그 문제를 극복하고 용기 있게 자신의 삶을 살 수 있도록 돕고자 했다.

개인심리학을 창시한 아들러

개인이 어떤 어려움을 겪으면서 그 어려움을 이해해 주는 사람을 만나지 못하거나 그 어려움을 해결할 방법을 찾아 내지 못하면, 그는 자살이라는 극단적인 방법을 선택을 하기도 한다. 또한 그 원망과 분노를 아무상관없는 타인에게 돌리고 폭행이나 살인도 심심치 않게 벌인다.

아들러는 자기 삶의 어려움을 극복해 내고 건강한 삶을 살기 위해 온전히 감당해 내야 하는 사람은 분명 그에 해당하는 개인이지만, 그 과정에서 주변의 도움이 없다면 개인적 문제는 결코 해결되지 못한다는 사실을 인식했다.

환경은 사람에게 거의 모든 분야에서 영향을 미친다. 따라서 환경은 결국 인간 스스로 자기 인생을 책임지고 바로 서야 하지만 연약한 어린 아이에게까지 독립된 삶을 요구할 수는 없는 법이다.

사회적 존재인 인간이 개인적 어려움을 극복하지 못한 채 어른이 되어 일을 하고 결혼을 하고 아이를 낳았을 때, 그 문제를 주변이나 자식에게 유전시키는 악순환을 끊기 위해 아들러는 많은 노력을 기울이고 연구했다. 그러면서 아들러는 자신을 사랑하는 사람만이 타인을 사랑할 수 있다는 진리를 깨달았다.

자신을 사랑해야 타인도 사랑한다

자신의 괴로움과 불편한 상황에 힘들어하는 사람은 오로지 자기의 문제에만 집착하여 주위를 돌아보지 못하는 협소하고 이기적인 사람이 되고 만다. 하지만 자신을 이해하고 포용하고 사랑하게 된 사람은 주변을 이해하고 돌보고 사랑하는 힘을 갖게 된다.

그것은 용기로부터 시작되는 일이다. 자신을 믿는 용기, 자신을 믿고 한 발자국씩 떼어 가는 용기, 절대로 포기하지 않는 용기. 그렇게 한 개인은 사회적 인간으로 확장되어 나간다. 용기가 있는 사람은 자신의 삶을 변화시키고 주변을 변화시키고 세상을 변화시키는 내면의 힘을 얻는다. 이 일의 성공에는 사회적 도움이 반드시 필요하다.

　어린아이가 용기 있고 성숙한 어른으로 자라나는 데는 부모, 교사, 사회가 골고루 도움을 줄 수 있어야 한다. 그 가운데 자기중심이 없고 미성숙한 부모 밑에 태어난 아이에게는 특히 교사나 사회의 관심이 더욱 절실하다. 그래서 아들러는 교사나 의사의 역할을 강조했다. 아들러는 그들이 자기 전공 분야 이외에도 관심을 갖고 다방면에 걸쳐 지식을 습득하여 추론 기술을 습득해야 한다고 요구했다.

　아들러가 자신이 주창한 개인심리학에서 중요하게 생각한 부분도 과학적 경험과 지식을 바탕으로 삶에 적응하지 못하는 사람들에게 새로운 목표와 그 목표를 이룰 수 있는 방법을 제시하고, 한 인간이 자기 자신을 비롯하여 타인을 돕는 일이었다. 따라서 아들러는 모든 인간이 보다 행복한 삶을 살도록 실제적인 도움을 주기 위해 평생에 걸쳐 연구하고 실험한 심리학자다.

지금 우리가 겪고 있는 고통과 혼란이 이어지는 불확실한 시대에 세계가 주목하는 아들러 심리학이 다시 시작하는 용기를 가져다주는 소중한 기회가 되기를 간절히 바란다.

인왕산 카페에서

옮긴이

CHAPTER 1

경험은
인생을
만든다

:: 삶과 경험

어떠한 인간도 의미 없이는 살아갈 수 없다. 우리는

항상 우리가 부여한 의미를 통해서 현실을 경험한다.

객관적인 현실 자체가 아니라 해석된 무엇으로써

경험하는 것이다. 그러므로 이 의미란 언제나

미완성의 것, 불완전한 것, 아니 오히려 결코 완전할

수 없다고 생각하는 게 당연하다. 수많은 의미로

가득 찬 세계는 과실로 가득 찬 세계와 같다.

인생을 살아가는
세 가지 문제

사람들은 수많은 의미의 영역 속에 살고 있다. 따라서 우리의 경험은 결코 순수한 사실이 아니라 언제나 인간에게 이익이 되는 범위 안에 있다. 우리의 경험부터도 그 근원은 이미 인간적인 목적으로 규정되어 있다.

만약 어떤 사람이 여러 가지 의미로부터 도망쳐 사실에만 전념하려고 한다면 그 사람은 매우 불행해지고 만다. 그 사람은 자신을 다른 이들로부터 고립시켜 버릴 것이다. 그의 행동은 자기 자신은 물론 다른 이들에게도 무익한 일이 되어 버릴 게 분명하다.

어떠한 인간도 의미 없이는 살아갈 수 없다. 우리는 항상 우리가 부여한 의미를 통해서 현실을 경험한다. 객관적인 현실 자체가 아니라 해석된 무엇으로써 경험하는 것이다.

그러므로 이 의미란 언제나 미완성의 것, 불완전한 것, 아니 오히려 결코 완전할 수 없다고 생각하는 게 당연하다. 수많은 의미로 가득 찬 세계는 과실로 가득 찬 세계와 같다.

우리가 "인생의 의미란 무엇입니까?" 하고 물어볼 때 선뜻 대답할 수 있는 사람은 별로 없을 것이다. 사람들은 이 문제로 수없이 고민하기도 하지만 쉽게 답을 얻지 못한다. 이 질문은 인간의 역사만큼이나 오래되었다. 오늘날에도 많은 사람들이 "인생에는 도대체 어떤 의미가 있는 것일까?" 하는 의문을 가진다. 대부분의 사람들은 일종의 패배감을 맛보았을 때에 주로 그런 질문을 던진다.

사람이 그 질문에 대답하는 방법은 자신의 행동을 통해서다. 어떤 사람이 하는 말에 대해 귀를 막고 그의 행동만을 관찰한다면 우리는 그가 자기 자신만의 고유하고 개인적인 인생의 의미를 갖고 있음을 알게 된다. 또한 그가 하는 모든 행동과 표현 방식, 야심, 습관, 성격의 특징 하나하나가 인생의 의미와 합치된다는 사실도 알 수 있다.

그의 모든 행동의 밑바닥에는 세계 및 자기 자신에 대한 일정한 암묵적 평가, 다시 말해서 '나는 이러이러한 사람이고 세계는 이러이러하다'라는 판단이 있다. 또한 그가 자신과 인생에 부여한 의미가 놓여 있다. 삶의 의미는 개개인에 따라 약간의 차이를 갖는데 그중 절대적인 인생의 의미를 갖고 있는 사람은 한 명도 없다. 또 어떤 것은 도움이 되고, 어떤 것은 절대적으로 틀리다고 단정 지을 수 있는 의미도 없다. 모든 의미는 이 두 극한 사이에 놓여 있다.

그렇지만 우리는 이런 수많은 의미 속에서 좋은 대답과 그렇지 않은 대답을 구별할 수 있다. 나쁨의 정도는 여러 층위가 있을 테지만, 우리가 공유할 수 있는 보다 좋은 의미란 무엇이고 나쁜 의미가 갖고 있는 결함이란 대체 무엇일까?

그에 대해 알아봄으로써 우리는 과학적인 인생의 의미, 진정한 의미의 공통 척도, 인간과 관련된 모든 현실에 직면할 수 있을 것이다. '인류의 목표와 목적에 있어서의 진정한 의미'와 상치되는 진리는 존재하지 않는다.

모든 인간은 세 개의 관계를 갖고 있는데 인간이 직면하는 모든 문제는 이들 관계의 방향에 있다. 사람들은 항상 관계에 대해 고려해야 하는데 관계가 사람들의 현실을 만들어 내기 때문이다. 인간에게는 항상 관계의 문제가 제기되기 때문에 그에 대해 대답해 가면서 살게 되고, 이에 대한 대답은 인생의 의미에 관한 개개인의 관념을 보여 준다.

세 가지 관계 중에서 가장 근본은 우리가 지구라는 혹성 위에 살고 있다는 사실이다.

우리는 이 삶의 터전이 제시하는 여러 가지 제약과 가능성 아래서 발전해 나가야만 한다. 또 지구상에서 육체적이고 정신적인 개개인의 생활을 계속하면서 인류의 미래를 확실한 방향으로 나아갈 수 있도록 하지 않으면 안 된다. 어느 누구도 이 문제를 회피할 수는 없다. 모든 대답은 우리가 인류에 속해 있다는 사실, 인간은 이 지구에 살고 있는 동물이라는 사실에 의해서 규정되지 않으면 안 된다.

인간은 약한 육체를 갖고 있으며 불확실한 환경 속에 놓여 있다. 따라서 자신의 생명 및 인류의 복지를 위해서 우리의 행동을 확실한 기반 위에 두고 시야를 더 넓혀야 한다. 우리는 해답을 구하기 위해 노력해야만 하며 조직적으로 이용 가능한 모든 수단을 활용해서 노력을 기울여야만 한다. 단번에 영원히 확정될 수 있는 완벽한 해답을 발견하지는 못할 테지만 그럼에도 불구하고 가능한 한 가장 좋은 해답에 도달할 수 있도록 전력을 기울여야 한다. 이때의 모든 해답은 우리가 지구라는 이 작은 혹성의 표면에서 갖는 온갖 장단점과 함께 뒤얽혀 있다는 사실에 단적으로 적응할 수 있는 것이어야 한다.

이제 두 번째 관계에 대해 생각해 보자. 우리 주위에는 다른 사람들이 살고 있으며 우리는 인류와의 관계 속에서 살아간다. 개개의 인간은 그 자신이 갖고 있는 약점과 불완전성, 한계로 인해 자기의 목표를 혼자서 달성할 수 없다. 그는 자신의 생명을 유지하는 일조차 불가능하고 그러면 인류의 생명을 지속시켜 가지도 못하게 된다.

개인의 행복을 위해 또 인류의 행복을 위해 할 수 있는 최대의 노력은 사람들 사이의 교제다. 인생의 모든 문제에 대한 모든 해답은 우리가 사람들과 더불어 살아가야만 한다는 점을 고려한 것이어야 한다. 만약 우리가 살아남으려 한다면 우리의 감정조차도 그 어떤 과제나 목표 중에서 가장 중요한 문제에 호응하는 것이어야 한다.

세 번째로 직면하게 되는 것은 이성 간의 관계다. 개체와 공동체의 생명 유지라는 목적을 위해서는 이 사실이 고려되지 않으면 안 된다. 사랑과 결혼의 문제는 세 번째의 관계에 속한다. 어떤 남자나 여자든 이 문제에 대해 해답을 내리지 않을 수 없다.

모든 사람이 갖고 있는 세 가지 관계는 세 가지 문제를 제기한다. 즉, 이 지구의 특성이 주는 모든 제약 아래서 우리가 계속 살아갈 수 있도록 해 주는 직업을 어떻게 발견할 것인가 하는 점이 첫 번째다.

두 번째로 우리가 주위 사람들과 협력하고 그 협동의 대가를 함께 누리기 위해서 어떤 식으로 관계를 맺어 나가야 하는가의 문제가 있다.

마지막으로 인간이 남자와 여자라고 하는 다른 두 성으로 살아가면서 인류의 미래와 존속이 우리의 성생활에 의존하고 있다는 사실에 자기 자신을 어떻게 적응시키는가 하는 문제다.

개인심리학의 견지에서는 이들 세 개의 중요한 문제 가운데에서 이것들과 아무런 관련이 없는 문제는 없다고 본다. 그리고 각 사람들은 직업, 친구, 성이라는 세 가지 문제에 대응함으로써 인생의 의미에 관한 자기 내부로부터의 확신을 반드시 얻게 된다.

예를 들어 자신의 성생활에 만족하지 않고, 직업에도 충실하지 않으며 친구도 거의 없고, 동료와의 접촉을 고통스럽게 생각하는 사람을 관찰해 보기로 하자. 그의 생활 중에 생기는 여러 한계와 제약으로 인해 우리는 그가 살아가는 일이 어렵고 위험스러우며 좋은 기회는 거의 주어지지 않고 도처에 위험만 도사리고 있다고 생각한다는 결론을 내릴 수 있다.

그의 좁은 활동 영역은 다음과 같은 판단에 의한 것이라고 해석될 수 있다. '인생이란 상처받지 않도록 자기의 몸을 보호하는 일'이라고 하는 판단이다.

한편 성생활이 친밀하고 다양한 협동 관계 속에 있어 친구도 많고 동료와의 접촉도 폭넓으며, 유익한 직업을 갖고 있는 사람을 한번 관찰해 보자. 이런 사람은 인생은 창조적인 과제로써 많은 유익한 기회를 제공하며 회복 불가능한 패배를 맛보게 하는 것은 결코 아니라고 느끼고 있음을 알 수 있다.

인생의 모든 문제를 대하는 그의 생각은 다음과 같은 확신에 차 있으리라. '인생이란 동료들에게 관심을 갖고 전체의 일부가 되는 것이며, 인류의 복리에 가능한 한 공헌하는 것'이라는 확신이다.

여기에서 우리는 모든 '잘못된' 인생의 의미 및 모든 '참된' 인생의 의미를 측정해 보는 공통 척도를 갖게 된다.

신경증 환자와 정신장애인, 범죄자, 알코올중독자, 문제아, 자살자, 성도착자, 매춘부 등 모든 실패자는 동료 의식과 사회적 관심이 결여되어 있기 때문에 실패한 것이다. 그들은 직업이나 우정 또는 성생활이라는 과제에 있어서 연대적인 공통 노력에 의해 해결 가능하다는 확신이 거의 없다.

그들이 인생에 부여하는 의미는 개인적이다. 그러므로 그들이 목표를 달성하더라도 그 자신 이외에는 아무도 이익을 받지 못한다. 그들이 성공하려고 노력하는 목표는 허구적인 개인의 우월감에 지나지 않으며, 그들의 승리는 그들 자신에 있어서만 의미가 있을 뿐이다.

어떤 살인자는 독이 들어 있는 병을 손에 쥐었을 때 뭔가 마음이 든든해지는 듯한 느낌이 들었다고 고백했다. 그런 말을 들으면 보통의 사람들은 살인자가 자기 자신밖에 안중에 없다는 생각을 하지 독이 든 병을 들고 있는 게 대단한 가치를 주는 일이라고는 생각하지 않을 것이다.

모든 사람은 의미를 구하려고 노력한다. 그런데 의미란 본질적으로 타인의 삶에 공헌할 수 있을 때 얻게 된다는 사실을 깨닫지 못한다면 잘못을 범하기가 쉽다. 어떤 작은 종파의 여성 지도자에 관한 다음과 같은 일화가 있다.

어느 날, 그녀는 신자들을 모아 놓고 다음 주 수요일에 세계의 종말이 올 거라고 알렸다. 그녀의 신봉자들은 매우 깊은 감명을 받고 자신들의 물건을 팔아서 세상의 모든 일로부터 손을 떼고 가슴을 졸이며 운명의 날이 오기만을 기다렸다. 정작 수요일에는 아무런 일도 일어나지 않았다. 목요일이 되자 신자들은 그녀의 해명을 듣기 위해 집회를 열었다.

"우리가 얼마나 곤혹스러워하고 있는지 보십시오. 우리는 이 세상의 확신을 모두 버렸습니다. 우리는 만나는 모든 사람에게 오는 수요일에 이 세상에 종말이 올 거라고 말했습니다. 사람들이 비웃었지만 우리는 추호도 의심하지 않고 계속 되풀이해서 이야기했습니다. 이 일을 의심할 나위 없는 권위자에게 들어 알게 된 거라고 말입니다. 하지만 수요일이 지나가 버렸는데도 이 세상은 아직 여기 이렇게 존재하고 있지 않습니까?"

그러자 예언자가 대답했다.

"내가 말한 수요일은 여러분들이 말하는 수요일이 아닙니다."

그런 식으로 그녀는 '사적인' 의미를 사용해서 격렬한 비난으로부터 자기를 보호할 수 있었다.

사적인 의미란 결코 시험될 수 없다. 참된 인생의 지표가 되는 모든 것은 공통의 의미일 때 가능하다. 그것들은 다른 사람들이 공유할 수 있으며 타당하다고 승인할 수 있는 의미다.

인생의 모든 문제에 대한 좋은 대답 가운데 하나는, 항상 타인에게도 그 길을 열어 놓고 있다는 점이다. 거기서 우리는 공통의 문제에 대한 답을 발견하기 때문이다.

따라서 어떤 사람의 생이 타인에 의해서 의미 있다고 승인될 때 그 사람은 천재라고 불릴 수 있다. 그와 같은 생에 의해 표현된 의미는 항상 '인생이란 전체에 공헌하는 것을 의미한다'는 점이다.

우리는 지금 공연한 동기에 대해 이야기하고 있는 게 아니다. 우리는 새로운 이론에 귀를 막고 단지 익숙해진 데에만 귀를 기울이려 한다. 인생의 모든 문제를 극복하는 데 성공한 사람은, 인생의 의미란 타인에 대해 관심을 기울이는 일이며 타인과 협동하는 데 있다는 점을 충분히 그리고 자발적으로 인식한 듯이 행동한다.

그가 하는 모든 일은 동료들의 관심에 의해 이끌려진 것처럼 보이며, 곤란한 일에 직면했을 때는 그 곤란함을 인류의 이익과 일치할 수 있는 수단에 의해서만 극복하는 것처럼 생각된다.

이는 아마도 많은 사람의 눈에 새로운 시점으로 비칠 것이다. 그들은 우리가 삶에서 느끼는 의미란 진정으로 타인을 위한 것이며, 타인에 대해 관심을 갖고 서로 협동하는 데 있다고 생각한다. 그렇다면 다음과 같은 질문이 가능할지도 모른다.

'그러면 도대체 개인은 어떻게 되는 것인가. 항상 타인을 염려하고 그들의 이익에만 자신의 모든 걸 바친다면 자기 자신의 개성이 상처 입는 것은 아닐까. 적어도 올바르게 발달해 가기 위해서는 자신의 일을 먼저 생각해야 하는 것 아닌가.'

이런 생각은, 나의 견해로는, 잘못되었으며 그런 생각으로 제기하는 문제는 그럴듯해 보이지만 결국 겉치레일 뿐이다. 어떤 사람이 인생에 의미를 부여하는 일에 공헌하기를 원하고 자기의 모든 감정이 이 목표로 향해진다면, 그는 그 공헌을 위해서 당연히 자기를 가장 좋은 상태에 두게 되어 있다.

그는 목표에 도달되도록 노력할 것이며 사회 감정을 고양하도록 자신을 훈련시키고 그 감정을 실천함으로써 점차로 몸에 익혀 나갈 것이다. 목표가 정해지기만 하면 곧 훈련이 동반된다. 그때 그는 인생에 놓인 세 가지 문제를 해결하기 위해서 준비하고 스스로의 능력을 발휘하기 시작할 것이다.

잘못된 인식 체계를
갖춘 이기주의자

사랑과 결혼에 대해 생각해 보자. 우리가 자신의 반려자에게 관심을 기울인다면, 또 상대방의 인생을 책임지고 풍요롭게 해 주고 싶어 한다면 우리는 당연히 그 일을 위해 자기 자신을 가장 좋은 상태로 만들려고 할 것이다.

만약 우리가 타인에게 공헌하려는 목표 없이 자신의 인격을 발전시키려 한다면 우리는 너무나 난폭하고 오만스럽고 불쾌한 사람이 되어 버릴 것이다.

공헌이야말로 참된 인생의 의미라고 추정할 수 있는 또 하나의 가설이 있다. 오늘날 우리가 조상으로부터 이어져 내려온 유산을 되돌아볼 때, 무엇을 볼 것인가.

그러한 유산들이 오늘날까지 계승되어 올 수 있었던 이유는 인간의 생활을 위해 이루어졌던 조상들의 공헌 덕분이었음을 알 수 있다. 우리는 경작된 토지와 철도, 건축물 등을 본다. 또한 전승되어 오는 철학적 체계와 자연과학, 예술, 우리들의 삶을 위한 모든 기술 속에서 조상들의 인생 경험으로부터 전해져 온 성과를 본다.

그러한 모든 성과는 인류의 복리를 위해서 공헌한 사람들에 의해 남겨진 것이다. 그러면 다른 사람들은 어떻게 된 것일까? 타인과 협력하려고 하지 않았던 사람들, 인생에 다른 의미를 부여한 사람들, '나는 나의 인생에서 무엇을 끄집어낼 수 있을까?'라는 생각밖에 없었던 사람들은 어떻게 된 것일까?

그들은 단순히 죽어 버렸다고 할 수 없다. 그들의 전 생애는 다만 무익하였다고 말할 수 있다. 우리 지구 자체가 그들을 향해 선포할 것이다.

"우리는 그대들을 필요로 하지 않는다. 그대는 지구의 인생에 적합하지 않다. 그대의 목적과 노력 그리고 그대가 중요하다고 생각하는 가치, 정신과 혼에 이르기까지 아무런 미래도 기약할 수 없다. 우리에겐 그대가 필요하지 않다. 떠나가라. 죽어서 사라져 버려라!"

협력이나 협동과는 거리가 먼 사람들에 대한 궁극적인 선고는 항상 "그대는 무익한 존재다. 아무도 그대를 필요로 하지 않는다. 떠나 버려라!"는 것이다.

현재 우리의 문화는 불완전하다. 결함을 발견한다면 우리는 그 상태를 변화시키지 않으면 안 된다. 그러나 그 변화는 항상 인간의 복리를 더욱 풍요롭게 하기 위한 방향이어야 한다. 이를 이해하는 사람, 즉 인생의 의미란 인류 전체에 관심을 갖는 데 있다는 사실을 알고 사회적 관심과 사랑을 확신시키려는 사람은 항상 존재해 왔다.

우리는 모든 종파들이 인류의 구원을 위해서 관심을 갖고 있음을 본다. 세계적인 위대한 정신적 운동을 통해서 인간은 사회적 관심을 높이기 위해 노력해 왔는데, 종교는 이런 방향에 있어서 가장 중요한 노력 가운데 하나다.

그럼에도 이제껏 종교는 잘못 해석되어 왔다. 만일 종교가 이 공통의 과제를 위해서 더욱 세밀한 주의를 기울이지 않는다면 종교가 이미 성취해 온 그 이상의 일을 할 수 있다고 생각할 수 없다. 개인심리학은 과학적인 방법으로도 똑같은 결론에 도달하며 과학적인 기술을 제공한다.

아마 과학은 다른 인간과 인류의 복리에 대한 사람들의 관심을 증대시킴으로써 정치적 혹은 종교적인 다른 모든 운동보다도 훨씬 더 쉽게 목표에 접근할 수 있을 것이다.

우리는 다른 방향에서 과제에 접근하지만 목적은 같다. 결국 그 목적은 타인에 대한 관심을 증대시키는 일이다. 우리가 인생에 부여한 의미는 우리 곁에 있는 수호천사 혹은 항상 붙어 다니는 악령과 같은 작용을 한다.

따라서 이런 의미가 어떻게 형성되어 있는지, 그 의미가 어떻게 서로 다른 점을 갖고 있는지, 그 의미들이 중대한 과오를 내포하고 있다면 어떻게 과오를 개선할 수 있는지를 이해하는 일이 가장 중요하다.

이는 생리학이나 생물학의 영역과는 완전히 다른 심리학의 영역이다. 여러 가지 의미와 그 의미들이 인간의 행동이나 인간의 운명에 주는 영향에 대해 이해함으로써 인간의 복리에 도움이 되려는 것이다.

우리는 대개 어린 시절부터 이미 인생의 의미를 찾으려는 모종의 움직임, 마치 어둠 속에서 무언가를 찾기 위해 손으로 더듬어 보는 듯한 모습을 관찰할 수 있다.

유아기 때에도 이미 자신을 에워싸고 있는 생활 전체에서 자기의 역할과 자기 자신의 가능성을 확인하려고 노력한다. 아이들은 다섯 살이 끝나갈 무렵부터 여러 가지 문제나 과제와 씨름하기 때문에 나름대로 논리 정연하고 확고한 하나의 행동규범과 독자적인 방식을 만들어 낸다.

그 아이는 세계나 자기 자신으로부터 무엇을 기대할 수 있는가에 대해서 지속적이고 지극히 깊숙하게 뿌리내린 관념을 이미 갖고 있다. 이때부터 아이는 세계를 하나의 확고한 통각統覺 체계를 통해서 보게 된다. 모든 경험은 그것들이 수용되기 전에 벌써 해석되고 있으며, 그 해석은 항상 인생에 주어진 근본적인 의미에 호응한다. 만약 이 의미가 중대한 잘못을 품고 있다고 해도, 또 우리에게 주어진 문제나 과제가 끊임없이 실패와 고통으로 이어진다고 해도 이 의미가 간단히 방치되는 일은 결코 없다.

인생의 의미가 처음부터 잘못 부여되었다면, 그 일이 바로잡히기 위해서는 그릇된 해석이 내려지게 된 계기를 다시 한 번 되짚어 보아야 한다. 그렇게 잘못된 부분이 인식되어 통각 체계가 정정됨으로써만 올바른 궤도로의 이행이 가능하다.

그런데 개인이 이처럼 통각 체계를 바꿈으로써 자기가 인생에 부여했던 잘못된 의미를 정정한다거나 혼자의 힘으로 끝까지 변화하는 데 성공하는 경우는 지극히 보기 드물다.

잘못된 인식 체계를 갖고 있는 사람이 어떠한 사회적 압력도 받지 않거나 혹 낡은 접근 방법을 고수하고 있다면 변화하기 힘든 법이다. 자신의 방식을 바꿔야 만사가 잘되리라는 사실을 자각하지 못하기 때문이다.

대개 잘못된 접근에 대한 정정이 행해지는 경우는 이런 의미를 이해하는 데 있어서 훈련을 받은 사람, 다시 말해 근원적인 잘못을 발견하는 일에 협력할 수 있고 더 적절한 의미를 암시하는 도움을 줄 수 있는 사람의 원조를 받는 때다.

유아기의 상황이 어떻게 여러 각도에서 해석되는지 간단한 예를 하나 들어보자. 유아기의 불행한 경험에도 완전히 반대의 의미가 부여될 수 있다. 불행한 경험을 가진 사람 중의 하나는 그 일이 장래를 위해서 도움이 될 때를 제외하고는 잘 생각하지 않는다. 그는 '우리는 불행한 상황을 제거하기 위해 노력하며, 우리 아이가 잘못되는 일 없이 더 좋은 상태에 놓이도록 해야만 한다'라고 느낀다.

한편 어떤 사람은 이렇게 느낄지도 모른다. '인생은 불공평하다. 다른 사람들은 항상 우위에 서 있다. 세계가 나를 그런 식으로 취급한다면 왜 내가 세계를 올바르게 취급해야만 한단 말인가'라고.

어떤 부모는 자기 아이들에게 "나도 역시 어렸을 때는 너와 같은 고통을 겪었다. 하지만 나는 그 곤경을 극복해 왔다. 너희들 또한 그렇게 해야 한다"라고 말한다. 혹은 이렇게 말하는 부모도 있을 수 있다.

"나는 불행한 어린 시절을 보냈기 때문에, 내가 무슨 짓을 해도 모두 용서되어야만 한다."

위 네 사람의 행동에서 그들 각자의 해석이 명확하게 보이며 그들이 자기들의 해석을 변경하지 않는 한 행동을 바꾸는 일은 결코 없으리라는

Chapter 1 >> 경험은 인생을 만든다

점도 보인다. 개인심리학이 결정론의 이론을 공격하는 건 바로 여기에서다. 어떤 경험이든 그것 자체가 성공의 원인이나 실패의 원인이 될 수는 없다.

경험을 넘어 스스로 결정하는 사람

우리는 경험의 충격, 이른바 外傷으로 고통스러워할 게 아니라 그 경험 속에서 자신의 목적에 합치되는 바를 발견해 내야 한다. 우리는 자신의 경험에 대해 의미를 부여하고 바로 그 의미에 의해 '스스로 결정한 사람'이 된다.

그러므로 우리가 특정한 경험을 자기 장래의 인생을 위한 기초라고 생각할 때에는 항상 무언가 과오를 안고 있다. 의미는 상황에 의해 결정되는 것이 아니고 우리가 그 상황에 어떤 의미를 주었는가에 따라 결정된다.

그러나 어린 시절에는 아주 잘못된 의미를 부여하기 쉬운 일정한 상황이 있다. 이런 일이 생기는 이유는 대부분 그 상황 속에 있는 사람이 바로 아이들이기 때문이다.

예를 들어 첫 번째로 불완전한 신체 기관을 갖고 태어나는 아이들, 즉 유아기에 병이나 허약 체질로 고생한 아이들이 겪게 되는 상황이 있다.

그런 아이들은 과잉 부담을 짊어지고 있으며, 인생의 의미가 타인에게 공헌하는 데 있다고 느끼기 어려울 것이다. 누군가 곁에 있으면서 그 아이들이 자기 자신 이외에 타인에게도 관심을 갖도록 하지 않는 한, 그들은 오로지 자기의 기분에만 얽매이기 쉽다. 후에 그들은 주위 사람들과 자기를 비교해 보고 실망할지도 모른다.

또한 그러한 운명 속에서 아이들은 주위 사람들이 보이는 동정과 조소, 기피하는 태도에 의해서 열등감이 심화되는 경우마저 생길 수 있다. 이렇게 되면 아이들은 사회 속에서 유익한 역할을 해내려는 희망을 잃고, 세상 사람들이 온통 자기를 개인적으로 멸시하고 있다고 느낄지도 모른다.

나는 불완전한 신체 기관을 갖고 있다거나 선腺 분비가 비정상적인 아이들이 직면하는 모든 문제에 대해서 처음으로 언급했었다. 과학에서 이 분야는 놀랄 만큼의 진보를 이루었지만 내가 바라고 있던 방향으로 발달했다고 말할 수는 없다. 내가 처음부터 탐구하였던 바는 이런 곤경을 극복하는 방법이었으며, 실패의 책임을 유전이나 육체적 상태에 되돌리는 것이 아니었다. 육체의 기관이 아무리 불완전하다고 해도 그 자체가 인생을 잘못된 유형으로 이끄는 것은 결코 아니다.

신체적인 특징이나 영향이 똑같은 아이는 없다. 우리는 종종 이런 모든 곤란을 극복하고 유익한 능력을 발휘하는 아이들을 볼 수 있다. 그런 의미에서 개인심리학이 우생학적 선택이라는 기획을 위해 매우 적합하다고 말할 수는 없다.

저명한 인물, 우리 문화에 위대한 공헌을 했던 사람들의 대부분은 선천적으로 불완전한 기관을 갖고 있었던 경우가 많다. 대부분 그들의 육체는 건강하지 못했으며 때로는 일찍 숨을 거두기도 했다.

인류의 진보를 위한 새로운 공헌들은 주로 신체적이든 그 밖의 외적인 조건에 있어서든, 곤경을 맞이하여 힘들게 극복해 나갔던 사람들에 의해 이루어졌다. 이런 투쟁이 그들을 강하게 만들고 앞으로 전진해 나가도록 하였다. 정신의 발달이 좋은지 아닌지는 단순히 신체로서 판단할 수 없다.

하지만 이제까지 불완전한 기관을 갖고 태어난 아이들 대부분은 올바른 방향으로 훈련받을 기회가 없었다. 그들이 짊어진 역경을 이해해 주는 사람도 없었으며 아이들은 주로 자기 자신에게만 관심을 쏟아왔다. 유아기에 불완전한 기관이라는 무거운 짐을 짊어진 아이들이 성장하면서 좌절하게 되는 것은 바로 이런 이유 때문인 듯하다.

두 번째로, 인생의 경험에 잘못된 의미를 부여하게 만드는 흔한 상황 중의 하나인 응석받이 아이들이 겪게 되는 상황이 있다.

응석받이 아이는 자기가 바라는 것이 마치 법률처럼 취급되기를 기대하도록 훈련되어 있다. 그 아이는 보살핌을 받고자 하는 노력을 기울이지 않고도 잘 보살펴져 왔으며, 이러한 혜택이 자기가 태어날 때부터 갖고 있는 권리라고 믿게 된다.

그 결과 그 아이는 자기가 주목받지 못하는 상황, 타인들이 그의 감정에 대해 신경 쓰고 배려하는 것을 주요 목적으로 삼지 않는 상황에 놓이면 몹시 불안해하고 마침내 세계가 그를 버렸다고 느낀다. 타인에게 베푸는 것보다 타인에게 기대하도록 훈련되어 왔기 때문이다. 그는 어떠한 문제에 직면했을 때 스스로 해결할 방법을 배운 적이 없다. 다른 사람들이 항상 도왔기 때문에 그는 독립심을 잃고 스스로 일을 해낼 수 있다는 사실을 모르게 되어 버렸다.

그의 관심은 오직 스스로에게만 집중되어 있기 때문에 타인들과의 협력의 유익함이나 필요성에 대해서도 배운 일이 없다. 따라서 곤란한 상황에 빠지면 스스로 대처하지 못하고 오직 타인에게 요구하는 방법 외에는 모른다.

그에게는 다시금 우월한 입장을 획득하는 것이 중요하다. 다른 사람들이 모두 그가 특별한 인간이라 인정하고, 그가 바라는 것은 무엇이든 주어야 한다고 생각하는 것이야말로 그에게 있어서 가장 올바른 상황이라고 생각되게 마련이다.

이와 같이 응석받이 아이의 모습이 그대로 굳어져 어른이 된 사람들이 아마 사회 속에서 가장 위험한 계층일 것이다. 그들 가운데 어떤 사람은 자기는 선의를 갖고 있다고 단언할지도 모른다.

전제군주와 같은 자리에 서기 위해서 그들은 매우 '사랑스러운' 사람처럼 보이려 들지도 모른다. 그렇지만 그들은 통상의 인간적인 일에 대해, 보통의 인간으로서 서로 협력하는 일에 반항하고 있다.

그들이 익숙하게 생각하는 안이한 따스함이나 종속감이 두드러지게 느껴지지 않으면 그들은 배반당했다고 느낀다. 그들은 사회가 그들에게 적대적이라 생각하고 모든 주위 사람에게 복수하려 든다.

만약 사회가 그들 삶의 방식에 적의를 보이면—거의 의심할 나위 없이 그럴 테지만—그들은 이 적의를 자기들이 개인적으로 학대받고 있는 새로운 증거라고 생각한다. 때문에 그들에 대한 처벌은 효과가 없다.

처벌은 단지 타인이 자기에게 적의를 품고 있다는 의견을 확인시켜 줄 뿐이다. 응석받이 아이가 철저하게 반항을 하든 약점에 의해 지배하려고 하든, 폭력에 의해 복수를 하려 들든 이는 모두 같은 잘못을 범하고 있는 것이다.

응석받이들의 목표는 변하지 않는다. 그들에게 있어 인생이란 제일인 자가 되는 일을 의미한다. 가장 중요한 사람이라고 인정받아야 하고, 자신이 바라는 것이라면 뭐든 손에 넣어야 한다.

과오를 범하기 쉬운 세 번째 상황은 무시된 아이들이 처하게 되는 상황이다.

무시된 아이들은 사랑이나 협력에 대해 알 기회가 없다. 따라서 그러한 훌륭한 힘을 도외시한 인생의 해석을 만들어 낸다. 인생의 문제에 직면하게 되면 그들은 문제의 곤란함을 과대평가하는 경향이 있다. 그리고 타인의 도움과 성의를 받아 거기에 대항하는 자기 자신의 능력은 과소평가한다. 그는 사회가 자기에게 매우 냉혹하다고 생각하며 항상 그런 상황을 이야기한다.

게다가 그는 타인에게 유익한 행위를 함으로써 애정이나 존경을 얻을 수 있다는 사실을 이해하지 못한다. 그래서 결국 타인에 대한 의심이 깊어지고 자기 자신마저도 신뢰할 수 없게 된다.

무조건적인 사랑을 대신할 수 있는 경험은 존재하지 않는다. 어머니의 가장 중요한 임무는 아이에게 신뢰할 수 있는 타인이 있다는 사실을 알려주는 일이다. 그러한 신뢰감이 차츰 아이를 에워싼 모든 환경을 포함하도록 넓게 확장시켜야 한다.

만약 어머니가 이 최초의 임무에 실패한다면 아이는 사회적 관심을 받거나 이웃 사람들의 애정 어린 관심을 받기가 어려워진다. 타인의 관심과 애정, 협력을 얻기가 매우 힘들어지는 것이다.

누구나 타인에게 관심을 갖는 능력을 갖고 있다. 하지만 이 능력은 육성되고 훈련되지 않으면 그 발달이 저해된다. 만약 완전하게 무시되고 미움을 받거나 환영받지 못하는 아이가 있다면, 그는 아마도 협동이라는 게 존재한다는 사실조차 모르고 있기가 십상이다.

무시된 상태로 자란 아이는 결국 고립되어 지내면서 타인과 관계를 갖지 못하고, 사람들과 협력해서 살아가는 일에 완전히 무지하게 된다. 앞서 언급했듯이 이런 상태에 있는 개인은 자멸해 버리고 만다.

아이가 유아기를 지나왔다는 사실은 어쨌든 그가 얼마만큼이라도 보살핌과 주의를 받아 왔음을 의미한다. 그러므로 우리는 순수한 유형의, 말하자면 완벽하게 무시된 아이를 다루는 일은 없다.

우리는 보편적인 보살핌을 받았다고 할 수 없는 혹은, 어떤 점에서는 무시되어 왔지만 다른 점에서는 그렇지 않았던 사람들과 함께하고 있다. 한마디로 말하면 무시당한 아이들이란 신뢰할 수 있는 타인을 여태까지 한 번도 본적이 없는 사람이라고 말해도 좋다.

고아나 사생아가 인생에 있어서 실패자의 대부분을 차지한다는 것, 그리고 전체적으로 이런 이들을 무시된 아이들 속에서 발견하게 된다는 사실은 참으로 서글프다.

이러한 세 가지 상황, 즉 불완전한 신체 기관을 가졌거나 응석받이 혹은 무시된 상황은 인생에 대해 잘못된 의미를 부여하게 되는 커다란 계기가 된다. 이러한 상황 아래 있던 아이들은 거의 언제나 모든 문제에 대처하는 그들의 표현 양식을 수정하기 위해서 도움을 필요로 한다.

우리는 그들이 보다 좋은 의미를 찾아낼 수 있도록 도와야 한다. 만일 우리가 그런 일에 대한 안목을 갖고 있다면, 다시 말해 그들에게 진정으로 관심을 갖고 올바른 방향으로 스스로 훈련할 수 있도록 돕는다면 그들은 그들이 하는 모든 일 속에서 의미를 발견하게 될 것이다.

기억이
인생관을 만든다

꿈이나 공상은 확실히 유익한 것일지도 모른다. 꿈의 세계에서나 눈을 뜨고 있는 세계에서나 똑같은 인격을 갖지만, 꿈속에서는 사회적 요구의 압력이 심하지 않기 때문에 인격은 극심한 방어나 은폐 없이 제 모습을 드러내기 쉽다.

사람이 자기 자신과 인생에 대해 부여한 의미를 완전히 이해하는 데 있어 가장 도움이 되는 것은 그 사람의 기억을 통해서다. 기억이란 아무리 하찮아 보이더라도 그에게 있어서 무언가 기억할 가치가 있음을 나타내 준다. 기억을 떠올릴 때 그 일은 인생에 대해 어떤 관계가 있기 때문에 가치가 부여되는 것이다. 기억은 그것을 떠올리는 사람을 향해서 이야기한다. '당신이 이야기해야만 하는 것은 이것이다', '이 일은 당신이 피하지 않으면 안 되는 일이다', '인생이란 그런 것이다!'라고.

나는 경험 그 자체가 중요하지는 않다는 점을 새삼 강조한다. 경험은 끈질기게 기억으로 남아 인생에 부여할 의미를 결정시키기 위해서 이용되기 때문이다. 모든 기억은 하나의 기념품이다.

유아기의 기억은 각 개인의 자기 인생에 대한 독특한 대처 방법이 얼마나 오랫동안 지속되는가를 보여 준다. 또한 그가 인생에 있어 최초의 결정을 내려야 했던 모든 상황들을 이해하는 데 특히 도움이 된다. 게다가 가장 초기의 기억은 다음 두 가지 이유로 상당히 주목할 가치가 있다.

우선, 그 속에는 개인과 상황에 관한 근본적인 견해가 함축되어 있다. 그 일은 모든 상황에 대한 최초의 결산이며 자신에게 주어졌던 모든 요소에 대한 최초의 완전한 상징이다.

다음으로, 초기 기억은 그의 주관적인 출발점이며 자기 자신을 위해 묘사한 자서전의 시초라는 점이다. 그러므로 그 속에서 그가 가끔씩 느꼈던 약하고 불안정한 입장과 자신의 이상이라고 여기는 강력하고 안전한 목표와의 대조를 볼 수 있다. 심리학의 목적에 있어서는 개인이 최초의 기억이라고 생각하는 것이 실제로 그러했는지 혹은 심지어 현실의 사건에 대한 기억인지 아닌지는 전혀 문제가 되지 않는다.

기억이 중요한 이유는 그 해석과 현재 및 미래의 인생에 대해 갖고 있는 관계 때문이다. 이제 유년기 초기의 기억을 예로 들어 그 내용이 바로 그 기억들이 결정시킨 인생의 의미라는 것을 입증해 보겠다.

첫 번째로 '나는 커피포트가 탁자에서 떨어져 화상을 입었다'라는 기억을 생각해 보자.

그녀가 '인생이란 그런 거야!' 하는 식으로 생각하고 무력감에 쫓기며 인생의 위험이나 곤란 등을 과대평가하고 있다는 걸 알게 된다고 해도 그리 놀랄 일은 아니다. 또 그녀가 마음속으로 자신을 다른 사람이 충분히 돌봐 주지 않았다고 비난한다고 해도 마찬가지다. 그렇게 작은 여자아이를 위험에 직면하도록 놔두었다는 사실은 누군가가 매우 부주의했음을 말해 준다.

두 번째 일례도 세상에 대한 비슷한 견해를 나타내고 있다. '내가 세 살 때 유모차에서 떨어졌던 일이 있다'라는 최초의 기억과 함께 그가 자주 꾸는 꿈의 내용은 이러했다.

'밤중에 잠에서 깨면, 세계에 종말이 와 있고 하늘이 불로 새빨갛게 타오르고 있다. 별이 모두 떨어지고 우리는 다른 혹성과 충돌하게 된다. 충돌하기 직전에 나는 잠에서 깨어난다.'

이 학생에게 무언가 두려워하는 게 있느냐고 묻자 그는 "나는 성공하고 싶지 않습니다"라고 대답했다. 그의 최초의 기억과 반복되는 꿈이 인생에 있어 용기를 꺾는 작용을 했음이 확실했다. 그는 실패와 파국에 대한 두려움을 심하게 갖고 있었다.

세 번째로, 야뇨증이 있으며 어머니와 끊임없이 언쟁을 하는 문제로 진찰을 받게 된 열두 살짜리 소년은 자기의 맨 처음 기억에 대해 다음과 같이 이야기했다.

"엄마는 내가 없어진 줄 알고 큰소리로 나를 부르면서 거리에 뛰어나갔어요. 몹시 놀라서 말이에요. 사실 저는 집 안 문 뒤에 숨어 있었는데 말이죠."

이 기억 속에서 우리는 소년이 다음과 같이 생각하게 되었으리라고 판단 할 수 있다.

'인생이란 사람을 곤란하게 만듦으로써 주의를 끄는 것이다. 안전을 획득하는 방법은 남을 속이는 일이다. 나는 그다지 주목받고 있지 않지만, 다른 사람을 바보로 만들 수는 있다.'

그 아이의 야뇨증도 다른 사람에게 주의를 끌기 위해서 자주 이용되는 수단이었다. 게다가 소년의 어머니는 아들에 대한 일을 걱정하고 신경질적이 됨으로써 그의 인생 해석을 확증해 주고 있었다.

앞에 들었던 사례들과 마찬가지로 이 소년 또한 너무 이른 시기에 외부 세계가 위험에 꽉 차 있다는 인상을 받았다고 볼 수 있다. 그리고 다른 사람들이 그를 위해 걱정을 하고 있는 순간에만 자신이 안전하다는 결론을 내렸던 것이다. 그는 이런 방법에 의해서만 자기가 보호받고 있다는 사실을 확인할 수 있었다.

네 번째로, 서른다섯 살인 어떤 부인의 최초 기억은 다음과 같았다.

"나는 세 살 때 지하실에 내려갔습니다. 내가 아주 캄캄한 계단 위에 있었을 때 나보다 몇 살 위인 사촌 남자아이가 문을 열고 내 뒤를 따라 내려왔죠. 나는 그를 몹시 두려워하고 있었습니다."

이 기억에서 추측할 수 있는 점은 그녀가 다른 아이들과 어울려 노는 데 익숙하지 않았다는 것, 그리고 남자와 함께 있을 때 특히 불안을 느꼈다는 것이다. 우리는 그녀가 외톨이였다고 추측할 수 있다. 사실 그녀는 서른다섯 살의 독신이었다.

"어머니가 나에게 동생이 타고 있는 유모차를 밀게 했던 일을 기억하고 있어요."라고 하는 기억을 살펴보면 보다 높은 사회 감정이 그녀의 몸에 익혀져 있음을 알게 된다. 그렇지만 이 경우에는 자기보다 약한 사람과 있을 때에만 안심한다는 점과 어머니에 대한 의존적 경향을 찾아볼 수 있다.

새로 아기가 태어났을 때 그 아기를 돌보는 과정에서 손위 아이들의 협력을 구하고 관심을 기울이게 하며, 아기를 돌보는 책임을 나누어 주는 일은 매우 흔하다. 만약 그들의 협력을 구할 수 있다면 그들은 아기에게 기울여진 주의 때문에 그들 자신의 중요성이 감소되었다고 느끼지는 않는다. 주위 사람에게 도움을 주고 싶다는 바람은 다른 사람에 대한 참된 관심을 증명하는 일임에 틀림없다.

다섯 번째로, 한 소녀는 최초의 기억에 대해 "나는 언니와 두 명의 여자 친구와 함께 놀았습니다."라고 대답했다.

여기에는 확실히 사교적으로 보이고자 노력하는 소녀의 모습이 나타나 있다. 그러나 그녀가 두려움에 가득 차 "나는 혼자서 살 수 있을지 그것이 가장 두려워요."라고 말했을 때 나는 그녀의 노력에 대한 새로운 통찰을 얻을 수 있었다.

독립심의 결여라는 징후가 보인 것이다. 어떤 사람이 인생에 부여하는 의미가 발견되고 이해되는 일은 그의 전 인격을 아는 열쇠가 된다. 간혹 사람의 성격은 절대 변하지 않는다는 말을 하는데 이는 상황을 이해하는 올바른 열쇠를 곧바로 발견해 보지 못한 사람들에 의해서만 주장되는 말이다.

앞서 살펴보았듯이 어떠한 방법으로든 최초의 오류를 발견하는 데까지 거슬러 올라가지 않는다면 성공할 수 없다. 잘못 인식된 의미를 개선하기 위해서는 인생에 대해 보다 협동적이며 보다 용기 있는 대처 방식을 훈련해야 한다. 협동이야말로 신경증적 경향의 발달에 대해서 우리가 갖고 있는 유일한 해결책이다.

그러므로 아이들이 협동하는 일에 대해 훈련받고 주의를 기울이게 하는 일은 매우 중요하다. 그들은 자기와 같은 또래의 아이들 사이에서 공통 과제와 공통 놀이를 통해 자신의 길을 발견해 내도록 해야만 한다.

협동을 배우는 일이 방해를 받게 되면 심각한 결과를 낳는다. 예를 들어 응석받이로 자기 자신에게만 관심을 갖는 것을 배워 버린 아이는 타인에 대한 관심이 없는 상태로 학교에 다니게 된다. 이런 아이가 교과에 관심을 갖는 경우는 단지 선생님의 관심을 끌게 될 거라고 생각할 때뿐이다. 그는 자기 자신에게 있어서 이익이 된다고 생각하는 일에만 귀를 기울인다.

성인이 되어 사회 감정을 기르는 데 실패한 그 아이는 점점 더 확실한 잘못을 하게 된다. 그리하여 최초의 심각한 과오를 범하게 되면 책임과 독립에 대해 자기 자신을 훈련하는 일을 그만둬 버린다. 이렇게 되면 그는 인생의 어떠한 훈련에 대해서도 거의 대처할 수 없게 된다.

우리는 이제 와서 그들의 여러 가지 결함을 비난할 수는 없다. 우리가 할 수 있는 일이란 그가 여러 가지 결과를 느끼기 시작했을 때, 그의 모든 결함을 고치기 위한 도움을 주는 일뿐이다.

한 번도 지리를 배운 적이 없는 아이가 시험지에 잘 정리된 답을 적을 수 있으리라고 기대해서는 안 된다. 마찬가지로 우리는 협동 훈련이 안된 아이에게 이미 훈련받았음을 전제로 하는 과제를 제시한 뒤 올바른 해답을 낼 것이라고 기대할 수 없다.

교사나 부모가 인생에 의미를 부여할 때 저지르기 쉬운 과오를 이해하고 그들 자신이 같은 실수를 범하지 않는다면, 사회적 관심이 결여되어 있는 아이들이 스스로의 능력을 과소평가하지 않도록, 또 삶의 문제에 직면했을 때 스스로 노력을 계속하도록 돕는 일이 가능해진다.

만일 그러한 도움을 받지 못한다면 그들은 문제 상황에서 안이한 출구 탐색하기, 도망쳐 버리기, 무거운 짐을 다른 사람에게 맡겨 버리기, 특별한 동정 구하기, 굴욕을 받았다고 느끼면 복수하기 등의 행동을 할 수도 있다.

혹은 '도대체 인생이 나에게 어떤 도움이 되지?', '내가 인생에서 무엇을 얻을 수 있지?'라는 자문을 하게 될 것이다.

반대로 이렇게 말하는 경우도 생각해 보자.

"우리는 스스로 자신의 인생을 만들어 가지 않으면 안 된다. 그것은 우리 자신의 과제이며 우리는 거기에 대처할 수 있다. 우리는 행동의 주인이다. 낡은 것이 변화되고 뭔가 새로운 것을 창조해야 한다면 그 일을 수행할 사람은 바로 우리 자신이다."

만약 인생이 이런 식으로 자립적인 인간들의 협력으로 이루어진다면, 어떠한 경우에도 우리 인간 사회의 진보에서 한계점이란 없을 것이다.

용기 있는
사람은
뇌마저 바꾼다

:: 마음과 몸

용기 있는 사람은 삶에 대한 자신의 태도를 몸으로
나타낸다. 그의 몸은 다른 식으로 만들어질 수 있다.
근육의 탄력성은 더욱 강해지며 몸의 동작은 더욱
민첩하게 된다. 삶에 대한 자세는 상당한 정도로
몸의 발달에 영향을 미치며 부분적으로는 근육의
탄력성이 좋아진다고 설명될 수 있다. 용기 있는
사람은 표정도 다르며 나중에는 얼굴 모습 전체가
달라진다. 두개골의 형태마저 영향을 받기도 한다.

마음의 목표와
인간의 행동 가능성

오래전부터 사람들은 마음이 몸을 지배하는지 아니면 몸이 마음을 지배하는지에 대해 수없이 논쟁을 거듭해 왔다. 철학자들도 이 논쟁에 가담하여 이런저런 입장을 밝혀 왔다. 그들은 스스로를 이상주의자라 부르기도 하고 유물론자라고도 하면서 수많은 논쟁을 벌였다.

그럼에도 이 문제는 여전히 결론이 나지 않고 미해결인 채로 남아 있다. 어쩌면 그 의문을 해결하는 데 있어 개인심리학이 어느 정도 도움이 될지 모른다. 개인심리학에서 볼 때 우리는 마음과 몸의 상호작용에 관해 진실로 직면할 수 있기 때문이다.

개인심리학의 연구 결과는 이 문제에서 야기되는 많은 긴장을 제거한다. 몸과 마음은 각자 따로따로 머물고 있지 않다. 우리는 양자의 상호 관계를 그 전체로서 이해해야 한다.

인간의 생명은 움직이고 있으며 몸만 발달시켜서는 성숙한 인간이 될 수 없다. 만일 뿌리가 있어서 한 장소에 머무르며 움직이지 않는 식물에게 마음이 있다는 사실이 발견된다면 매우 놀라울 것이다.

하지만 식물이 예견을 할 수 있다든가, 모든 결과를 앞당겨 볼 수 있다고 해도 그런 능력은 식물에게 도움이 되지 않는다. 식물에게 있어서 '누군가가 이쪽으로 오고 있다. 곧 그는 나를 밟아 버릴 것이다. 그러면 나는 그의 발아래에서 무참히 죽게 되겠지'라고 생각하는 게 어떤 이익이 될까.

식물은 뿌리를 내린 곳에서 도망쳐 나올 수 없다. 그렇지만 움직이는 동물들은 행동을 예견할 수 있으며, 어떤 방향으로 움직여야 하는지 판단할 수 있다. 이 사실로 인해 동물에게는 마음이나 영혼이 있다고 가정해 볼 수 있는 것이다.

> 물론 자네는 감각을 갖고 있을 테지. 그렇지 않다면 자넨 움직일 수 없을 거야.
>
> 《햄릿》 제3막 4장

이와 같이 운동의 방향을 예견하는 일은 마음의 중심적인 원리다. 그러한 사실을 인지하든 못하든 간에 우리는 마음이 어떻게 몸을 지배하는지 또는 마음이 운동의 목표를 어떻게 설정하고 있는지 이해할 수 있다.

단순히 매 순간 아무렇게나 움직이기 시작하는 것만으로는 충분하지 않다. 여러 노력을 하기 위한 목표가 있어야만 한다. 운동의 목표를 결정하는 것이 마음의 기능이기 때문에 마음은 생명체 속에서 지배적인 위치를 차지하고 있다.

동시에 몸은 마음에 영향을 미친다. 몸은 움직이게끔 되어 있다. 하지만 마음이 몸에 영향을 미칠 수 있으려면 먼저 몸이 발달되어 있어야 한다. 즉, 움직일 수 있는 가능성이 있어야만 한다.

예를 들어 마음은 육체에게 저 멀리 달까지 움직일 것을 제안할 수 있다. 이때 몸이 한계를 감안하여 균형 잡힌 기술을 발명하지 않는 한 그 제안은 실패로 끝나고 만다.

인간은 다른 어떠한 생물보다도 운동을 많이 한다. 손으로 행하는 복잡한 움직임에서 볼 수 있듯이 인간은 보다 많은 방식으로 운동할 뿐만 아니라 자기 주변의 환경을 움직이는 데 있어서도 다른 생물보다 탁월한 능력을 가지고 있다.

그러므로 우리는 인간의 예견하는 능력이 가장 고도로 발달해 있다는 것을, 또 인간이 자기의 모든 상황을 개선하기 위해 노력하고 있다는 더욱 확실한 증거를 제시할 수 있으리라고 기대한다.

모든 사람에게는 부분적인 목표를 위한 갖가지 노력들의 배후에 전체를 움직이는 포괄적인 운동 기운이 있음을 발견할 수 있다. 노력하는 가운데 우리는 인생의 모든 역경이 극복되어 전체 환경과의 관계 속에서 더욱 안전하게 승리하며 부상해 왔다는 느낌에 도달하게 된다.

이러한 목적을 위해서는 인간의 모든 운동과 그에 대한 표현들이 정리되고 통합되지 않으면 안 된다. 마음은 하나의 궁극적 이상을 달성하기 위해 강해진다. 몸도 역시 마찬가지다. 몸도 하나의 통일체가 되려고 노력한다. 몸은 생식세포 속에 이미 존재해 있는 이상적인 목표를 향해 발달해 가고 있다.

가령 피부에 상처가 생기면 그것을 치료하기 위해 몸의 전체 기능이 바쁘게 움직인다. 몸이 그런 여러 가지 잠재력을 발휘할 때는 독단적으로 행하는 게 아니라 마음의 도움을 받아 발달이 이루어진다.

운동이나 훈련, 일반적인 위생의 가치는 이미 입증되어 있다. 그것들이 궁극적인 목표를 향해서 노력할 때 마음 또한 함께 움직이며 노력한다. 생명이 태어난 날부터 죽음에 이르는 최후의 날까지 끊임없이 성장과 발달의 연계가 계속된다.

몸과 마음은 하나가 되어 서로 협력한다. 마음은 동력기와 같은 것으로써, 그 힘으로 몸속에서 발견할 수 있는 모든 잠재력을 끌어내어 몸이 안정되고 모든 어려움을 이겨내도록 도움을 준다.

몸의 모든 운동 속에 그리고 모든 표현과 징후 속에는 마음의 목적이 새겨져 있다. 인간이란 움직이는 생명체이며 그 움직임에는 각각의 의미가 있다. 인간은 자기의 눈과 얼굴의 근육 따위를 움직인다. 그의 얼굴은 표현력을 갖고 있으며 의미를 지니고 있다. 이처럼 의미를 부여하는 것이 마음이다. 그리하여 지금 우리는 마음에 관한 과학이라 할 수 있는 심리학이 무엇을 취급하는지 이해하기 시작한다.

심리학의 영역은 개인의 모든 표현 속에 함축되어 있는 의미를 탐구하며 그 사람의 목표를 응시하고, 그것을 다른 사람들의 목표와 비교하는 일에 역점을 두고 있다.

안전이라는 궁극적인 목표를 향해 노력하면서 마음은 항상 그 목표를 구체적으로 밝힐 필요성에 직면한다. '이 특정한 점에 있어서 안전한 선'

을 측정하고 '이 특정한 방향으로 나아감으로써 그 목표가 달성되는 일'을 측정할 필요가 생긴다. 물론 여기에서 잘못이 범해질 경우도 있다. 그러나 지극히 뚜렷한 목표나 방향 설정이 없다면 여러 가지 운동이란 있을 수 없다.

만일 내가 손을 올린다고 하면 먼저 마음속에 그 운동을 위한 목표가 있어야만 한다. 마음이 선택하는 방향은 얼핏 보기에 해로워 보일 수도 있지만, 그 방향이 선택된 이유는 마음이 자신의 목적에 합당하고 더욱 유익한 방향이라고 결정지었기 때문이다.

안전이라는 목표는 모든 인간에게 공통적이다. 하지만 어떤 사람들은 그 안전의 개념을 잘못 인식하여 우왕좌왕하는 행동을 하기도 한다. 우리가 어떤 표현이나 징후를 보고 그 배후에 있는 의미를 인식하여 행한다면 그 의미를 이해하기 위한 가장 좋은 방법은 우선 그 윤곽만 잡고 하나의 간단한 운동으로 환원하는 일이다.

예를 들어 훔친다는 행위를 생각해 보자. 훔치는 행위는 어떤 사람에게서 그의 소유물을 가져오는 일을 의미한다. 그 움직임의 목표를 생각해 보면 자신을 풍부하게 하며 더 많은 것을 소유함으로써 더욱 평온한 안정감을 갖고자 하려는 일이다.

따라서 그러한 행동을 하게 만드는 요인은 자기가 빈곤하며 강탈당하고 있다는 느낌이다. 다음 단계는 이 개인이 어떤 상황에 놓여 있는지 또 어떤 상황 속에서 강탈당한다고 느끼는지를 알아내는 일이다.

마지막으로 그가 이런 상황을 변화시켜, 강탈당하고 있다고 느끼는 자신의 감정을 극복하기 위해 올바른 방법을 취하고 적정한 방향으로 나아가고 있는지 또는 그가 바라는 바를 손에 넣는 방법이 잘못되지는 않았는지에 대해 알아낼 수가 있다.

우리는 그의 궁극적인 목표를 비판할 필요는 없다. 그러나 우리는 그가 그 목표를 구체화할 때 잘못된 방법을 선택했다는 점을 지적할 수는 있다. 인간이 그 환경 속에서 만들어 냈던 여러 가지 변화를 우리는 문화라고 부른다. 우리의 문화는 인간의 마음이 자기 자신을 보호하기 위해서 이룩해 온 모든 행위의 결과다.

마음은 환경을 다스려
몸을 보호한다

우리의 행위는 마음에 의해 영감을 받는다. 우리 몸의 발달은 마음에 의해 그 방향이 결정되며 도움을 받는다. 결국 우리는 마음의 목적 의도로 꽉 차 있지 않은 인간의 표현을 단 한 가지도 발견할 수 없다. 그렇지만 마음이 자기의 역할을 과시할 정도로 강조하는 일은 결코 바라지 않는다.

우리가 역경을 극복하려 한다면 신체적인 능력이 동반되어야 한다. 그러므로 마음은 몸이 보호될 수 있도록 환경을 다스린다. 우리의 몸을 병과 죽음, 파괴, 사고, 기능장애로부터 보호하기 위해서 마음이 존재하는 것이다.

마음은 쾌감이나 고통을 느끼기도 하고 공상을 하기도 하며, 좋거나 나쁜 상황들과 자신을 동일화하기도 하는 우리의 능력에 의해 존재한다. 몸이 여러 가지 느낌을 갖는 이유는 이러한 반응에 의해서 지금 어떤 상황에 처해 있고 어떻게 대처해야 하는지를 정리해서 알도록 하기 위함이다. 공상이나 자기 동일화는 예견의 방법이다.

뿐만 아니라 느낌은 몸의 반응과 함께 이루어지는 모든 감정을 북돋운다. 한 개인의 여러 감정을 통해 우리는 그가 삶에 부여하는 의미와 목표를 더욱 분명하게 알 수 있다.

감정은 인간의 육체를 통제하지만 육체에 크게 의존하지는 않는다. 감정은 주로 그의 목표와 나란히 그의 일관된 인생 방식에 의존하고 있다.

또한 개인은 인생의 방식에 의해서만 통제받지도 않는다. 그 사람의 태도는 다른 것들의 도움 없이 혼자 저절로 튀어나오는 것이 아니다. 어떤 태도가 직접적인 행위로 드러나기 위해서는 감정이 뒷받침되어야 한다. 개인심리학의 입장에서 새롭게 관찰된 바에 따르면 개인의 여러 가지 감정은 그가 가진 인생 방식과 결코 모순되지 않는다. 목표가 있는 곳에서 감정은 언제나 그 목표 달성을 위해 스스로를 적응시킨다. 우리는 그 일을 생리학이나 물리학의 견지에서 설명할 수 없다. 여러 감정이 일어나는 것은 화학 이론으로 설명할 수 없으며 화학적 검사에 의해서 예고되지도 않는다.

개인심리학에서는 생리학적인 모든 과정들을 고려해야 하지만 우리는 심리학적 목표에 보다 큰 관심을 갖고 있다. 불안의 감정이 교감신경과 부교감신경에 영향을 주는 데 대하여 우리는 큰 관심이 없다. 오히려 불안의 목적과 목표가 무엇인지를 탐구하는 일이 핵심이다.

이러한 접근 방법을 통해서 볼 때 불안은 억제된 성욕에서 생기는 것이라든가, 두려운 출산 경험의 결과라고 생각되지 않는다. 그와 같은 설명은 걸맞지 않다.

우리는 어머니와 항상 가까이 있으며 도움을 받고 지지를 받는 데 익숙해져 있는 아이라 할지라도, 불안의 감정을 자신의 어머니를 지배하기 위한 매우 유효한 무기로 생각한다는 점을 알고 있다. 분노에 관한 육체적 서술로도 기존의 설명은 만족스럽지 않다. 우리는 경험을 통해 분노가 어떤 사람 혹은 상황을 지배하기 위한 보조 수단임을 알게 되었다.

모든 육체적 및 정신적 표현은 유전에 기초를 두고 있다는 사실이 증명되었다고 생각한다. 우리는 명확한 목표를 달성하려는 노력에 있어서 이 유전적 소질이 이용되는 방법에 주의를 집중하고 있다.

이것만이 유일한 심리학적인 접근 방법이라고 생각된다. 우리는 모든 개인에게 있어서, 감정이 그의 목표 달성을 위한 본질적인 방향으로 향하고 있거나 또는 그에 대응해서 좌우되고 발달한다는 사실을 보게 된다.

사람들이 느끼는 불안이나 용기, 쾌활함이나 슬픔은 그의 인생관과 일치한다. 거기에 비례하여 드러나는 모든 감정의 힘이나 지배는 정확하게 우리가 예견할 수 있었던 부분이다. 다른 사람보다 우월해지고 싶다는 목표를 슬픔을 통해 달성하는 사람은 결코 유쾌할 수 없으며, 자기가 다 다른 상황에 만족하지도 못한다. 그는 자기가 비참할 때에만 행복한 것이다.

우리는 또 여러 가지 감정이 필요에 의해서 나타나기도 하고 사라지기도 한다는 사실도 알 수 있다. 광장공포증으로 괴로워하고 있는 환자는 자신의 집에 있을 때에는 불안감을 느끼지 않는다. 모든 신경증 환자는 자기들이 강하지 못하다고 느끼는 생활의 모든 부분을 외면한다. 그가 느끼는 정서는 인생 방식과 같이 고정되어 있다. 그는 자기보다 약한 사람과 있을 때에는 거만하게 굴기도 한다. 다른 사람에 의해 보호되고 있을 때에는 용감하게 보이기도 하는데, 그는 자기 세계의 문을 굳게 닫아 걸고 사나운 개나 함정과 같은 것으로 대비하며 자기는 용감하다고 주장할지도 모른다.

아무도 그의 불안감을 증명할 수는 없다. 하지만 그가 자신의 몸을 보호하기 위해 수많은 방법을 아낌없이 이용하고 있는 현실을 보면 그가 얼마나 겁이 많은지를 충분히 감지할 수 있다.

성애性愛의 영역도 똑같은 증언을 준다. 성에 관한 모든 감정은 항상 다른 사람이 자기의 성적 목표에 가까워지기를 바랄 때에 나타난다. 그는 정신을 집중함으로써 자신의 목표에 모순되는 모든 과거나 상반되는 관심을 외면하려고 한다.

이와 같은 방법으로 그는 적절하다고 생각되는 감정이나 기능을 불러 일으킨다. 이러한 감정이나 기능이 잘 작동하지 않고 부적절한 과제나 관심의 배제를 거부하게 되면 조루, 성도착, 불면증과 같은 증상이 생겨난다.

그처럼 정상적이지 못한 성향은 언제나 우울하고 싶어 하는 잘못된 목표나 잘못된 인생 방식에 의해 유발된다. 그런 사람들은 타인을 생각하기보다는 자신이 배려받기를 원하고 사회 감정이나 용기가 결여되어 있으며, 여러 낙천적인 활동에서 실패하는 모습을 보인다.

그와 관련한 한 예가 있다. 차남인 한 남자가 피할 수 없는 죄책감으로 몹시 심각한 고통을 받고 있었다. 그의 집안은 아버지나 형 모두 정직함을 매우 숭상하는 집안이었다.

그는 일곱 살 때 학교 선생님에게 형이 어떤 숙제를 대신 해 주었다고 스스로 고백했다. 소년은 죄의식을 3년 동안이나 숨기고 있다가 결국 선생님 집을 찾아가서 자신의 '엄청난' 거짓을 고백했다. 선생님은 단지 웃었을 뿐이다. 이어 아버지에게 간 그는 울면서 두 번째 고백을 했다. 이번에는 전보다 더 자세하게 이야기했다. 아버지는 자식이 진실을 사랑하고 있다는 사실을 자랑스럽게 생각하며 따뜻하게 위로해 주었다. 그러나 아버지의 용서를 받고도 소년은 여전히 우울했다.

우리는 이 소년이 사소한 일을 갖고 그 정도로 심하게 자신을 책함으로써, 자기의 성실성과 엄격함을 증명하는 데 오로지 마음을 쏟고 있음을 알 수 있다. 그 가정의 엄격한 도덕적 분위기는 소년이 정직함에 있어서 남들보다 뛰어나다는 인식을 주었던 것이다.

그는 학업과 사회성에 있어서 형에게 열등감을 느끼고 있었다. 때문에 자신의 부정행위를 고백하고 정직성을 인정받음으로써 우월성을 획득하고자 했다.

그는 나중에는 다른 비난으로 고통받아야 했다. 학교에서 커닝을 전혀 안 한 게 아니었기 때문이다. 그 죄책감은 항상 시험을 보기 전에 심해졌다. 시간이 흐름에 따라 그는 이런 형태의 곤란함을 점점 더 심하게 느끼게 되었다. 민감한 양심 때문에 그는 형보다 더욱 무거운 짐으로 괴로워했다. 이런 식으로 그는 형과 같아지려고 함으로써 맞이하게 되는 모든 실패에 대한 좋은 변명을 준비해 두고 있었다.

대학을 중퇴했을 때 그는 기술 관계의 직업을 가지려고 계획했다. 그러나 내면의 협박적 죄의식이 너무나 심해졌으므로 그는 어쩔 수 없이 신의 용서를 구하기 위해 하루 종일 기도할 수밖에 없었다. 그리하여 도무지 일을 할 수 있는 시간 자체가 없어져 버렸다.

당시 그의 상태는 매우 나빴기 때문에 결국 정신병원으로 보내졌다. 치료될 수 없다는 진단이 나왔지만 얼마 지나지 않아 상태가 좋아져 퇴원할 수 있게 되었다.

그는 만일 재발해서 곤란을 겪게 되면 다시 입원할 수 있도록 허가를 받은 뒤 직업을 바꾸어 예술사를 공부했다. 이윽고 시험을 치를 때가 다가왔다. 공휴일에 그는 어느 교회에서 갑자기 군중 속에 몸을 내던지고는 "나는 세상에서 가장 나쁜 죄인입니다."라고 울부짖었다. 이 일로 그는 한 번 더 자기의 예리한 양심으로 사람들의 주의를 모으는 데 성공하였다.

그는 다시금 정신병원에서 치료를 받은 후 집으로 돌아왔다. 그러던 어느 날 점심 식사 시간에는 그가 나체로 내려왔다. 그의 체격은 매우 좋았다. 그는 이 점에서 형은 물론 다른 사람들과도 충분히 겨룰 수 있었다.

그의 죄책감은 다른 사람들보다 정직하게 보이기 위한 수단이었으며, 이렇게 해서라도 우월감을 탈취하려고 한 노력이었다. 문제는 그의 노력이 인생의 무익한 측면에 치우쳐 있었다는 데 있다. 시험이라든가 직업으로부터의 도피는 그를 겁쟁이로 만들었으며 더더욱 무능력하게 만들었다. 신경증은 모두 그가 패배를 두려워했던 활동을 의도적으로 배제하는 일이었다.

그가 너무도 하찮은 수단으로 우월감을 얻기 위해 노력한다는 사실은 그가 교회에서 몸을 내던졌을 때에도, 또 아무것도 걸치지 않은 모습으로 식당에 나타났을 때에도 명확히 볼 수 있었던 셈이다. 그의 인생 방식이 바로 그러한 일을 요구했으며 그가 불러일으켰던 모든 감정은 완전히 그로 인한 것이었다.

개인이 자기 마음의 통일성을 확립하고 몸과 마음의 관계를 구축하는 것은 인생 최초의 4~5년 동안이다. 그는 자신의 유전적 소질과 환경에서 끌어낸 인상을 취합하여 우월성의 탐구에 적응시켜 간다. 다섯 살이 끝날 무렵까지 인간의 인격은 완전히 결정된다. 그 사람이 인생에 부여한 의미, 추구하는 목표, 문제에 대처하는 태도, 정서적인 특징 등이 모두 고정되어진다.

그것은 물론 나중에 변화할 수 있다. 이전에 했던 모든 행동들이 마치 한 사람의 인생 해석과 연결되어 있듯이, 만일 자신의 잘못을 수정한다면 그의 새로운 해석에 의해 모든 행동이 새롭게 표현될 것이다.

개인이 자신의 환경과 접촉하고 여러 가지 인상을 받는 것은 육체적 기관에 의해서다. 그러므로 우리는 인간이 자신의 몸을 훈련하는 방법을 통해 자기의 환경을 어떻게 인식하고 있는지, 자기의 경험을 어떤 식으로 이용하려고 하는가를 알아낼 수 있다.

육체적 태도가 매우 중요하다고 하는 이유는 바로 이 때문이다. 자세는 모든 기관의 훈련과 인상을 선택하기 위해서 그것을 이용하는 방법을 우리에게 보여 준다.

불완전한 신체 기관도
극복 가능하다

    우리가 사물이나 상황에 대해 취하는 태도는 항상 의미에 의해 결정된다. 여기서 우리는 심리학에 관한 우리의 정의를 이렇게 표현할 수가 있다. 심리학이란 '한 개인이 자기의 몸에 대해 취하는 태도에 관한 이해'다.

    우리는 또 인간의 마음속에 어째서 커다란 잘못이 생기는지를 이해하기 시작한다. 환경에 잘 적응하지 못하고 환경의 요구를 잘 받아들일 수 없는 몸은 대개 마음에 의해 무거운 짐이라고 여겨진다.

    그렇기 때문에 육체적으로 불완전한 신체 기관을 가졌다는 이유로 괴로움을 겪은 아이들은 정신적 발달에 있어서 다른 아이들보다도 훨씬 커다란 곤궁에 빠진다. 그들은 자기 몸으로 우월한 지위를 향해 움직이거나 스스로를 통제하기가 보통의 경우보다 어렵다. 똑같은 목표를 달성하려고 할 때도 다른 사람보다 많은 정신적 노력이 필요하며 정신의 집중도도 높여야만 한다.

이에 따라 마음의 부담이 과중해지기 때문에 자기중심적이고 이기적이 되어 간다. 만일 아이가 항상 자기의 몸이 불편하다는 사실을 인식해야 하고 움직이는 데 곤란을 느끼며 마음을 쓰고 있다면, 자기 이외의 것에 주의를 쏟을 여유가 없다. 그 아이는 타인에게 관심을 가질 시간도 자유도 없으며 그 결과 사회 감정이나 협동하는 능력도 다른 사람보다 낮은 상태로 성장하게 된다.

모든 기관이 불완전하다는 것은 확실히 불리한 조건이다. 그렇다고 해서 결코 피할 수 없는 운명도 아니다. 만약 정신이 자신의 본분을 잘 수행하고 모든 어려움을 극복하도록 열심히 훈련한다면, 그런 사람들 또한 무거운 짐을 지지 않은 평범한 사람들과 마찬가지로 훌륭하게 성공할 수 있다.

실제로 불완전한 신체 기관을 갖고 있는 아이가 장애에도 불구하고 정상적인 사람들보다 더 커다란 업적을 이룩하기도 한다. 그런 경우의 핸디캡은 전진하기 위한 자극인 셈이다.

가령 어떤 소년은 눈이 비정상이기 때문에 극심한 고통으로 괴로워할지도 모른다. 그는 눈으로 볼 수 있는 세계에 대해 다른 사람들보다 더 주의를 기울인다. 그는 여러 가지 색이나 형태로 판별하는 일에 누구보다도 흥미를 갖는다. 결과적으로 그는 사소한 차이에 주의를 기울여 고투할 필요가 전혀 없는 다른 아이들보다 가시적 세계에 대해 위대한 경험을 갖게 된다. 이렇게 해서 불완전한 기관은 귀중한 이점의 원천이 될 수 있다.

그러나 그럴 수 있는 경우는 마음이 모든 역경을 극복하기 위한 올바른 수단을 발견했을 때에만 가능하다. 불완전한 시력으로 고민했다는 화가나 시인의 경우를 우리는 잘 알고 있다. 불완전함은 잘 훈련된 정신에 의해 통제된다. 결국 이런 정신의 소유자는 그들의 눈을 정상에 가까운 다른 사람들보다 더욱 많은 목적을 위해 이용할 수 있게 된다.

이와 같은 부류의 보상은 왼손잡이 아이들 가운데서 더 잘 보인다. 가정생활에 있어서 혹은 학교생활을 처음 시작할 때 그들은 불완전한 오른손을 사용하도록 훈련된다. 그 과정에서 처음에는 오른손으로 글자를 쓴다거나 그림을 그린다거나 수예를 하는 등의 세밀한 작업을 하기가 쉽지 않다.

하지만 정신이 그런 어려움을 극복만 한다면 불완전한 오른손도 가끔은 고도의 예술성을 발휘할 수 있다고 기대된다. 실제로 그런 일이 일어난다. 많은 사례에서 볼 수 있듯이 왼손잡이 아이는 다른 아이보다 글씨나 그림 실력이 뛰어나며 수예 솜씨도 훌륭하다. 그들은 올바른 기술을 배움으로써 흥미나 훈련이나 연습에 의해 불리한 점을 이점으로 변화시켜 갔기 때문이다.

전체를 위해서 공헌하고 싶어 한다거나 자신뿐만 아니라 타인에게도 관심을 갖고 있는 아이들은 자신의 결함을 고치려는 훈련에 성공할 수 있다. 그들이 노력을 위한 목적을 계속 가지고 있을 때, 그리고 이 목적을 달성하는 일이 그들 앞에 버티고 서 있는 장애물보다 훨씬 중요하다고 생각할 때 그들은 계속해서 용기를 가질 수 있다.

그럼에도 아이가 자기의 어려움으로부터 해방되겠다는 바람만 갖고 있다면 개선이 늦어지게 된다. 문제는 그들의 관심과 주의가 어디로 향

Chapter 2 >> 용기 있는 사람은 뇌마저 바꾼다

해 있는가 하는 점이다. 만약 그들이 그들의 목표를 향하고자 한다면 당연히 그들은 그 목표를 달성하기 위해 스스로 훈련하고 준비할 것이다.

어려움이란 성공에 이르는 도중에 극복되어야만 하는 것 이상도 이하도 아니다. 그들의 관심이 자기들의 장애를 강조하는 일에만 향해 있다거나 어려움에서 해방되겠다는 목적으로만 장애와 싸우고 있다면 그들에게 진보란 없다.

불필요한 오른손이라는 개념은 단지 생각에 불과하다. 오른손이 그저 쓸모없지 않기만을 바란다거나 불필요하지 않을 정도만 되었으면 좋겠다고 생각한다면 능숙한 오른손잡이가 될 수 없다. 재주 있는 손을 갖기 위해서는 실제로 자주 사용하고 연습해야 한다. 능숙한 손으로 만들고 싶다는 마음이, 지금까지 서투름으로 인해 느꼈던 불편함보다 더욱 강하게 느껴져야만 한다.

만약 아이가 열심히 노력해서 장애를 극복하려 한다면 불편함을 없애겠다는 것 이외에 다른 목표가 있어야만 한다. 즉, 현실에 대한 관심, 다른 사람에 대한 관심, 협동에 대한 관심에 기초를 둔 목표여야 한다.

유전적인 요인과 그 영향에 관한 좋은 예를 한 가족을 통해 볼 수 있다. 수뇨관 이상으로 인해 고민하는 가족이 있는데 그 아이들은 야뇨증으로 매우 고민하고 있었다. 그런 경우 기관은 정말 이상이 생긴 것이다. 그런 이상은 대개 신장이나 방광이나 척추의 분열이라는 증상에 의해서 나타난다. 그 부분의 피부에 태어나면서부터 반점이 있는 것을 보면서 요추 부분의 불완전함 때문이라고 추측할 수도 있다.

그렇지만 야뇨증은 반드시 열등한 기관에 의해서만 설명되는 것은 아니다. 아이는 그 기관에 지배를 받고 있는 게 아니라 그 나름대로의 방법으로 모든 기관을 이용하고 있다.

가령 어떤 아이들은 밤에는 오줌을 누지만 낮에는 결코 그런 일이 없다. 이 습관은 종종 환경이나 부모의 태도가 변했을 때 사라진다. 지적장애아인 경우는 별도로 하고, 야뇨증은 아이가 자신의 불완전한 기관을 뭔가 다른 목적을 위해 사용하는 걸 그만둔다면 극복될 수 있다.

하지만 야뇨증으로 시달리고 있는 아이들은 주로 그 문제가 극복되도록 자극받지 않고 단지 그 일을 계속해 가도록 자극받는다. 현명한 어머니만이 올바른 훈련을 시킬 수 있다. 만일 어머니가 미숙하다면 불필요한 약점이 계속 남게 된다. 신장이나 방광 장애로 고생하는 가족을 보면 배뇨에 관한 일이 지나치게 강조되고 있음을 볼 수 있다. 그런 경우의 어머니는 야뇨증을 고쳐 주기 위해 잘못된 훈련을 시키고 있는 셈이다.

아이가 이런 행동들에 얼마만큼의 가치가 주어지고 있는지를 깨닫는다면 그는 즉각 반항할 것이다. 또 아이가 어머니의 행동에 반항한다면 그는 언제든 어머니의 최대 약점을 찔러 공격하는 방법을 발견하게 될 것이다.

불안과 적개심을
만들어 내는 가정

독일의 저명한 사회학자가 놀랄 만한 사실을 발견했다. 범죄를 억압하는 데 모든 노력을 기울이는 가정, 다시 말해 재판관, 경관, 간수 등의 가정에서 상당한 숫자의 범죄자가 나온다는 사실이었다.

교사의 아이들 또한 몹시 반항적인 경우가 많다. 나 자신의 경험에 비추어 보아도 이 통계는 어느 정도 맞는 듯하다. 나는 놀랄 만큼 많은 숫자의 신경증적인 아이들이 의사의 자녀들 가운데 있으며 또 많은 수의 비행 청소년들이 목사의 아이들이라는 사실을 알아냈다.

마찬가지로 배뇨 조절을 강조하는 부모 밑에서 자라는 아이들은 그들이 자신의 의지를 갖고 있다는 사실을 지극히 명료한 방법으로 즉 야뇨증을 통해 증명하고 있다. 뿐만 아니라 야뇨증은 우리가 의도하는 행동에 적합한 감정을 불러일으키기 위해서 꿈이 어떻게 이용되는지를 보여준다.

야뇨증인 아이들은 흔히 자기들의 방을 나와 화장실에 가는 꿈을 꾼다. 이런 식으로 그들은 자기변명을 한다. 이 말은 그들이 이불에서 소변을 볼 권리가 있다고 주장하는 것과 같다.

야뇨증의 역할은 일반적으로 낮과 똑같이 밤에도 다른 사람의 관심을 끌고 종속시켜 주의를 받으려는 것이다. 때로 그것은 타인을 적대시하는 일이며 그 습관은 적개심을 선언하는 일이기도 하다.

모든 각도에서 보면 우리는 야뇨증이 하나의 창조적인 표현이라는 사실을 알 수 있다. 그 아이는 입 대신에 방광을 사용하여 말을 하고 있는 것이다. 육체 기관의 불완전함은 그 아이에게 있어 의견을 표현하는 수단을 제공할 뿐이다.

이런 방법으로 자신을 표현하는 아이는 항상 긴장감으로 괴로워한다. 일반적으로 그들은 더 이상 특별한 관심을 받지 못하게 된 응석받이 아이들의 부류에 속한다. 그들은 남동생이나 여동생이 태어나면 엄마의 사랑을 계속 독점할 수 없으리라고 생각한다. 그러므로 야뇨증은 그러한 불쾌한 수단에 의해서라도 엄마와 더 가깝게 접촉하게 되리라는 기대를 표현하는 방식이다.

실제로 그 증상은 '나는 엄마가 생각하고 있는 만큼 성장하지 않았다. 아직 보살핌을 받지 않으면 안 된다'라는 표현이다. 아이는 아마 다른 사정이 있거나 다른 불완전한 기관을 가지고 있다면 그 수단을 선택했을 것이다.

가령 어떤 아이는 관계를 만들기 위해서 소리를 사용하기도 한다. 그 경우라면 그들은 한밤중에 계속해서 울어 댈 것이다. 어떤 아이는 몽유

병을 갖게 되기도 하며 악몽에 시달리기도 하고 침대 아래로 떨어지기도 한다. 갈증이 난다면서 물을 달라고 하는 경우도 있다.

이런 여러 표현의 배후에 있는 심리적 배경은 모두 비슷하다. 어떤 증상을 선택할지 여부는 자신의 몸 상태나 주위 사람들의 태도에 의해서 좌우된다. 그런 예들은 마음이 몸에 미치는 영향을 매우 잘 나타내 준다. 틀림없이 심리는 특정한 신체적 증상이 나타나는 데에 영향을 줄 뿐 아니라 몸의 전체 구성을 통제하며 영향을 준다.

우리는 이 가설을 직접적으로 증명할 수는 없으며 그런 증명이 어떻게 확립될 수 있는지를 이해하기도 어렵다. 그렇지만 간접적인 증거는 충분히 찾아볼 수 있다. 몸에 자신이 없다면 그 사람의 열등감은 발달의 모든 면에 반영된다. 그는 육체를 사용해 뭔가 하는 일을 좋아하지 않는다. 오히려 그런 일이 자기에게 가능하다고 생각조차 하지 않는다. 그 결과 자신의 근육을 유효한 방법으로 훈련하려는 생각은 하지도 않으며 외부 세계에서 보통 근육 발달에 자극이 된다고 생각되는 일들을 모두 배제하려고 한다. 근육의 훈련에 흥미를 갖는다든지 약한 몸에 대한 두려움이 없는 다른 아이들은 신체적 적응력이 갈수록 진보되어 가지만, 이 아이는 관심마저 없애려 하기 때문에 발달이 늦어진다.

이러한 고찰을 통해서 우리 몸의 형태와 발달은 심리에 영향을 미치며, 심리의 잘못이나 결함을 반영한다고 확실하게 결론지을 수 있다. 우리는 종종 정신적 실패로 인해 드러나는 신체적인 모든 증상들을 명확히 관찰하게 된다. 그런 사람들에게서는 장애를 극복할 수 있는 올바른 방법을 찾아볼 수 없다. 내분비샘조차도 태어난 후 최초의 4~5년 사이에 확실히 영향을 받는다.

불완전한 내분비샘 자체가 사람의 행동에 강제적인 영향을 미치는 일은 없다. 이에 반해 몸의 기관은 환경 전체에 의해서, 아이가 세상에 대해 느끼고자 하는 방향성에 의해서, 이런 흥미로운 상황 속에서 정신의 창조적 활동에 의해 끊임없이 영향을 받고 있다.

마음이 몸에 영향을 미친다는 또 하나의 증거가 있다. 다음에 이어지는 설명들이 더 잘 이해되도록 해 줄 것이다. 왜냐하면 그것은 보통 사람들에게도 친근한 표현이며, 몸의 고정화된 습성에 이끌리는 게 아니라 일시적인 표현에 끌리는 것이기 때문이다.

사람들은 자신의 감정을 눈에 보이는 어떠한 형태로 나타낸다. 자세나 태도나 표정에서, 아니면 다리나 무릎을 떠는 동작 등으로 드러나는 것이다. 이와 똑같은 변화가 다른 기관에 있어서도 보인다. 예를 들어 얼굴이 빨개진다거나 창백해지게 되면 혈액순환이 영향을 받고 있다는 뜻이다. 노여움, 불안, 슬픔과 그 밖의 어떤 감정을 느낄 때도 항상 몸은 말을 하고 있다. 개개인의 몸은 그 자신의 언어로 이야기를 하고 있다.

두려운 상태에 있을 때 어떤 사람은 떨고 어떤 사람은 몸의 털이 곤두서며 다른 누군가는 심장이 두근두근거린다. 식은땀을 흘리기도 하고 갈증이 나기도 하며, 목이 쉰다거나 긴장으로 위축되기도 한다. 어떤 때에는 한기로 몸이 오그라들고 식욕이 없어지거나 구토를 하기도 한다.

어떤 사람은 그런 감정에 의해 방광에 자극을 받기도 하고 성기에 영향을 받는 사람도 있다. 실제로 시험을 치르는 동안에는 성기에 자극을 받는다고 느끼는 아이들도 많이 있다. 범죄자들이 범행을 저지른 후에 사창가에 간다거나 애인을 만나는 경우가 많다는 사실은 잘 알려져 있다.

어떤 심리학자는 주장하기를 과학의 영역에서는 본래 성과 불안이 상호 결합되어 있던 것이며 완전히 동떨어져 있지 않다고 말한다. 그들의 견해는 대부분 그들 자신의 경험에 의존하고 있으므로 성과 불안의 관계가 모든 사람에게 적용된다고 할 수는 없다.

이러한 모든 반응은 개개인의 유형에 따라 다르다. 반응들 가운데 일부는 어느 정도까지는 유전적이라고 할 수 있으며, 어떤 종류의 신체적 표현은 자주 우리에게 그 집안의 약점이나 특징을 알도록 해 준다.

다른 가족도 매우 유사한 신체적 반응을 보일지 모른다. 여기에서 더욱 흥미 깊은 점은, 심리가 여러 가지 감정에 의해 신체적인 모든 조건을 어떻게 활성화시키는가를 보는 일이다. 여러 감정과 더불어 반응하는 신체적 표현은 심리의 상태가 좋거나 나쁘다고 해석되는 상황 속에서 어떻게 반응하고 활동할지를 보여 준다.

예를 들면 화가 났을 때 사람들은 자신의 불완전함을 될 수 있는 한 빨리 극복하기를 원한다. 이런 상황에서 가장 편리한 방법은 상대방을 공격하거나 비난하는 일이다. 노여움은 몸의 여러 기관에 영향을 끼쳐 행동을 위해 동원되기도 하며 더욱 긴장하게도 한다.

어떤 사람들은 화가 났을 때 위장의 상태가 나빠지기도 하고 얼굴이 빨개지기도 한다. 심지어 두통이 생길 정도로 혈액순환이 나빠지는 경우도 있다. 보통 편두통이나 습관성 두통을 겪는 사람들을 보면 심리적 배후에 격한 노여움이나 굴욕감이 억압되어 있음이 발견된다. 간혹 어떤 사람들은 신경통이나 전환성 발작을 겪기도 한다.

그럼에도 마음에 의해서 몸이 영향을 받는다는 근거는 지금까지 충분히 해명되지 않은 상태다. 아마 완전하고 충분하게 설명하기 힘든 문제일 것이다.

용기 있는 사람은
뇌마저 달라진다

정신적인 긴장은 수의隨意조직이나 식물성 신경조직에도 영향을 미친다. 긴장하고 있을 때에는 수의조직이 활동을 한다. 긴장한 사람은 탁자를 치기도 하고 입술을 깨물기도 하고 종이를 찢어 버리기도 한다.

긴장하고 있을 때 사람들은 어떤 방법으로라도 움직여야만 한다. 연필이나 둘둘 만 종이를 씹는 등의 행위는 긴장을 발산하려는 의도에서 나온다. 이러한 행위는 그 사람이 어떤 상황에 직면하는 태도가 지나치게 민감하다는 사실을 보여 준다.

모르는 사람들 사이에 있을 때 얼굴이 붉어진다든가 떨기 시작하며 경련을 일으키는 것도 마찬가지 경우다. 그 증상들은 모두 긴장의 결과다. 긴장은 식물성 조직에 의해서 몸 전체에 전달된다. 때문에 어떤 감정이 일어날 때는 몸 전체가 전부 긴장하게 된다. 이런 긴장의 표시가 늘 균등하고 명확하게 나타나지는 않는다. 우리가 '증후'라고 부르는 것은 특정 결과를 발견할 수 있는 경우에 한해서다.

하나의 감정이 신체적으로 표현되기 위해서는 몸 전체가 관여하게 되는데, 자세히 살펴보면 이러한 신체적 표현은 심리와 몸의 움직임에서 기인하고 있음을 알 수 있다.

이처럼 마음과 육체 사이의 상호 관계를 탐구하는 일은 매우 필요하다. 우리가 매우 관심을 가질 만한 영역이기 때문이다. 우리가 갖고 있는 인생 방식과 거기에 호응하는 정서적 특성은 몸의 발달에 계속적인 영향을 미친다.

아이가 자기의 인생 방식을 유아기의 초기에 결정짓는다는 게 사실이라면, 그리고 우리가 만약 충분한 경험으로써 그 사실을 입증할 수 있다면 이후의 생활 속에서 결과로 나타나는 신체적인 모든 표현을 발견할 수 있다.

용기 있는 사람은 삶에 대한 자신의 태도를 몸으로 나타낸다. 그의 몸은 다른 식으로 만들어질 수 있다. 근육의 탄력성은 더욱 강해지며 몸의 동작은 더욱 민첩하게 된다. 삶에 대한 자세는 상당한 정도로 몸의 발달에 영향을 미치며 부분적으로는 근육의 탄력성이 좋아진다고 설명될 수 있다. 용기 있는 사람은 표정도 다르며 나중에는 얼굴 모습 전체가 달라진다. 두개골의 형태마저 영향을 받기도 한다.

병리학에서는 뇌의 좌반구 일부분이 손상된 사람의 예를 볼 수 있다. 좌반구의 손상으로 인해 그는 읽고 쓰는 능력을 상실하게 되었는데, 뇌의 다른 부분을 훈련함으로써 이 능력을 회복하게 되었다. 가끔 일어나는 일이지만 어떤 사람이 뇌졸중 발작으로 쓰러져 뇌의 파괴된 부분을 고칠 가능성이 전혀 없었음에도 불구하고, 뇌의 다른 기관이 그 기능을 회복하여 모든 능력이 완전히 복구되었던 일이 있다.

이 사실은 개인심리학을 교육적으로 응용할 가능성을 보여 주는데 많은 도움이 되기 때문에 특히 중요하다. 만약 심리가 뇌에 그와 같은 영향을 줄 수 있다면, 또는 심리가 도구에 지나지 않는다면 우리는 이 도구를 발달시켜 개량하는 방법을 발견할 수 있다.

일정한 표준의 뇌를 갖고 살아온 사람은 누구나 일생을 불가피하게 구속된 채로 있을 필요가 없다. 또는 뇌를 그 사람의 인생에 보다 적합하게 만드는 방법이 발견될지도 모른다.

잘못된 방향으로 목표를 설정한 심리 상태, 예컨대 협동 능력을 발달시키지 않은 사람의 심리는 뇌의 생장에 도움을 주기가 힘들다. 우리는 이런 이유로 협동 능력이 결여되어 있는 많은 아이들이 그 이후의 생활 속에서 지성이나 사물을 이해하는 능력을 발달시키지 못했다는 사실을 발견했다.

성인의 행동 전체가 처음 4~5년간에 완성된 인생 방식으로부터 많은 영향을 받기 때문에, 그리고 통각 체계 및 인생에 부여한 의미로 인한 결과를 모두 명료하게 볼 수 있기 때문에 협동의 문제를 고민하게 되며 이런 실패를 시정하는 데 도움이 될 수 있다.

개인심리학에서 이미 우리는 이런 학문을 향해 최초의 몇 발자국을 내디뎠다. 많은 심리학자들이 마음의 표현과 몸의 표현 사이에 끊임없이 관계가 맺어지고 있다는 사실을 지적해 왔다. 다만 양자를 잇는 다리를 발견하려고 한 사람들이 많지 않았을 뿐이다.

크레치머는 몸의 구조 속에 일정한 유형으로 맺어지는 마음과의 대응을 어떻게 발견할 수 있는가에 대해 논했다. 그리하여 그는 인류의 대다수를 몇 종류의 유형으로 구별 가능하다고 말했다. 예를 들어 땅딸보형의 사람, 즉 비만하고 둥근 얼굴에 낮은 코를 가진 사람들이 있다. 율리우스 카이사르가 다음과 같이 말했던 유형의 사람들이다.

> 뚱뚱하며, 머리를 단정하게 빗어 넘긴
> 밤에 잠을 잘 자는 남자들을
> 내 주위에 있게 해다오.

크레치머는 외적인 체형과 정신적 특징을 연결시켰다. 그러나 그는 저서에서 이렇게 관련지었던 이유를 명확하게 밝혀 놓지 않았다.

그들(땅딸보형의 사람)의 몸은 문화에 잘 적응한다. 그들은 신체적으로 다른 사람과 동등하다고 느낀다. 그들은 자기의 힘에 자신을 갖고 있다. 또한 긴장하고 있지도 않으며 만약 싸우고 싶다고 생각하면 싸울 수도 있다. 하지만 그들은 타인을 적으로 간주할 필요가 없으며, 인생이 그들을 적대시한다고 느끼지 않으므로 인생에 항거할 필요가 없다.

심리학의 어떤 학파는 그들을 외향적이라고 부른다. 우리는 그들이 외향적일 거라고 기대해야 한다. 왜냐하면 그들은 몸의 고통 따위를 갖고 있지 않기 때문이다.

크레치머가 구별한 대조적인 유형은 정신분열증적인 사람이다. 그들은 보통 키가 크고 코가 길며 계란형의 얼굴을 하고 있다. 이런 사람들은 걱정을 많이 하며 내성적이고 정신장애가 생기면 분열증이 온다. 카이사르가 다음과 같이 말한 유형의 사람들이다.

> 저기에 있는 카시우스는 너무 말라서 배가 고픈 듯하다.
> 그는 사물을 지나치게 생각한다.
> 저런 인간은 위험하다.

아마 이런 사람들은 불완전한 기관으로 인해 고민하며, 자기중심적이고, 보다 많은 주변의 관심 속에서 자랐을 것이다. 그들은 다른 사람들보다 많은 도움을 청할 것이며, 자기가 충분히 배려되고 있지 않다는 생각이 들면 원한을 품고 의혹을 갖게 된다.

그렇지만 우리는 크레치머가 인정했던 대로 대부분 혼합된 유형의 사람들이 많다는 사실을 발견한다. 비만형인 동시에 분열형에 속하는 정신적 특징을 갖고 있는 사람들도 있게 마련이다.

만일 그들의 모든 여건이 갖가지 방법으로 압력을 가하고 그래서 그들이 겁쟁이가 된다거나 용기를 잃게 된다면 우리는 이해할 수 있을 것이다. 우리는 어떤 아이든 계획적으로 실망시킴으로써 분열증적으로 행동하는 인간으로 만들 수 있을 것이다.

우리가 풍부한 경험을 갖고 있다면 여러 상황에 따른 개인의 행동을 보면서 그가 다른 사람과 협동하는 능력을 어느 정도 갖고 있는지 알 수가 있다. 사람들은 그 사실을 간과한 채 항상 직접적인 표시를 찾기 바란다.

협동 능력으로
상대를 유추할 수 있다

우리는 항상 협동의 필요성을 느끼며 살아간다. 그리고 이 혼탁한 삶 속에서 어떻게 해야 보다 좋은 방향으로 나아갈 수 있는가 하는 문제에 직면했을 때 과학이 아닌 직감으로 선택했다는 점은 시사하는 바가 크다.

우리는 역사의 모든 위대한 개혁이 눈앞에서 이루어질 때, 사람들이 마음으로부터 이미 개혁의 필요를 인정하고 달성하기 위해 노력했다는 사실을 보게 된다. 그런데 그 노력이 본능적인 데에 머물게 되면 과오가 남고 만다.

사람들은 흔히 매우 특수한 육체적 특징을 가진 사람들이라든가 기형 아들을 경멸했다. 이런 사람들은 협동에 그다지 적합하지 않은 사람들이 라고 판단해 버렸는데, 이는 커다란 잘못이다.

아마도 그들의 판단은 경험에 의거했을 것이다. 특수성으로 고민하는 사람들에게 협동의 기회를 증대시킬 수 있는 방법은 아직 발견되어 있지

Chapter 2 >> 용기 있는 사람은 뇌마저 바꾼다

않은 때였다. 그런 이유로 그들의 불리한 점이 지나치게 강조되고 대중의 편견에 의해 희생양이 되어야 했다.

그렇다면 우리의 입장을 요약해 보자. 아이가 태어나서 처음의 4~5년이 지나면 그 정신적인 노력은 통합되며, 심리와 육체와의 근본적인 관계가 세워진다. 정해진 인생 방식이 거기에 호응하는 정서 및 육체적 습성과 함께 받아들여진다. 협동 능력 또한 발달의 정도에 따라 높을 수도 낮을 수도 있다. 우리가 그 개인을 판단하고 이해하는 기준은 이 협동 능력이 어느 정도 되는가 하는 것으로부터 유추해 낼 수 있다.

모든 실패한 사람에게 공통적으로 가장 흔히 보이는 사실은 협동하는 능력의 정도가 지극히 낮다는 점이다. 우리는 이제 일보 전진한 심리학에 대한 정의를 내릴 수 있다. 즉, 협동의 부족에 대한 이해다.

심리란 하나의 통일체며, 외부로 표현되는 모든 행동에는 일관된 인생 방식이 작용하고 있다. 따라서 한 개인의 여러 가지 정서나 생각은 반드시 그의 인생 방식과 일치하게 된다.

만일 어떤 사람이 매우 곤란한 일을 일으켜서 자신의 행복에 역행되는 일을 한다면 이런 정서를 변화시키려는 일부터 시작하는 것은 무익하다. 그가 보여 주는 정서는 현재 갖고 있는 인생 방식이 표현된 데 불과하기 때문이다. 그러한 행동이 근절되려면 근본적으로 그가 갖고 있는 인생의 방식을 바꿔야만 한다.

여기서 개인심리학은 우리의 교육관 및 치료에 있어서 특별한 시사점을 준다. 우리는 한 가지 증상이나 하나의 표현만을 다루지는 않는다. 우리의 마음은 경험을 해석하는 방법과 그 경험을 토대로 인생에 의미를 부여하는 일에 있어서 익숙한 방식으로 계속 오류를 범하기 쉽다. 몸이나 환경으로부터 받았던 느낌에 대해 반응하는 행위에 있어서도 마찬가지다. 우리는 올바른 삶의 방식을 갖지 못하게 만든 원인들을 발견해 내야만 한다. 이것이 심리학의 참된 과제다.

만일 우리가 아이를 침으로 자극하여 그 아이가 얼마나 높게 뛰어오르는지를 본다거나 간지럼을 태워서 그 아이가 얼마나 크게 웃는지를 보려한다면 그런 일은 엄밀히 말해서 심리학이라고 부를 수 없다.

현대의 심리학자들 사이에서 매우 일반적인 방법으로 인정되고 있는 이런 방법은 실제로 한 개인의 심리에 대해 우리가 무엇인가를 알려 주는 것인지도 모른다. 그러나 그 점은 특정한 인생 방식에 대해 이야기할 때만 해당된다. 자극과 반응을 조사하는 사람들에게, 외상이나 충격적인 경험의 영향을 알아내려는 사람들에게, 또 유전되는 능력을 조사하여 그것들이 어떻게 전개되는가를 보려는 사람들에게만 해당될 뿐이다.

그러나 개인심리학에서는 정신 자체, 다시 말해 통일된 심리를 고찰한다. 우리는 개개인이 세상이나 자기 자신에게 부여한 의미, 그들의 목표, 그들이 기울이는 노력의 방향과 인생의 모든 문제에 대처해 나가는 방법을 관찰한다. 지금까지 알아본 바와 같이 여러 가지 심리적 차이점을 이해하기 위한 가장 훌륭한 열쇠는 협동하는 능력의 정도를 세밀하게 조사함으로써 얻어질 수 있다는 사실을 인식하는 일이다.

CHAPTER 3

열등감은
극적인 인생을
만들어 낸다

:: 열등감의 이해

열등감이란 개인이 어떤 일에 대해 잘 적응하지 못하거나 혹은 준비되어 있지 않아서 그 일을 해결할 수 없다는 자기의 확신을 언행으로 표현하는 경우에 나타난다. 이 정의로부터 우리는 눈물이나 변명과 마찬가지로 노여움 또한 열등감의 표현일 수 있다는 사실을 이해하게 된다.

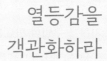

열등감을
객관화하라

세계적인 심리학자들이 자주 사용하는 개인심리학의 가장 중요한 발견은 '열등감'이라고 할 수 있다. 많은 학파의 심리학자들이 이 말을 채용해 그들 자신의 분야에서 사용하고 있다. 그렇지만 나는 그들이 열등감을 이해하고 있는지 혹은 올바른 의미로 사용하고 있는지에 대해서는 전혀 확신하지 못한다.

예를 들어 어떤 환자에게 그가 열등감으로 고통을 당하고 있다고 알리는 일은 아무런 도움이 되지 않는다. 오히려 해결 방법도 찾지 못한 채 열등감만을 더욱 심하게 증폭시킬 뿐이다.

우리는 그가 자신의 삶 속에서 특별히 실망감을 느꼈던 특정 사건에 대해 주의하지 않으면 안 된다. 우리는 그가 용기를 내지 못하고 있는 바로 그 문제에 대해서 그에게 용기를 북돋워 주어야 하는 것이다.

모든 정신 질환 환자들은 열등감을 갖고 있다. 신경증 환자들 역시 모두 열등감을 갖고 있기 때문에 열등감을 갖고 있는지 아닌지 여부로 환자들을 구별할 필요는 없다.

한 환자가 다른 환자와 구별되는 것은 그가 인생을 유익하게 살아갈 수 없다고 느끼는 이유가 어떤 종류의 상황인가 하는 점이다. 또한 자기의 노력이나 활동에서 느꼈던 한계에 의해서 구별된다.

그에게 "당신은 열등감을 앓고 있다."라고 알려서 용기를 가지도록 도울 수 있다고 생각한다면 머리가 아프다는 사람에게 "당신의 문제가 무엇인지 말씀드리지요, 당신은 머리가 아픈 겁니다."라고 말함으로써 그에게 도움이 될 거라고 생각하는 것처럼 똑같이 무익한 일이다.

대부분의 신경증 환자에게 스스로를 열등하다고 느끼는지 물으면 그들은 "아니요."라고 대답한다. 다음과 같이 말하는 사람도 있다.

"나는 내가 주위 사람보다 뛰어나다는 사실을 잘 알고 있습니다."

사실 우리는 물어볼 필요도 없다. 단지 그 사람의 행동을 유심히 관찰하기만 하면 된다. 자기 자신이 중요한 사람이라는 사실을 거듭 스스로에게 납득시키기 위해서 어떤 트릭을 사용하는지를 알기 위해서는 그의 행동을 보면 된다.

예를 들어 오만한 사람을 만나게 되면 우리는 그러한 태도를 통해 그의 마음을 추측할 수 있다. 그는 '다른 사람들은 나를 무시하는 경향이 있다. 나는 내가 대단한 사람이라는 사실을 드러내 보이지 않으면 안 된다'라고 느끼고 있는 것이다.

이야기를 할 때 제스처가 심한 사람은 '만약에 나의 말을 강조하지 않는다면 아무런 중요성도 갖지 못할 것이다'라고 느낀다고 추측할 수 있다.

자기가 타인에 대해서 우월한 듯이 행동하는 모든 사람의 배후에는 특별한 노력을 기울여서 숨겨야만 하는 열등감이 존재하고 있다. 그 노력은 마치 키가 너무 작아서 고민하는 사람이 자기를 커 보이게 하기 위해서 발끝을 세우고 걷는 일과 같다.

우리는 가끔 2명의 어린아이가 키 재기를 할 때 이러한 행동을 하는 것을 볼 수 있다. 자기가 작지 않을까 하고 염려하는 아이는 몸이 꼿꼿하게 경직되어 있다. 자기 키를 실제보다 커 보이게 하려고 신경 쓰기 때문이다.

우리가 그런 아이에게 "네가 너무 작다고 생각하니?" 라고 묻는다고 해서 아이가 그 사실을 인정하리라고 기대할 수는 없다. 그러므로 열등감이 강한 사람이라고 해서 반드시 순종적이고 조용하며 순한 눈을 한 비공격적인 인물인 것은 아니다.

열등감은 수많은 방법으로 자기를 표현한다. 나는 이를 동물원에 구경 간 3명의 아이들이 나타내는 각각의 반응으로 예증해 보일 수 있다.

그들 일행이 사자 우리 앞에 섰을 때 첫 번째 아이는 어머니의 치맛자락을 붙들고 "집에 가고 싶어."라고 말한다. 두 번째 아이는 그곳에 선 채로 얼굴이 창백해지고 벌벌 떨면서 "나는 조금도 무섭지 않아."라고 말한다. 세 번째 아이는 물끄러미 사자를 노려보며 "침을 뱉어 줄까?" 하고 어머니에게 말한다.

여기서 우리는 사실 세 아이 모두가 열등감을 갖고 있다는 사실을 알 수 있다. 그들 각자는 자신의 감정을 자기의 인생 방식과 일치하는 독특한 방법으로 표현했을 뿐이다. 열등감이란 어느 정도는 우리들 모두에게 공통적으로 존재하는 감정이다. 우리 모두는 항상 좀 더 나아지고 싶다는 바람을 갖고 있기 때문이다.

만약 우리가 용기를 갖고 있다면 우리는 이런 감정을 단 하나의 직접적이고 현실적이며 만족스러운 수단에 의해서, 즉 상황을 개선함으로써 제거하려 할 것이다. 어떠한 인간도 오랫동안 계속해서 열등감을 갖고 있을 수는 없다.

뭔가 활동을 압박해 오는 긴장 속에 내던져져 있는 인간은 결국에는 자기의 열등감을 견뎌내지 못하고 결국 그런 감정을 제거하려 든다.

그의 목표는 역시 '역경에 질 수 없다'는 것이지만, 장애물을 극복하는 대신에 자기최면이나 자아도취에 의해 뛰어난 사람으로 느끼려고 한다. 그가 시도하는 방법은 자신을 조금도 발전시키지 못하는 것들이다.

그러는 동안 그의 열등감은 축적된다. 왜냐하면 열등감을 자아내는 상황은 변함없이 남겨져 있기 때문이다. 열등감의 원인은 여전히 그 자리에 그대로 존재하고 있다. 한 발자국 움직일 때마다 그는 점점 깊게 기만 속으로 빠져들고 그의 모든 문제는 더욱 무겁게 압박해 온다.

우리가 그의 움직임에 아무런 의미를 두지 않고 바라본다면 그의 움직임에는 아무 목적도 없다고 생각이 된다. 그러한 움직임이 상황을 개선하기 위해서 계획됐다는 인상을 주지 않기 때문이다.

만약에 자기를 약한 사람이라고 깨닫는다면 그는 자기가 강하게 느껴질 수 있는 상황 속으로 옮겨 간다. 그리고 보다 강해지기 위해 충실한 사람이 되려고 노력하기보다는, 자기 자신의 눈에 한층 더 강하게 보일 수 있게끔 행동하는 데 그친다.

자신을 기만하려는 이러한 노력은 부분적인 성공밖에 거둘 수가 없다. 만약 그가 직업에 관한 모든 문제를 이겨낼 수 없다고 느낀다면 그는 가정에서 폭군이 됨으로써 자신의 중요성을 재차 납득시키려 할지도 모른다.

이러한 방법으로 그는 스스로에게 마취를 걸 수도 있지만 열등감은 고스란히 남겨져 있다. 앞의 경우와 같은 상황으로 인한 열등감은 그의 마음 밑바닥에 영속적인 흐름으로 남는다. 그때에야 우리는 진실로 열등감에 대해 이야기할 수 있다.

우월감을
획득하려는 노력

열등감이란 개인이 어떤 일에 대해 잘 적응하지 못하거나 혹은 준비되어 있지 않아서 그 일을 해결할 수 없다는 자기의 확신을 언행으로 표현하는 경우에 나타난다. 이 정의로부터 우리는 눈물이나 변명과 마찬가지로 노여움 또한 열등감의 표현일 수 있다는 사실을 이해하게 된다.

열등감은 늘 긴장을 자아내는 감정이기 때문에 우월감을 향해서 나아가는 보조적 운동이라고 할 수 있다. 그렇다고 해서 우월감을 얻는 것으로 문제를 해결하려는 방법은 올바른 방향이 아니다. 우월만을 추구하게 되면 인생의 무익한 측면으로 향하여 정말 중요한 문제는 배제되어 버리기 때문이다.

당사자는 자기의 활동 범위를 한정하려고 함으로써 성공을 향해 전진하기보다는 패배를 피하는 일에 몰두한다. 난관에 부딪치게 되면 망설이면서 꼼짝도 하지 않거나 뒷걸음질 치는 모습마저도 보이게 된다.

그런 태도는 광장공포증인 경우에 매우 간단하게 나타난다. 이 증후는 '나는 앞으로 나아가야 하는 건 아니야. 나는 눈에 익은 상황에만 관련되어 있어야 해. 인생은 위험으로 꽉 차 있으니까. 그런 위험을 만날 기회를 피해야만 해'라는 확신의 표현이다. 이 태도가 끊임없이 유지된다면 그 사람은 방 안에 틀어박혀 있거나 침대에 웅크리고 앉은 채로 시간을 보내고 만다.

위험으로부터 몸을 사리는 행동 중에서 가장 철저한 표현은 자살이다. 자살하는 사람은 자신이 직면한 인생의 모든 문제를 포기하고, 자기의 상황을 개선하기 위해서 어떠한 행동도 할 수 없다는 확신을 표현하고 있는 것이다.

사람이 흔히 자살로써 우월감을 얻으려 한다는 말은 자살에 항상 비난이나 복수의 감정이 포함되어 있다는 사실을 깨달을 때 이해할 수 있다. 우리는 자살하는 사람들 대부분이 자신의 죽음에 대한 책임을 누군가에게 전가시키려 한다는 사실을 발견하게 된다.

자살은 마치 다음과 같이 말하는 것과 같다.

"내가 보기에 당신은 모든 사람들 속에서 가장 우울하며 상처받기 쉬운 사람이었다. 그 때문에 당신은 나를 너무도 심할 정도로 잔혹하게 취급했다."

신경증 환자는 모두 어느 정도 혹은 매우 상당한 정도까지 자기의 활동 영역이나 상황 전체에 대한 접촉을 한정해 버린다. 그는 육박해 오는 인생의 세 가지 문제에 대해서 거리를 둔 채로 자기가 지배할 수 있다고 느끼는 상황 안에서 스스로를 폐쇄시켜 버린다.

그는 자기만을 위한 좁은 집을 짓고 문을 잠가 버리며, 바람도 햇살도 신선한 공기도 들어오지 못하게 한 채 인생을 살아간다. 그가 상대를 협박으로 지배하려 할지 울음소리로 지배하려 할지는 훈련의 결과로 선택된다. 자기가 가장 잘 시험해 본 것, 자기의 목적에 가장 효과적이라고 생각한 방법을 택하게 된다.

때때로 그가 한 가지 방법에 불만을 느껴 다른 방법을 시도할 수도 있다. 그러나 어느 경우든 목표는 같다. 상황을 개선하기 위한 노력을 하는 일이 아니라 우월감만을 획득하려는 것이다.

울음으로써 상황을 지배할 수 있다고 생각하는 의지력 없는 아이는 울보가 된다. 이 아이가 그대로 성인이 되면 우울증 환자가 된다. 눈물과 불평은 협동을 혼란스럽게 하고, 타인을 노예 상태로 몰아넣기 위한 지극히 유효한 무기가 될 수 있다.

그런 사람들에게서는 부끄러움, 죄책감, 창피함 등으로 고통당하고 있는 사람들과 마찬가지로 표면으로 드러나는 열등감이 발견된다. 결국 그들은 곧 자기의 약점을 인식하고 스스로를 돌볼 수 없다는 사실을 인정하게 된다.

그들이 자신의 약점을 다른 사람에게 보이지 않으려고 숨기는 이유는 남들보다 우위에 서고 싶다는 목표 때문이다. 어떠한 대가를 치르더라도 제일인자가 되고 싶은 바람을 갖고 있는 것이다.

다른 한편으로 허풍을 떨고 싶어 하는 아이는 자기의 우월감을 한눈에 알아볼 수 있도록 나타낸다. 그런데 우리가 말이 아닌 행동을 조사해 보면 그 아이가 스스로 인정하지 않는 열등감을 가졌음을 이내 발견하고 만다.

이른바 오이디푸스 콤플렉스는 실제로는 신경증 환자의 '좁은 집'의 특별한 예에 불과하다. 만약 어떤 사람이 세상을 살아가면서 사랑의 문제에 직면할까 봐 두려워하고 있다면, 그는 이 문제로부터 달아나기가 힘들 것이다.

만일 그가 자기의 행동 영역을 가족이라는 테두리 속에 한정한다면 그의 성적인 노력도 이런 한계 내에서 이루어진다는 사실이 그리 놀랄 일은 아니다. 그는 불안감으로 인해서 오직 자기가 가장 잘 알고 있는 사람들에게만 관심을 기울인다. 가까운 사람들을 지배할 수 있었던 익숙한 방식이 다른 사람들에게는 받아들여지지 않으리라고 두려워하기 때문이다.

오이디푸스 콤플렉스의 희생자는 대개 어머니에 의해 응석받이로 자란 아이들인데, 그들은 자기의 소원이 반드시 성취될 권리를 갖고 있다고 믿도록 훈련되어 왔다. 또 가정의 범위 바깥에서는 스스로 노력을 해야 남들의 호의나 애정을 얻을 수 있다는 사실을 이해해 본 경험도 없다.

그들은 성인이 된 후에도 어머니의 치맛자락에 싸여 있는 상태다. 사랑의 대상에 있어서도 그들은 동등한 파트너가 아닌 '하녀'를 구한다. 그 대상은 물론 그들의 어머니인 셈이다.

모든 아이들은 어느 정도 오이디푸스 콤플렉스를 갖고 있다. 어머니가 아이의 응석을 받아 주고 그 아이가 자기의 관심을 오로지 어머니에게만 쏟고 있으면 그렇게 된다. 또한 아버지가 비교적 무관심하거나 냉담하다면 이런 오이디푸스 콤플렉스는 자연적으로 생기게 된다. 이러한 한정된 행동을 하는 모습은 모든 신경증 증세에서 찾아볼 수 있다.

말을 더듬거리는 사람이 이야기할 때에는 대개 주저하는 모습을 보인다. 그에게도 사회 감정이 남겨져 있기 때문에 동료들과 관계를 맺도록 강요되지만, 다른 사람들이 자기를 낮게 평가하며 시험당하지는 않을까 하는 두려움 때문에 다른 사회 감정과 싸우게 되고, 결국 이야기를 할 때마다 주저하게 되는 것이다.

학교에서 소외되는 아이들, 30세 정도까지 직업을 갖지 못한 사람들, 결혼 문제로 고민해 온 사람들, 같은 행위를 반복하지 않으면 안 되는 강박신경증 환자들, 낮에 하는 일에 진절머리를 내는 불면증 환자들은 모두 열등감을 갖고 있다.

열등감은 그들이 자신들의 인생 문제를 해결하기 위해 전진하는 일을 금지해 버린다. 자위, 조루, 성적 불능, 성도착 등의 증세들은 모두 '망설임'이라는 인생의 태도를 나타내고 있다. 이성에게 다가가려 할 때 자기는 불완전한 사람이라는 두려움을 갖고 있기 때문이다.

만약 우리가 "왜 그렇게 불완전한 것을 두려워하는가?" 하고 묻는다면 우월감이라는 목표가 곧 떠오른다. 가능한 유일한 대답은 그 사람이 자기 자신에게 너무나 높은 목표를 설정했기 때문이라는 것이다. 열등감이란 그 자체로서는 이상한 감정이 아니라는 사실은 이미 설명했다.

열등감은 인류가 자기 자신을 개선하려 하는 모든 노력의 결과다. 예컨대 과학도 사람들이 자기의 무지를 깨닫고 미래를 예견할 필요성을 느낄 때에만 일어날 수 있다. 또한 열등감은 인류가 자기의 생활을 개선하여 우주에 대해 보다 많이 알고 우주를 보다 잘 통제하기 위한 여러 노력의 결과다. 사실 나의 견해로는 우리 인간의 모든 문화는 열등감에 기반을 두고 있다고까지 생각된다.

목표가 구체화되면
방법도 바뀐다

어떤 외계의 방문자가 지구라는 혹성을 관찰한다고 상상해 보자. 그는 반드시 다음과 같은 결론을 얻을 것이다. '각종 조직이나 제도를 만들고 안전을 위해서 모든 노력을 기울이며, 비를 피할 목적으로 집을 짓고 몸을 따뜻이 하기 위해 의복을 만들고, 여행을 낙으로 삼기 위해 길을 만든 인간들은 확실히 자기 자신을 지상의 모든 생물 중에서 가장 약하다고 느끼고 있음에 틀림없다'라고 말이다.

사실 어떤 의미에서 인간은 모든 피조물 가운데 가장 약하다. 우리는 사자나 고릴라와 같이 강한 힘을 갖고 있지 않다. 이에 비해 다른 동물들은 생존하기 위해서 숱한 위험에 혼자 맞서는 일에 매우 빨리 적응한다.

어떤 동물들은 자기의 약함을 집단에 의해서 보호받는다. 즉, 그들은 무리를 지어서 생활한다. 그런데 인간은 세계의 다른 곳에서 발견할 수 있는 어떤 종들보다도 훨씬 복잡하고 깊은 협동을 필요로 한다.

인간의 자손은 특히 약하며 수년에 걸친 도움과 보호를 필요로 한다. 협력하지 않으면 환경에 완전히 굴복해 버릴 수도 있다는 뜻이다. 어떠한 인간도 한때는 가장 약하고 어렸던 적이 있다.

이런 점을 생각하면 모든 면에 있어서 협력하도록 훈련되지 않은 아이는 결국 고정적인 열등감과 비관주의를 가질 수밖에 없게 된다는 사실이 이해된다. 또한 우리의 인생이, 가장 협력적인 사람에게조차 여러 가지 문제를 계속 제기한다는 사실도 이해하게 된다.

어떤 개인도 우월이라는 자기의 궁극적인 목표나 환경을 완전히 지배하려는 목표에 도달하는 위치까지 다다를 수는 없다. 인생은 너무 짧으며 우리의 육체는 너무도 약하다. 그러나 다행히도 인생의 세 가지 문제에는 언제라도 풍부하고 충실한 해결책이 있다.

우리는 언제나 한 가지 해결책에 가까이 갈 수는 있지만 자기가 달성한 바에 계속 만족한 채 머무를 수는 없다. 협력은 어떠한 경우에도 계속된다. 협력적인 개인의 경우에는 우리가 공동으로 처해 있는 상황을 개선하려고 노력하며 희망으로 가슴이 벅차고 공헌으로 가득 차게 된다.

나의 견해로는, 우리 인생의 최고 목표에 도달할 수 없다는 사실에 대해서 아무도 염려하지는 않으리라고 본다. 만일 우리가 이제 더 이상의 어떠한 역경도 없는 위치에 도달했다고 상상해 보면, 그런 상황에 있는 인생이란 지극히 따분하리라 생각된다.

그렇게 된다면 모든 일은 성취될 수 있으며 만사가 미리 예정되어 버릴 것이다. 그 후로는 예기치 않았던 기회를 한 번도 가질 수 없게 된다. 장래에 기대하는 일은 아무것도 없게 된다.

인생에 대한 우리의 관심은 주로 우리가 확신을 갖지 못하고 있는 데서 유래한다. 만일 우리가 만사에 확신을 갖고 모든 걸 다 알고 있다면 결국 토론이나 발견 따위는 없을 것이다. 과학도 종말에 다다라 우리 주위의 우주도 지나치게 반복되는 이야기에 지나지 않을지 모른다.

달성될 수 없는 목표를 위해 우리에게 용기를 불어넣어 주는 예술이나 종교 역시도 아무런 의미를 갖지 않게 될 것이다. 인생이 그렇게 간단하게 연속되지 않는다는 사실은 엄밀히 말해 우리에게 행운이다.

인간의 여러 가지 노력은 계속되고 우리는 항상 새로운 문제를 발견하고 발명할 수도 있으며, 협력과 공헌을 위한 새로운 기회를 만들어 내는 일도 가능하다.

정신병 환자들은 처음부터 움직임이 통제되어 버린다. 인생 문제에 있어서 그가 내리는 해결은 저급한 수준에 그치며 따라서 그가 받는 어려움도 가중된다. 하지만 정상적인 사람은 자기가 부딪치는 모든 문제에 대한 해답을 뒤로 하고 새로운 역경과 과감히 맞서며 즉각 해결에 도달할 수 있다.

이런 식으로 해서 그는 타인에게 공헌할 수가 있으며, 타인에게 뒤지지 않고 주위 사람에게 신세를 지지도 않는다. 그는 특별한 배려를 필요로 하지 않으며 요구하지도 않는다. 오히려 그는 용기와 자립심을 갖고 사회 감정을 조화시켜 나가면서 자기의 문제를 해결하기 위해 전진해 간다.

우월이라는 목표는 개개인에게 있어서 매우 개인적이며 독창적인 것이다. 그 목표는 한 사람이 인생에 부여한 의미에 의존한다. 그리고 이 의미란 언어의 문제가 아니다. 그 사람의 독특한 인생 방식 속에서 만들어지며 스스로 창작한 기묘한 멜로디처럼 인생을 관통하여 울려 퍼진다.

그는 자기의 인생 방식 속에서의 목표를 한 번에 도식화할 수 있다는 듯이 표현하지 않는다. 그는 막연하게 표현하기 때문에 우리는 그가 주는 시사점에서 추측해 내야만 한다. 인생 방식을 이해하는 일은 시인의 작품을 이해하는 것과 비슷하다. 시인이 사용한 언어에 담긴 의미는 그가 사용한 언어 이상의 것이다. 이야기하고자 하는 바의 대부분은 독자들의 상상과 추측에 맡겨진다. 우리는 시 한 구절 한 구절 사이의 여백을 읽어 내야만 한다.

마찬가지로 개개인의 인생 방식도 매우 복잡한 조화의 묘미라고 할 수 있다. 심리학자는 시의 구절과 구절 사이의 여백을 읽는 법을 배워야만 한다. 인생의 의미를 맛보는 기량을 배워야만 하는 것이다.

인생의 의미란 인생의 최초 4~5년 사이에 만들어진다. 게다가 그 의미는 수학적인 과정에 의해 도달되는 게 아니라 목적도 없이 더듬어 보는 손놀림에 의해서, 완전히 이해되지 않은 감정에 의해서, 암시를 받고 설명을 구하며 만지작거리는 손놀림에 의해서 만들어진다.

우월이라는 목표도 마찬가지로 손의 더듬거림과 추측에 의해서 결정된다. 그것은 동적인 경향이며 생명을 건 탐구라 할 수 있다. 지도 위에 보인다거나 지리학적으로 결정되는 게 아닌 것이다.

아무도 자기의 우월 목표를 확실히 알지 못한다. 비교적 분명히 드러나는 개인의 직업적 목표는 다양한 목표 중의 일부분에 불과하다. 게다가 목표가 구체적으로 보이는 경우라 할지라도 그 목표를 위해 노력을 기울이는 방법은 수없이 변할 수 있다.

가령 의사가 되고 싶은 어떤 사람이 있다고 하자. 의사가 되고 싶다는 바람은 상당히 많은 의미를 내포하고 있다. 그는 내과 전문의라든가 아니면 생물학 전문가가 되고 싶을 수 있다. 그는 여러 가지 활동을 통해서 자기 자신이나 타인에 대한 나름대로의 독특한 관심을 나타낼 것이다. 우리는 그가 어느 정도까지 동료에게 도움이 되려고 훈련을 하는지, 또 어느 정도까지 타인을 도울지에 대한 한계를 정하는지 보게 된다.

그는 이런 목표로서 특정한 열등감에 대해 보상하고자 한다. 우리는 그의 직업 혹은 다른 분야에서 드러나는 모습을 통해 그가 보상하려고 하는 특정한 감정을 추측할 수 있어야 한다.

우리는 간혹 의사들이 매우 어린 시절에 죽음에 대한 사실을 이미 알고 있었다는 점을 발견한다. 죽음은 그들에게 인간의 불안적인 요소들 중에서 가장 충격적인 인상을 준 경우가 많다. 아마도 그들의 형제나 부모가 죽었던 경험이 있을 것이다. 그리하여 그들이 나중에 받는 훈련은 자신을 위해서건 타인을 위해서건 죽음에 대해 더욱 확실한 길을 찾는 방향으로 계속 나아가게 한다.

다른 누군가는 교사가 되는 일을 자기의 구체적인 목표로 삼는다. 그러나 우리가 잘 알고 있듯이 교사들도 실로 여러 유형이 있다. 만약 교사가 저급한 정도의 사회 감정밖에 갖고 있지 않다면, 교사가 되겠다는 그의 우월 목표는 자기보다 열등한 사람들 사이에서 지배적인 위치에 있고 싶다는 의미일 수도 있다.

반면 고도의 사회 감정을 갖고 있는 교사는 자기의 제자들을 동등한 사람으로 취급한다. 따라서 그는 인류의 복리에 진심으로 공헌하기를 바란다. 우리는 여기서 교사들의 능력이나 관심이 얼마나 다를 수 있는지, 또 이러한 모든 표현이 그들의 목표에 얼마나 중요한지에 대해 설명하는 것만으로 충분하다.

하나의 목표가 구체적이 되면 개인의 무한한 잠재력은 이 목표에 적합하게 축소되고 한정되지 않으면 안 된다. 하지만 목표 전체, 그 원형은 항상 이러한 한계를 조정하여 어떤 상황 아래에서라도 인생에 부여한 의미와 우월감을 잡기 위한 궁극적인 이상을 표현하려 든다. 그러므로 우리는 모든 개인들이 표현하는 그 이면의 것을 보아야 한다.

개개인은 자기의 목표를 구체적으로 할 때 그 방법을 변화시킬 수도 있다. 그것은 마치 그가 자신의 구체적인 목표의 하나인 직업을 바꾸는 일과 같다. 우리는 이때도 역시 저류를 이루는 인격의 통일된 일관성을 탐구해 내지 않으면 안 된다. 이 일관성은 모든 표현 속에 정착해 있다.

정삼각형을 여러 가지 다른 위치에 놓고 볼 때 삼각형의 모양은 언제나 똑같다는 사실을 발견하게 된다. 항상 공통적으로 일치되는 원형이라고도 할 수 있다. 그 내용은 하나의 표현에 의해서는 결코 다 표현해 낼 수 없으며, 단지 원형을 모든 표현들 속에서 인정할 수 있을 뿐이다.

목표를 위한
노력은 계속된다

어떤 사람을 향해서 우리는 "당신이 만일 우월해지고자 한다면 이런 저런 노력을 하면 이룰 수 있다."라는 식으로 말할 수 없다. 우월을 위한 노력은 자연스럽게 계속되는 것이다.

자기의 목표를 위한 구체적인 표현에 대해서 '이 일이 안 된다면 다른 어떤 일도 안 될 거야'라고 느끼는 사람은 신경증 환자뿐이다. 건강하고 정상적인 사람은 자신의 노력이 어떤 특정한 방향에서 방해되고 있다고 느끼면 빠른 시간 내에 새로운 돌파구를 발견해 내기 마련이다.

우리는 무엇이든 특정한 우월감을 추구하는 노력을 안이하게 공식화하려는 것이 아니다. 하지만 다양한 목표들 가운데 하나의 공통 인자인 신과 같이 되려는 노력을 발견할 수는 있다. 때로 우리는 이런 방식으로 자기를 지극히 노골적으로 표현하여 "신이 되고 싶다."라고 말하는 아이를 보기도 한다.

많은 철학자들도 그와 똑같은 생각을 갖고 있었다. 그리하여 아이들을 신과 같이 되도록 만들기 위해 훈련시키려는 교육자도 있었다. 옛날에 행해지던 종교적인 수련에서도 이와 같은 목표를 뚜렷이 볼 수 있다. 제자들은 신처럼 되기 위해서 자기 수련을 해야만 했다.

신과 같이 된다는 이 이상은 '초월자'라는 생각에 있어서 더욱 조심스러운 방법으로 나타난다. 니체가 신경증적이 되었을 때 스트린드베리의 편지 속에 자기 자신을 '십자가에 매달린 사람'이라고 한 표현에서 사태의 본질을 완연히 드러내고 있다.

신경증적인 사람들은 자주 그들의 우월 목표를 확실하게 나타낸다. 그들은 "나는 나폴레옹이다."라든가 "나는 중국의 황제다."라고 주장한다. 그들은 전 세계의 주목을 한 몸에 받고 싶어 하고, 만인에게 우러러보이고 싶어 하며, 전 세계와 무선으로 연락하여 모든 대화를 도청하고 싶어 한다. 또 그들은 미래를 예고하기도 하며, 초자연적인 힘의 소유자라고 주장하기도 한다. 신처럼 되고 싶다는 목표는—아마도 보다 합리적인 방법으로써—모든 일을 알고 우주적인 지혜를 소유하고 싶은 소망 혹은 생명을 영원히 갖고 싶다는 소원 속에 나타난다.

지상의 생명을 영원한 것으로 하고 싶다는 생각, 삶이 윤회한다는 상상, 내세에서의 불사를 예견하는 등의 기대들은 모두 신처럼 되고 싶다는 바람에 기반을 두고 있다.

종교적인 가르침에 있어서 불멸의 존재 즉 모든 시간을 초월하여 영원히 살아남는 존재는 신이다. 나는 지금 이런 생각이 옳은지 그른지에 대해 논하고 있는 것이 아니다. 그런 의견은 인생의 몇 가지 해석과 의미

중의 하나일 뿐이다.

우리는 모두 어느 정도까지는 신과 같이 되고 싶다는 의미에 관련되어 있다. 무신론자들조차도 신을 정복하려 하며 신보다 높은 존재이기를 원한다. 우리는 이 욕망이 독특하게 강한 우월 목표라는 것을 알 수 있다. 우월 목표가 한번 구체적이 되면, 인생 방식에 있어서 잘못이라고 생각되는 일이 없어진다. 개인의 습관이나 모든 징후는 그의 구체적인 목표를 달성하기 위해서 지극히 올바를 뿐이며, 그것들은 모든 비판을 초월한다.

모든 문제아와 신경증 환자, 알코올중독자, 범죄자, 성도착자는 자기가 우월한 입장이라고 생각되는 것을 달성하기 위해 거기에 적합한 행동을 한다. 그의 모든 징후 자체를 공격하는 일은 불가능하다. 그 징후는 마치 목표를 위해 반드시 필요한 듯이 보인다.

어떤 학급에서 가장 열등생인 소년이 선생님으로부터 "왜 내 성적은 이렇게 형편없는 거지?"라는 질문을 받자 이렇게 대답했다.

"제가 반에서 가장 게으르다면 선생님은 항상 제 일로 힘에 겨우실 거예요. 하지만 선생님께서는 반에서 문제를 일으키지 않고 공부도 잘하는 아이들에게는 전혀 주의를 안 기울이세요."

자기에게 주의를 끌게 하여 선생님을 지배하려는 게 그의 목표였기 때문에 그에 관한 한 소년은 가장 좋은 방법을 발견했던 것이다. 이런 상태에서는 그의 게으름을 없애 버리려고 해도 소용이 없다.

그는 자기의 목표를 위해 그런 일을 필요로 하고 있다. 그의 입장에서만 보자면 그러한 행동은 완전히 옳다. 만약 그가 자기의 행동을 변화시킨다면 그가 자신의 행동이 바보 같았다는 생각을 하게 되었을 때다.

집안에서는 너무도 순종적이어서 바보처럼 보이기까지 하는 소년이 있었다. 그는 집에서는 전혀 활기가 없었으며 학교에서도 소외되어 있었다. 반면 두 살 위인 형은 인생 방식에 있어서 그와 완전히 달랐다. 형은 머리가 좋고 활동적이었으며 간혹 뻔뻔스러운 행동으로 인해 문제를 일으키기도 했다.

어느 날 동생이 형에 대해서 다음과 같이 말했다.

"형처럼 뻔뻔스러워지기보다는 나처럼 바보스러운 편이 좋아요."

만약 그의 목표가 분쟁을 피하는 것이라면 그의 바보스러움은 실제로는 매우 지성적인 행동이다. 그가 바보처럼 보였기 때문에 그에게 뭔가가 요구되는 일은 거의 없었으며 잘못을 저질러도 그 일로 비난받지 않았기 때문이다. 그의 목표에서 본다면 바보가 아닌 게 바로 바보였다.

오늘날에 이르기까지 치료는 증후 그 자체를 공격하는 것이었다. 이런 태도에 대해 개인심리학은 의학의 영역은 물론 교육의 영역에서도 완전히 반대되는 입장을 취한다.

아이의 수학 능력이 모자란다거나 그 밖에 성적이 나쁜 경우 등에는 오로지 주의를 그러한 특징 자체에 집중하여 그 상태를 향상시키려고 해서는 전혀 무익한 일이다.

아마 그는 자기 선생님에게 걸림돌이 되기를 바라고 있을 것이다. 어쩌면 퇴학을 당함으로써 아예 학교라는 곳으로부터 도망쳐 나오고 싶어할지도 모른다. 우리가 그를 한쪽 측면에서만 논해 본다면 그는 자기의 목표를 달성하기 위한 새로운 방법을 찾아냈다고 할 수 있다. 이는 마치 성인인 신경증 환자의 경우와 같다.

가령 편두통으로 괴로워하는 사람이 있다고 하자. 이러한 두통은 그에게 많은 도움이 되며 언제든 그가 필요로 할 때마다 두통 증세가 일어난다. 두통 덕분에 사회의 모든 문제를 해결하지 않고 도피할 수 있기 때문이다. 그런 두통은 언제나 그가 처음으로 사람과 만난다거나 새로운 결단을 내리지 않으면 안 되는 경우에 일어난다. 동시에 그런 두통은 그의 사무실 직원 혹은 아내와 가족을 지배하는 데 도움을 준다.

어떻게 그가 인생의 시험을 치러 내는 이토록 훌륭한 방법을 멈추리라고 기대할 수 있겠는가. 자기가 생각하기에 매우 의미 있는 이 고통은 현명한 투자임에 틀림없다. 그 증상은 그에게 자기가 원하는 모든 이익을 가져다 주었다.

그에게 충격적인 설명으로 위협함으로써 그를 이런 증후에서 빼내려하는 일도 가능하다. 그 일은 마치 전쟁신경증 환자를 가끔씩 전기충격이나 외관 수술로 위협해서 증후를 없애려는 방법과 같은 맥락이다. 의학적인 처치로 그의 두통을 멈추게 할 수도 있다. 그래서 그 자신이 선택한 두통이라는 특정 증후를 고집하기가 힘들어질 수도 있다.

그러나 그의 목표에 변함이 없는 한 그가 두통이라는 증세를 버린다고 해도 그 대신에 또 다른 증후를 찾아낼 것임에 틀림없다. 편두통이 낫는다고 해도 불면증이라든가 뭔가 새로운 증후를 습관적으로 갖게 될 것이다. 그의 목표가 변하지 않고 그대로 있는 한 그는 그러한 증후를 계속 추구해 나가게 되어 있다.

놀랄 정도로 빨리 자신의 증후를 포기하고 일순간의 망설임도 없이 새로운 증후를 받아들일 수 있는 신경증 환자도 많이 있다. 그들은 끊임없이 자기들의 레퍼토리를 넓혀 가면서 신경증에 관한 도사가 된다. 이들에게 심리요법에 관한 서적을 읽게 하는 방법은 그들이 아직 시험해 볼 기회가 없었던 다른 신경상의 장애를 그들에게 알려 주는 일을 할 뿐이다.

우리가 계속해서 탐구해야 하는 바는 일정한 증후를 나타나게 만들었던 목적에 대해서며, 우월이라고 하는 일반적인 목적과의 결합에 대해서다.

내 강의를 듣는 학생들에게 사다리를 갖고 오게 한 뒤, 내가 그 사다리를 타고 올라가 칠판의 맨 꼭대기에 버티고 앉았다고 가정해 보자. 그런 나를 보면 누구나 '아들러 박사는 완전히 돌았다'라고 생각할 것이다. 그들은 어째서 내가 사다리를 타고 거기에 올라갔는지, 왜 그런 이상한 장소에 앉아 있는지 이해할 수 없기 때문이다.

그렇지만 만약 그들이 '그는 아마 물리적으로 다른 사람보다 높은 위치에 있지 않으면 자기가 열등하다고 느껴지기 때문에 칠판 위에 앉고 싶어 하는 것이다. 그는 학생들을 눈 아래로 내려다보고 있을 때에만 안심할 수 있을 것이다'라고 받아들인다면 그들은 나를 그 정도로 완전히 미쳤다고 생각하지는 않게 된다.

나는 구체적인 목표를 달성하기 위한 하나의 멋진 방법을 선택한 것이다. 그러면 사다리는 쉽게 납득이 가는 방법으로 생각되어지며, 그것을 타고 올라가려는 나의 노력이 잘 계획되어 훌륭하게 실행되었다고 생각할 것이다.

다만 한 가지 면에서만은 미치광이처럼 받아들여지게 될지도 모른다.

즉 우월에 관한 해석의 문제다. 만약 내가 나의 구체적인 목표를 선택하는 데 있어서 잘못된 사실을 납득하게 된다면 그때는 내 행동도 변화되어야 한다.

하지만 목표가 그대로인 경우 나의 사다리가 치워진다면 이번에는 의자를 갖다 놓을지도 모른다. 만약 의자도 치워진다면 나는 뛰어오르기라도 하면서 온갖 노력을 기울일 것이다.

모든 신경증 환자의 경우도 마찬가지다. 방법의 선택에 있어서는 어떤 것이라도 잘못된 것은 없다. 방법은 비판의 영역 바깥의 문제다. 우리가 고치려는 것은 보다 근본적인 것, 그의 구체적인 목표다.

목표가 변화되면 정신적인 습관이나 태도도 변하게 되어 있다. 결국 옛날의 습관이나 태도는 불필요하게 되고, 그의 새로운 목표에 적합한 새로운 것이 과거의 행동을 대신하게 된다.

친구를 사귀는 게 불안하고 어려워 그 때문에 힘들어 하던 30세가량의 여자가 나를 찾아온 적이 있다. 그녀는 직업 문제에서 발전할 수가 없었으며 가족에게는 무거운 짐이 된 상태였다.

그녀는 한때 비서라는 직업에 종사한 일이 있었는데, 사장이 그녀에게 사랑을 고백하면서 몹시 위협했기 때문에 사무실을 그만두지 않을 수 없었다. 그런데 새로 취직한 곳은 반대로 사장이 그녀에게 전혀 관심을 보이지 않았다. 그러자 그녀는 이번에는 매우 모욕당했다고 느끼면서 그만둬 버렸다.

그녀는 수년 동안이나 심리 치료를 받고 있었으나, 그 치료는 그녀를 사교적으로 만들지도 못했고 생활을 할 수 있는 직업을 구하도록 돕지도 못했다. 나는 그녀를 진찰하면서 그녀의 인생 방식을 알아내기 위해 꽤나 어린 시절까지 거슬러 올라가 보았다.

아이를 이해하는 능력이 없는 사람은 누구든지 어른도 이해할 수가 없다. 그녀는 막내딸로서 매우 귀여운 아이였으며 믿어지지 않을 정도의 응석받이로 자라났다. 당시 그녀의 부모는 매우 부유했기에 그녀의 소원은 말이 떨어지기가 무섭게 곧 실행되곤 했다.

그런 말을 듣고 내가 "당신은 공주처럼 자라났군요."라고 말하니 그녀는 "이상해요, 모두가 나를 공주님이라고 불렀어요." 하고 대답했다.

내가 그녀에게 가장 최초의 추억에 대해 묻자 그녀는 이렇게 대답했다.

"네 살 때 집 밖에 나가서 어떤 놀이를 하고 있던 아이들을 보았던 순간을 기억해요. 그들은 뛰어다니면서 '마녀가 나왔다'고 소리를 지르곤 했어요. 나는 너무 무서워서 집으로 돌아와 함께 살고 있던 할머니에게 정말 마녀가 있느냐고 물어보았어요. 할머니는 '있고말고요, 마녀나 강도나 도둑이 있어서 그들은 모두 아가씨를 쫓아온답니다' 하고 말했어요."

이 이야기를 통해서 나는 그녀가 집에 혼자 있는 것을 두려워하게 되었음을 눈치챌 수 있었다. 그녀는 인생 방식 전체에서 두려움을 표현하고 있었다. 그녀는 자기가 집을 나올 정도로 충분히 강하지 않다는 생각을 하며, 집에 있는 사람들은 그녀를 지켜 주어야 하고 모든 면에서 그녀를 돌보아 줘야만 한다고 느끼고 있었다.

그녀에게는 다른 유아기의 기억도 있었다.

"저에게는 피아노를 가르쳐 주는 선생님이 계셨어요. 남자 선생님이었는데 어느 날 그가 나에게 키스를 하려고 하는 거예요. 저는 피아노를 치다가 멈추고 나와서 엄마에게 그 이야기를 했고, 이후로 다시는 피아노를 치고 싶지 않았어요."

여기에서 그녀가 남자와의 사이에 커다란 거리를 두도록 훈련되어 왔다는 사실도 알 수 있었다.

그녀의 성적 발달은 사랑에 대해서 자기를 보호한다는 목표와 일치했다. 그녀는 사랑하게 되는 것은 하나의 약점이라고 느끼고 있었다. 여기서 나는 실제로 대다수의 많은 사람들이 사랑에 빠지게 되면 자신이 약해진다고 느끼게 된다는 사실을 말하지 않으면 안 되었다. 그리고 그들은 어느 정도까지는 옳다.

만약 우리가 사랑을 하고 있다면 우리 자신은 매우 뛰어나지 않으면 안 된다. 타인에 대한 관심은 스스로를 불안하게 만든다. 사랑은 상호 의존의 관계인데 '나는 결코 약해지지 않으며 결코 벌거숭이가 되지는 않는다'는 우월 목표를 가진 사람들은 사랑을 피하고 싶어 한다.

그런 사람은 사랑으로부터 멀어지려 하는 태도를 보이며, 사랑에 대해 잘못된 자세를 갖고 있다. 자주 보이는 일이지만 그런 사람들은 사랑에 빠진 듯하다고 느껴지는 상황을 우습다고 치부해 버린다. 그들은 불안한 감정을 가졌다고 생각되는 사람을 조소하기도 하며, 농담을 하고 조롱하기도 한다. 이런 방법으로 그들은 자신의 약한 감정을 제거해 버리려고 한다.

이 여성 또한 사랑과 결혼을 생각했을 때 자기가 약한 사람이라고 느끼게 되었다. 그래서 그녀는 남자들이 직장에서 그녀와 가까이하려 한 순간 필요 이상으로 강렬한 인상을 받았던 것이다.

그녀는 도피하는 일 이외에 어떤 다른 방법도 발견할 수 없었다. 아직 이런 문제에 직면해 있는 동안에 그녀의 아버지와 어머니가 세상을 떠나고 말았기에 그녀의 '궁전'은 거의 황폐화되어 버리고 말았다. 친척들이 와서 그녀를 보살펴 주었지만 그녀 입장에서는 전에 비해 그다지 만족스러울 수가 없었다. 얼마간의 시간이 지나자 친척들은 그녀에게 지치게 되었고 그녀에게 주의를 쏟는 일을 그만 두기에 이르렀다.

그녀는 화를 내며 자기가 혼자 있게 된 상황이 얼마나 위험한가에 대해 반복해서 이야기했다. 이런 식으로 해서 그녀는 자기 스스로 살아가야 하는, 혼자가 되는 비극에서 면할 수 있었다. 만약 친척들이 그녀와 관련된 일을 완전히 포기했다면 그녀는 자기가 미쳐 버렸을 거라고 확신하고 있었다.

그녀가 우월 목표를 달성하는 유일한 방법은 가족을 강요해서 자신을 지탱하고 자기 인생의 모든 문제를 차질 없이 끝내도록 하는 것이었다. 그녀는 마음속에 다음과 같은 이미지를 갖고 있었다.

'나는 이 혹성에 속한 사람이 아니라 다른 혹성의 사람이다. 그곳에서 나는 공주다. 이 빈약한 지구는 나를 이해하지 못하고 내가 중요한 사람이라는 사실도 인정하지 않는다.'

그 상태에서 한 발자국만 더 나아갔다면 그녀는 정말 미쳐 버렸을지도 모른다. 그렇지만 그녀는 얼마간 자기 소유의 재산을 갖고 있었고 자기를 돌봐 줄 친척들을 아직 발견할 수 있었던 탓으로 최악의 단계까지는 이르지 않았던 것이다.

반항아가 되도록
훈련되어지는 사례

열등감과 우월감의 양쪽이 뚜렷이 인정되는 특별한 예가 있다. 나에게 열여섯 살 된 여자아이가 온 적이 있는데, 그녀는 여섯 살, 일곱 살 때부터 도둑질을 계속해 왔으며 열두 살 때 이미 남자아이들과 외박을 하곤 했다.

그녀가 두 살 때 부모가 오랜 싸움 끝에 성격 차로 인한 이혼을 하자 그녀는 어머니와 함께 할머니 댁에서 살게 되었다. 자주 있는 일이지만 그녀의 할머니는 아이의 응석을 모두 받아 주었다. 그녀는 부모의 싸움이 가장 심했을 때 태어나서 어머니는 그녀의 출생을 환영하지 않았다. 그래서 어머니는 자기 딸을 좋아하지 않았기에 두 사람 사이에는 긴장이 계속되었다.

나는 나를 찾아온 그녀와 친근하게 이야기를 나누었다. 얼마 지나자 그녀는 이런 고백을 했다.

"전 사실 물건을 훔친다거나 남자아이들과 어울리는 걸 좋아하지 않아요. 하지만 전 엄마에게 지지 않겠다는 걸 보여 주어야만 했어요."

내가 그녀에게 "그럼 복수를 위해서 그런 행동을 하는 거니?" 하고 묻자 그녀는 "그런 셈이죠."라고 대답했다. 그녀는 자기가 어머니보다 강하다는 사실을 증명해 보이고 싶어 했다.

사실 그녀가 이러한 목표를 세운 이유는 자기가 약하다고 느끼고 있기 때문이었다. 그녀는 어머니가 자기를 싫어한다고 생각했으며, 열등감으로 고민하고 있었다. 자신의 우월성을 주장하기 위해서 그녀가 생각할 수 있던 유일한 방법은 문제를 일으키는 일이었다. 아이들이 절도라든가 그 밖의 범죄를 저지를 때에는 대개 복수를 하기 위해서다.

열다섯 살의 여자아이가 8일 동안이나 잠적했다. 그녀는 발견된 후 미성년자 재판소로 끌려가서 혼이 났다. 거기서 그녀는 자기가 어떤 남자에게 납치되어 묶인 채로 어느 방에 8일 동안 감금되어 있었다고 말했다.

아무도 그녀가 하는 말을 믿지 않았고 의사 역시 사실대로 얘기하라고 타일렀다. 의사는 그녀에게 친숙하게 이야기를 하였으나, 그녀는 의사가 자신의 이야기를 믿지 않자 몹시 화를 내며 그의 뺨을 때렸다.

그녀를 만나게 된 나는 그녀에게 어떤 사람이 되고 싶은지를 물은 다음, 나는 단지 그녀의 운명에만 관심이 있으며 그녀를 돕기 위해서 내가 무엇을 할 수 있는지에 대해서만 생각하고 있다는 인상을 주었다.

그러자 그녀는 "나는 어느 무허가 술집에 있었어요. 밖에 나왔을 때 엄마를 만났고 곧 아빠가 달려왔죠. 그래서 나는 아버지에게 들키지 않도록 나를 숨겨 달라고 부탁했어요."라고 실토했다. 그녀는 자기 아버지를 무서워하고 있었으며 그에게 반항하고 있었다. 그녀의 아버지는 자주 그녀에게 벌을 주었고, 그녀는 벌 받는 걸 두려워하고 있었기 때문에 거짓말을 할 수밖에 없었다.

이처럼 거짓말을 하는 경우에 있어서 우리는 엄격한 아버지를 조사해 보지 않으면 안 된다. 한편으로 소녀가 어머니와는 약간의 협력을 하고 있었다는 사실도 알게 되었다. 그녀는 이야기를 번복하여 어떤 사람이 그녀를 무허가 술집에 데리고 갔고 거기서 8일 동안 지냈다고 말했다.

그녀는 아버지 때문에 고백하는 걸 무서워했다. 하지만 동시에 그녀의 행동은 아버지를 앞지르고 싶다는 바람에 의해 지배되고 있었다. 그렇게 아버지에게 상처를 입힘으로써 자기가 정복자라고 느낄 수 있었던 것이다.

우월로 향하는 길을 잘못 선택한 사람들에게 우리는 어떻게 도움을 줄 수 있을까? 만약 우리가 우월감을 얻기 위해 하는 노력이 만인에게 공통되는 것이라고 인정한다면, 그 일은 그다지 어렵지만은 않다. 그때에 우리는 그들의 입장에서 볼 수 있으며 그들의 외로운 반항을 동정할 수 있다.

오로지 문제는 그들의 노력이 인생의 무익한 측면에서 행해지고 있다는 점이다. 모든 인간 생활은 바람직한 방향으로 나아가는 활동에 따라 아래에서 위로, 마이너스에서 플러스로, 패배에서 승리로 진행해 간다. 노력의 방향이 자신뿐만 아니라 다른 사람들도 함께 풍요로워지는 쪽으로 나아가는 사람, 다른 이들과 더불어 이익을 보도록 하는 사람들만이 인생의 모든 문제에 직면하여 그것을 극복할 수 있다.

만약 우리가 다른 사람들에게 올바른 방법으로 가까워진다면 우리는 그들을 설득하기 곤란한 사람이라고만 생각하지는 않게 된다.

여러 가치나 성공에 관한 인간의 모든 판단은 궁극적으로 협동에 기초를 둔다. 이는 인류 모두가 나누어 갖고 있는 위대하고 '평범한' 지혜다. 우리가 사람들의 행위와 이상, 목표, 활동, 성격에서 요구하는 모든 것들은 결국 우리 인간 사회에서 협동하는 데 공헌할 수 있는가 하는 문제에 지나지 않는다.

사회 감정이 완전히 결여되어 있는 사람은 결코 있을 수 없다. 우리는 그들이 이 점을 알고 있다는 사실을, 그들이 자기의 인생 방식을 어떻게 해서든 정당화하려 하고 타인에게 책임을 전가하려고 고투하는 모습에서 발견하게 된다.

다만 그들은 인생의 유익한 측면에서 전진해 나가려는 용기를 잃어버렸을 뿐이다. 열등감은 그들에게 말한다. "협동하면서 이루어지는 성공이란 너에게는 맞지 않다."라고 말이다. 그들은 인생의 참된 문제로부터 도피해 버리며, 자기들의 힘을 스스로에게 재확인하고자 실체 없는 그림자와의 싸움에 매달리고 있다.

우리 인간의 분업 체제 속에는 매우 변화성이 풍부한 구체적인 목표를 위한 여지가 있다. 모든 목표들 가운데 우리는 항상 무언가 비판거리가 될 만한 것을 발견할 수 있다.

우월이란 어떤 사람에게는 수학적 지식 속에 있는 것처럼 생각되기도 하고, 다른 사람에게는 예술 속에, 또 다른 사람에게는 육체적인 힘 속에 있다고 생각되기도 한다. 소화 기능이 뒤떨어지는 사람은 자신에게 닥치는 문제를 주로 영양에 관한 문제라고 생각하기도 한다. 그러면 그 사람의 관심은 음식물로 향할 수도 있다. 왜냐하면 그는 이런 방법으로 자기의 상태를 개선할 수 있다고 생각하기 때문이다. 결과적으로 그는 요리 전문가나 영양학 교수가 될 가능성이 있다.

이런 모든 구체적인 목표에 있어서 우리는 참된 보상이라는 점과 그와 더불어 여러 가지 가능성들로부터 자기 자신의 한계를 정하기 위한 몇 가지 시도들을 볼 수도 있다. 예를 들어 우리는 철학자가 때때로 깊은 사고를 하거나 저술을 위해서 사회를 떠나 은둔하지 않으면 안 되는 상황을 이해할 수 있다. 인간의 모든 창작 활동의 배후에는 우월을 획득하기 위한 노력이 있으며 그 노력은 우리의 문화를 풍부하게 만드는 데 공헌하고 있다.

이런 일에 다소의 과오가 있다 하더라도 우월이라는 목표가 고도의 사회 감정과 연결되어 있다면 결코 커다란 문제가 되지 않는다. 우리는 다양한 종류의 우수한 사람들과의 협동을 필요로 하기 때문이다.

CHAPTER 4

기억 속에
숨겨진
진짜를 찾아라

:: **불완전한 기억**

대개 사람들은 선뜻 자기의 최초의 기억에 대해
이야기해 준다. 그런 건 간단한 일이라고 생각하며
그 속에 숨겨져 있는 의미에는 생각이 미치지
않는다. 거의 누구나 최초의 기억을 이해하지는
못한다. 그러므로 보통 사람들은 자신들의 최초
기억을 통해서 그들 인생의 목적과 타인과의 관계,
그들의 환경에 대한 견해 등을 완전히 중립적이고
부끄러움 없이 고백할 수 있다.

실체를 향해 마음을 기울여야 한다

우월한 입장에 도달하기 위한 인간의 노력은 그 사람의 인격 전체를 아는 열쇠가 되기 때문에 그로부터 우리는 개인의 모든 정신생활과 만날 수 있다. 이 사실을 인식하는 것은 개개인의 인생 방식을 이해하려는 우리의 과제에 두 가지 도움을 준다.

첫째, 우리가 선택하는 어떤 곳에서나 출발할 수 있다.

모든 표현은 우리들이 같은 방향을 돌며 인격이 형성되는 유일한 동기와 유일한 특수성으로 이끌어 간다.

둘째, 우리에게는 막대한 양의 재료가 주어져 있다.

모든 언어, 생각, 행동이 우리의 이해에 도움이 된다. 우리가 어떠한 하나의 표현에 대해서 너무 성급하게 생각할 때 범하게 되기도 하는 과오도 수없이 많은 다른 표현에 의해서 다시 생각되고 시정될 수 있다.

우리는 어떤 표현의 의미에 대해, 그 의미가 전체 속에서 차지하고 있는 역할을 이해할 때까지 단적으로 결정 내릴 수 없다. 그렇지만 결국 모든 표현은 같은 바를 말하고 있으며 문제의 해결에 도움을 준다. 우리는 토기의 파편, 도구나 건물의 파손된 벽, 파괴된 기념비나 파피루스의 파편 등을 발견하고 그 부분들을 근거로 이미 소멸된 것들을 다루는 일을 하지 않는다.

인간의 이해는 그리 쉬운 일이 아니다. 개인심리학은 배우고 실천하기가 가장 어려운 학문일지도 모른다. 우리는 언제나 전체를 향해 귀를 기울여야만 하고, 진짜 열쇠가 스스로 명확해질 때까지 회의적이지 않으면 안 된다. 우리는 저마다의 매우 사소하고 다양한 특징들을 관찰해야 한다. 그 사람이 방에 들어오는 방법, 인사나 악수하는 모습, 웃음, 걸음걸이 등등으로부터 힌트를 얻어 내야 하기 때문이다.

우리가 어떤 하나의 측면만 생각하면 그것만 가지고는 갈팡질팡하게 된다. 다른 여러 가지 면을 확인함으로써 시정하고 확증하는 단계를 거쳐야 하는 이유다.

우리가 그를 이해했다고 느낀다 해도 그 역시 이해하지 않은 것이라면 우리가 옳다고 보증할 수 없다. 함께 통하지 않는 진리는 결코 전체적인 진리가 될 수 없다. 그것은 우리의 이해가 충분하지 않았다는 사실을 보여 준다. 아마 이 점을 오해하여 다른 학파는 부정적이거나 혹은 긍정적인 '감정전이'라는 개념을 끌어냈을 것이다.

이는 개인심리학적 치료에 있어서는 한 번도 나타난 적이 없는 요인이다. 응석을 부리는 데 익숙해져 있는 환자는 단순히 애정을 획득하기 위한 자신의 안이한 방법을 사용하고 있는 것일 수 있다. 그렇지만 지배하기를 원하는 바람이 있다면 아무리 심층에 숨겨져 있다 할지라도 명확하게 드러나게 된다.

만약 우리가 그를 가볍게 보고 넘긴다면 그는 즉시 적의를 나타낸다. 그렇게 되면 치료를 그만둘 수도 있고 반대로 자기를 정당화하고 상대가 후회하도록 만들기 위해서 치료를 계속하기도 한다.

우리가 그를 받아 준다거나 또는 가볍게 무시하는 행동은 그를 돕는 일이 되지 못한다. 우리는 한 명의 친구를 대하는 한 사람의 인간으로서 그에게 관심을 보여야만 한다.

어떠한 관심도 그보다 진실할 수도 혹은 객관적일 수도 없다. 우리는 그 자신의 이익을 위해 또 다른 사람들의 행복을 위해 그의 과오를 발견하는 일에 협력해야만 한다. 이 목적을 잘 기억한다면 감정전이를 재촉하는 일 같은, 권위자로서의 포즈를 취한다거나 그를 의존적이고 무책임한 사람이 되게 하는 위험스러운 잘못을 저지르지 않고 치료를 끝낼 것이다.

치료 행위는 협동의 실천이며 협동의 테스트다. 다른 사람에게 순수한 관심을 가질 때에만 비로소 치료에 성공할 수 있다. 눈으로 보고 귀로 들을 수 있어야만 하는 것이다. 그는 우리의 공통 이해를 위해서 자신의 분량만큼 공헌하지 않으면 안 된다. 우리는 이와 함께 그의 태도나 역경을 해명해야만 한다.

사람들의 심적 표현 속에서 가장 계시적인 것은 개인의 기억이다. 그의 기억은 그의 주변, 다시 말해 그 자신의 모든 한계나 모든 상황의 의미를 생각하게 한다. 우연한 기억이란 없다. 개인이 받는 무수한 인상 가운데서 사람들은 어렴풋하게나마 자신의 상황에 관계가 있다고 느끼는 것만을 기억하도록 선택한다. 이와 같이 사람의 기억은 그의 '생애 이야기'를 대표한다.

이 이야기를 자기 자신에게 반복하여 들려주는 이유는 자신에 대한 경고 혹은 위로를 위해서다. 또한 자기의 목표를 향해 스스로를 계속 집중시키고, 과거의 경험에 의해서 이미 시험해 보았던 활동 태도를 표준 삼아 미래에 직면하게 될 자신을 준비하기도 한다.

기분을 안정시키는 데 기억이 도움이 된다는 사실은 일상적인 행동에서도 확실히 볼 수 있다. 만약 어떤 일에 실패하여 낙담한 사람은 그 이전에 경험했던 패배를 곧잘 떠올리게 된다. 만약 그가 우울하다면 그의 기억도 모두 우울하다. 반대로 그가 기분이 좋고 용기로 꽉 차 있을 때에는 전혀 다른 기억을 선택한다. 그가 생각해 내는 내용은 즐거워서 그의 낙천주의를 확인해 준다.

이와 같은 방법으로 만약 그가 어떤 문제에 직면해 있다고 느낀다면 그는 그 일을 해결하는 데 도움이 되는 기억을 불러 모으게 된다. 이런 식으로 해서 기억은 꿈과 매우 비슷한 역할을 한다. 어떤 일을 결정해야 하는 상황이 되었을 때 많은 사람들은 그들이 무사히 합격했던 시험에 대한 꿈을 꾼다. 그들의 결정을 시험이라는 과거의 사건과 나란히 놓고서 이전에 성공했을 때의 기분을 다시 한 번 창출해 내려 하기 때문이다.

개인의 인생 방식 속에서 여러 가지로 생겨나는 기분에 대해 말할 수 있다면 그 기분의 일반적인 구조와 균형에 대해서도 말할 수 있다. 우울증 환자가 자기가 즐거웠던 순간이나 여러 가지 성공했던 일을 기억하고 있다면 계속 우울증에 빠져 있을 수는 없다. 그는 스스로에게 '나는 평생 동안 불행하기만 했다'라고 말하지 않으며 자기가 해석할 만한 사건들을 선택한다. 만약 어떤 사람의 우월 목표가 '다른 사람들은 언제나 나를 모욕한다'라고 느끼도록 요구한다면 그는 자기가 치욕스럽다고 해석할 만한 사건을 선택해서 기억하게 마련이다.

초기의 기억은 특별히 중요성을 띤다. 그 기억은 특정한 인생 방식을 갖게 된 근원을 가장 단순한 표현으로 보여 준다.

우리는 그러한 기억에서 아이가 응석받이로 자랐는지, 무시당하고 있었는지, 다른 사람과 어느 정도로 협동하도록 훈련받았는지, 어떤 문제를 겪었는지, 그런 문제들과 어떻게 싸워 왔는지를 판단할 수 있다.

시력이 나빠서 괴로움을 당하고 물건을 좀 더 가까이에서 보도록 훈련받은 아이들의 초기 기억을 보면 시각적 성격의 모든 인상을 발견할 수 있다. 그의 기억은 '나는 주위를 둘러보았다'로부터 시작되곤 하며 주로 색깔이나 형체에 대한 내용이 대부분이다. 운동 기능에 지장이 있어서 걷고 달린다거나 도약해 보고 싶다고 생각한 적이 없는 아이의 기억 속에서도 그러한 관심이 두드러지게 나타난다.

어린 시절부터 기억되고 있는 사건은 그 개인의 주된 관심사와 매우 가깝다. 우리가 그의 주된 관심사를 알게 된다면 우리는 그의 목표나 인생 방식도 알 수 있다. 초기의 기억을 매우 가치 있는 것으로 평가하는 이유는 이 때문이다. 또한 우리는 기억 속에서 그의 부모와 가족에 대한 관심도 발견 가능하다.

기억이 정확한지 아닌지는 별로 중요하지 않다. 무엇보다 중요한 점은 그런 기억이 그 개인의 판단을 보여 준다는 사실이다. 예를 들어 '아이 때부터 나는 이러한 인간이었다'라든가 '아이 때부터 나는 인생을 이런 것이라고 생각했다'라는 자기 자신에 대한 판단을 알아낼 수 있다.

모든 기억 중에서 가장 계시적은 것은 그가 기억해 낼 수 있는 최초의 사건이다. 최초의 기억은 그 개인의 근본적인 인생 방식과 그의 삶 가운데 최초로 만족스러웠던 결정을 보여 준다. 그 기억은 그가 무엇을 자기 발달의 출발점으로 삼았는가를 한눈에 보도록 해 준다.

때로 사람들은 어떤 사건이 처음이었는지 기억하지 못하겠다면서 대답을 회피하기도 하고 혹은 고백하지 않는 경우도 있는데, 그 자체도 하나의 계시가 된다. 우리는 그들이 자기의 근본적인 의미에 대해 논하고 싶어 하지 않는다는 사실, 그리고 협력할 생각이 없다는 사실을 추측할 수 있다.

최초의 기억에
숨어 있는 것

대개 사람들은 선뜻 자기의 최초의 기억에 대해 이야기해 준다. 그들은 그런 건 간단한 일이라고 생각하며 그 속에 숨겨져 있는 의미에는 생각이 미치지 않는다.

거의 누구나 최초의 기억을 이해하지는 못한다. 그러므로 보통 사람들은 자신들의 최초 기억을 통해서 그들 인생의 목적과 타인과의 관계, 그들의 환경에 대한 견해 등을 완전히 중립적이고 부끄러움 없이 고백할 수 있다.

최초의 기억에 있어서 또 하나 흥미로운 점은 그 기억이 매우 압축되어 있고 단순하기 때문에 집단 조사를 할 수도 있다는 사실이다. 우리는 학급 전체에 그들의 최초 기억을 써 달라고 의뢰할 수 있다. 만약 그 내용을 해석하는 방법을 알고 있다면 모든 아이들 한 명 한 명에 대해서 매우 가치 있는 이미지를 갖게 된다.

우리는 들은 그대로의 기억을 통해서 그들의 마음을 이해하는 법을 익히고 우리의 추측 능력을 보다 세밀하게 높여 나갈 수 있다. 물론 최초의 기억 속에서 발견할 수 있는 의미는 인격의 다른 표현들과 함께 점검되어야 한다.

우리는 무엇이 진실인지 알게 되고 한 가지 기억과 다른 기억을 비교하게 된다. 특히 그 개인이 협동하는 훈련을 하고 있는지, 그렇지 않으면 협동과 반대되는 훈련을 하고 있는지, 그가 용기를 갖고 있는지, 낙담하고 있는지를 알게 된다. 또한 그가 다른 사람들로부터 지지받고 보호받고 싶어 하는지, 아니면 자립적인지, 다른 사람에게 의존하려 드는지, 다른 사람으로부터 받으려고만 하는지, 베풀려고 하는지의 여부에 대해서도 알아낼 수 있다.

이제 최초의 기억 몇 가지를 사례로 제시하여 해석해 보려 한다. 나는 이런 사람들에 대해서 그들이 이야기해 주었던 내용 이외에는 아무것도 모른다. 그들이 아이인지 어른인지에 대한 정보도 없음을 밝혀 둔다.

 ## "내 동생이 ......이기 때문에"

최초의 기억 속에서 주변 인물 가운데 어떤 사람이 등장하는가에 대해 주의를 기울이는 일이 중요하다. 자매가 나타나는 경우에는 그 사람이 언니나 동생의 영향을 받았다고 생각하고 있음에 틀림없다. 자매는 그의 발달에 어떤 그림자를 드리우고 있다.

보통 우리는 두 사람의 관계를 통해 마치 트랙에서 함께 경주를 하고 있는 듯한 경쟁 관계를 발견하게 된다. 경쟁 관계는 성장에 있어서 어려움을 주는 요인이다. 우정에 의해 협력해야 하는 시기에 경쟁 관계에 정신이 쏠려 있다면 자기의 관심을 다른 사람들에게 확대시킬 수가 없기 때문이다.

그러나 이를 결론으로까지 비약하는 일은 피하도록 하자. 어쩌면 두 사람은 좋은 친구였을지도 모르기 때문이다.

"여동생과 나는 가족 중에 제일 어려서 동생이 학교에 갈 수 있는 나이가 될 때까지 나도 학교에 가는 일을 기다려야만 했습니다."

이제 경쟁 관계는 명확해졌다. '내 동생은 나를 방해했다! 그녀는 나보다 어리다. 그래서 나는 그녀를 기다리도록 강요되었다. 그녀는 나의 가능성을 축소시켜 버렸다!'라는 감정을 느낀 것이다.

이 기억의 의미가 정말 그렇다면 이 소녀 혹은 소년은 다음과 같이 느끼리라고 생각된다. '누군가가 나를 제한하여 나의 자유로운 발달을 방해하는 때가 내 인생에서 최대로 위험하다'라고 말이다. 아마 이 문장을 쓴 사람은 여자일 것이다. 여동생이 학교에 갈 수 있는 나이가 될 때까지 남자아이를 기다리게 하는 경우는 거의 없었으리라고 생각된다.

"그래서 우리들은 똑같은 날 입학하게 됐습니다."

이 말은 그러한 상황 속에 있는 소녀의 입장에서 본다면 좋은 교육이라고 할 수 없다. 그녀의 나이가 많기 때문에 뒤쪽에 있지 않으면 안 된다는 인상을 받았다고 해도 어쩔 수 없다. 어쨌든 틀림없이 그녀는 그렇게 해석했다. 그녀는 사람들이 여동생을 더 귀중하게 생각하고 자기는 경시되고 있다고 느꼈다. 그녀는 이와 같이 무시되었던 일에 관해서 누군가를 비난할 것이다. 어쩌면 어머니를 비난할지도 모른다. 그녀가 아버지에게 더욱 기울어지고 아버지 마음에 들기 위해 노력했다고 해도 놀랄 일은 아니다.

"나는 정확하게 기억하고 있는데, 우리가 처음으로 학교에 갔던 날 어머니는 '그날 오후 난 몇 번이나 문까지 달려 나가서 너희들을 찾았어. 우리 아이들이 이제 돌아올 시간이 되었다고 생각했거든' 하고 말했습니다."

여기에서 그녀는 어머니에 대해 언급하고 있다. 그 내용을 보면 어머니가 지적으로 행동했다고는 묘사되어 있지 않다. 그녀가 생각하는 어머니상이 그렇다. 그 어머니는 이제나저제나 아이들이 돌아오기만을 기다렸다. 어머니는 확실히 애정이 깊었다. 소녀들은 어머니의 애정을 알고 있었다. 하지만 그와 동시에 그녀는 불안해하고 있었다.

만약 이 소녀와 대화를 나누게 된다면 그녀는 어머니가 동생 쪽을 더욱 소중히 여겼던 일을 이야기해 줄 것이다. 그런 편애는 특별하게 놀랍지는 않다. 왜냐하면 막내는 거의가 다 응석을 부리기 때문이다.

이 최초의 기억에서 우리는 언니 쪽이 동생에 의해 방해받았다고 느끼게 되었다는 결론을 내릴 수 있다. 우리는 그녀가 나이 어린 여성을 싫어하는 상황을 보아도 놀라지 않는다. 일생 동안 자기가 나이를 너무 먹었다고 느끼는 사람들이 있으며, 대부분의 질투가 강한 여성은 자기보다 젊은 여성에 대해 열등감을 갖고 있다.

"내 최초의 기억은 세 살 때 할아버지의 장례식에 관한 것입니다......"

이 글은 어떤 소녀가 쓴 내용으로 그녀는 죽음에 깊은 인상을 받았다. 그것은 무엇을 의미할까. 그녀는 죽음을 인생에 있어 가장 불안하고 위험한 요소로 보았다. 그녀는 어린 시절에 일어났던 모든 사건에서 '할아버지가 돌아가셨다'는 기억을 끄집어냈다.

아마 그녀는 할아버지를 좋아했고 할아버지는 그녀의 응석을 받아 주었을 것이다. 대부분의 할아버지 할머니는 거의 언제나 자기의 손자들을 귀여워한다. 그들은 손자에게 부모만큼의 책임이 없으며, 가끔씩 아이들을 끌어들여 자기들이 아직 애정을 획득할 수 있다는 점을 보이고 싶어한다.

우리 문화는 노인들이 자기의 가치에 쉽게 확신을 갖도록 하는 문화가 아니다. 그러므로 그들은 때때로 손쉬운 방법에 의해 확신을 얻으려 한다. 여기서 우리는 이 할아버지가 아이였던 그녀를 귀여워했다는 사실, 그녀의 기억 속에 깊게 새겨져 있는 것으로 보아 응석을 잘 받아 주었다는 사실을 알았다.

할아버지가 죽었을 때 그녀는 그 사실을 커다란 고통으로 받아들였다. 집안의 동맹자가 없어져 버린 것이다.

"나는 할아버지가 매우 조용히, 하얀 얼굴을 하고 관 속에 누워 있었던 걸 생생히 기억하고 있습니다."

세 살짜리 아이에게 죽은 사람을 보게 하는 게 좋은지 나쁜지는 확실치 않으나, 적어도 아이에게 미리 마음의 준비를 시켜두는 편이 좋다. 대부분의 아이들은 죽은 사람을 보았을 때 강력한 인상을 받았으며 그 상황이 잊히지 않는다고 이야기해 주었다. 이 소녀도 그 장면을 결코 잊을 수 없었다. 그런 아이는 죽음의 위험을 감소시키려 하거나 아니면 극복하려 들기도 한다. 그들은 죽음과 대결하기 위해서는 의사가 다른 사람들보다 잘 훈련되어 있다고 느낀다. 의사에게 그들의 최초 기억을 물으면 죽음에 관한 기억인 경우가 많다.

'미동도 하지 않고 하얀 얼굴로……'라는 부분은 무언가 눈에 보이는 것에 대한 기억이다. 아마 이 소녀는 시각형이며 세계를 바라보는 데 관심이 있을 것이다.

"그리고 나서 묘지에 관이 내려졌을 때, 그 초라한 관 아래로부터 끌어올려진 끈을 기억합니다."

그녀는 또 자기가 보았던 것을 이야기한다. 그녀가 시각형일 거라는 추측이 확인된다.

"이 경험은 내 친척과 친구 혹은 어떤 지인이든 간에, 세상을 떠났다는 소식을 들을 때마다 몸이 전율하는 듯한 공포심을 나에게 남겨 놓았습니다."

죽음이 그녀에게 강력한 인상을 주었다는 사실이 다시 한 번 확인된다. 내가 그녀와 이야기를 나눌 기회가 있었다면, 나는 그녀에게 어른이 되면 뭐가 되고 싶은지를 물었을 테고 그녀는 아마 의사라고 대답할 것이다. 만약 그녀가 대답을 하지 않는다거나 질문을 피한다면 내 쪽에서 의사나 간호사가 되고 싶지 않느냐고 암시를 보낼 수 있다.

그녀가 '저 세상'이라고 말할 때, 죽음의 공포에 대한 한 가지 보상을 볼 수 있다. 우리가 그녀의 기억에서 전체로 파악했던 것은 할아버지가 그녀에게 소중한 사람이었다는 사실, 그녀가 시각형이라는 사실, 그녀의 마음속에서 죽음이 커다란 역할을 해내고 있다는 사실이다.

그녀가 인생에서 끌어낸 의미는 '우리는 모두 죽을 수밖에 없다'는 사실이다. 이 사실은 의심할 나위가 없다. 그러나 누구나 이 사실에 관심을 집중시키고 있지는 않다. 우리의 주의를 끄는 것들은 이 밖에 매우 다양하기 때문이다.

 "내가 세 살 때, 나의 아버지는......."

최초로 아버지에 관련된 기억이 나타날 때, 우리는 이 소녀가 어머니보다 아버지 쪽에 더 관심이 있었다고 상상할 수 있다. 아버지에 대한 관심은 언제나 발달의 제2단계다.

아이는 처음에 어머니 쪽에 더 큰 관심을 갖는다. 왜냐하면 처음 1, 2년 동안에는 어머니와의 협동 관계가 매우 밀접하기 때문이다. 아이는 어머니를 필요로 하며 어머니에게 애착을 느낀다. 아이의 심적 노력의 대부분은 어머니와 관련되어 있다.

만약 아이가 아버지 쪽에 주의를 기울이기 시작하면 어머니는 패배한 것이다. 그 사실은 아이가 자기의 상황에 만족하고 있지 않음을 의미한다. 이는 일반적으로 두 번째 아기가 태어난 결과다. 이 기억 속에서 동생에 대한 내용이 나타난다면 우리의 추측은 확인된다.

"아빠는 우리들을 위해서 포니를 두 마리 사 주었습니다."

아이는 한 명이 아니었다. 거기서 우리는 또 한명의 아이에 대해 듣고 싶어진다.

"아빠가 포니를 끌고 집에 데리고 왔습니다. 세 살 위의 언니가……."

우리의 해석은 고쳐지지 않으면 안 된다. 우리는 이 소녀가 맏딸이라고 생각했었지만 동생이라는 사실을 알았다. 그녀의 언니는 어머니에게 주의를 기울이고 있었을 것이다. 그래서 이 소녀는 아버지와 두 마리의 포니 선물에 대해 기억했던 것이다.

"언니는 줄을 쥐고 자기의 포니를 데리고 자랑스럽게 거리로 나갔습니다."

여기에서는 언니의 승리가 이야기되고 있다.

"나의 포니는 급히 언니 뒤를 쫓아 달려갔는데, 언니가 선두에 서 있었기 때문에 따라잡을 수가 없었습니다. 그래서 흙탕물만 뒤집어쓰고 말았죠. 무척 멋진 경험이 될 거라고 기대했었는데 그만 처참한 결말을 맞은 셈입니다."

언니가 정복을 하고 점수를 얻었다. 이 소녀가 하고 싶은 말은 틀림없이 다음과 같은 내용이다.

'정신을 똑바로 차리지 않으면 언니가 항상 이긴다. 나는 언제나 지고 있다. 항상 진흙탕 속이다. 안전하고 유일한 방법은 바로 일등이 되는 길 뿐이다.'

우리는 또 어머니를 둘러싼 싸움에서도 언니 쪽이 승리했다는 사실과 그런 이유 때문에 동생이 아버지 쪽에 주의를 기울이기 시작했다는 사실도 이해하게 된다.

"나중에 내가 기수가 되어 언니보다 뛰어난 사람이 됐지만 처음의 낙담했던 기분에는 조금도 위안이 되지 않았습니다."

우리가 추측했던 바가 모두 확인되었다. 자매 사이에 어떤 경쟁이 있었다. 동생은 '나는 언제나 지고 있다. 나는 선두로 나서야만 한다. 다른 사람들을 추월하지 않으면 안 된다'라고 느끼고 있었다. 이것이 바로 내가 묘사해 보이고 싶었던 유형이다. 그런 감정은 둘째나 막내들에게서 매우 자주 보이는 형태다. 그들에게는 항상 자기 앞에서 달리는 사람이 있으며, 그들은 언제나 이 페이스메이커를 추월하려고 한다.

이 소녀의 기억은 그녀의 태도로 인해 강화되었다. 그녀는 스스로에게 '누군가 내 앞에 있다면 나는 위험에 빠진 것이다. 나는 언제나 첫 번째가 되지 않으면 안 된다'라고 이야기하고 있다.

 ### "내 최초의 기억은 큰언니가 나를 파티에 데리고 갔던 일입니다……."

이 소녀는 자기가 사교계의 한 멤버였다고 기억하고 있다. 이 기억 속에서 다른 사람들의 경우에 비해 강한 협동성을 발견하게 된다.

열여덟 살인 그녀의 언니는 그녀에게 어머니 역할을 하고 있었다. 언니는 그녀를 귀여워해 준 가족 중의 한 사람이었다. 그 언니는 타인들에 대한 동생의 관심을 매우 지적인 방법으로 넓혀 간 것처럼 생각된다.

"우리 집은 4남매인데 내가 태어날 때까지 여자라고는 언니 하나뿐이었습니다. 그래서 내가 태어나자 언니는 남들 앞에서 나를 자랑하곤 했습니다."

이 말은 그다지 좋게 들리지 않는다. 아이가 자랑거리로 내보여질 때그 아이는 다른 사람을 위해 공헌하기보다는 자기가 칭찬을 받는 일에만관심을 갖게 될지도 모르기 때문이다.

"언니는 내가 아직 어렸을 때 나를 잘 데리고 다녔습니다. 파티에 갔을때의 일에 있어서는 한 가지 기억밖에는 나지 않습니다. 나는 끊임없이'이 부인께 네 이름을 말씀드려라'라든가 아니면 다른 어떤 말들을 하도록 재촉받았습니다."

이는 잘못된 교육 방법이다. 그로 인해 이 소녀가 말을 더듬는다거나언어장애가 왔다 해도 놀랄 일은 아니다. 아이가 말을 더듬는 것은 대개그 아이의 언어에 지나치게 강한 관심이 쏠린 경우다. 다른 사람과 자연스럽게 대화를 하는 대신에 그 아이는 자기를 의식하고 칭찬받도록 교육되었던 것이다.

"종종 내가 아무것도 말하려고 하지 않았기 때문에 집에 도착하면 꼭언니에게 혼이 나곤 했습니다. 그 때문에 밖에 나가서 사람들 만나기를싫어하게 되었던 일도 기억하고 있습니다."

여기에서 우리의 해석은 전면적으로 시정되지 않으면 안 된다. 이제야우리는 그녀의 맨 처음 기억의 배후에 있는 의미가 다음과 같다는 사실을 알게 되었다.

'나는 다른 사람들과 접촉하도록 강요당했습니다. 나는 그 일을 불쾌하게 생각했습니다. 그런 경험 때문에 나는 협동이라는 걸 계속 싫어하게 되었던 겁니다.'

우리는 그녀가 지금도 다른 사람과 만나는 일을 좋아하지 않으리라는 예측을 할 수 있다. 사람들을 만나면 그녀는 자기가 훌륭하게 보여야만 한다는 강박을 느낀다. 이러한 요구는 그녀에게 너무 무거운 짐으로 느껴진다. 따라서 그녀가 가능한 한 사람들과 멀리하고 싶어 한다고 예측할 수 있다. 그녀는 친구들과 함께 있을 때의 편안한 기분이라든가 평등해야 한다는 감정으로부터 멀어지는 훈련을 받았기 때문이다.

 "내가 어렸을 때 큰 사건이 하나 일어났습니다. 네 살 때쯤 증조할머니 댁에 간 적이 있는데⋯⋯."

할머니가 대개 손자를 귀여워해 준다는 사실은 이미 잘 알려져 있다. 그런데 그때까지 이 소녀는 증조할머니가 어떤 식으로 자신을 대해 주는지를 경험한 일이 없었다.

"증조할머니를 방문한 동안에 4대가 모여 가족사진을 찍었습니다."

이 소녀는 가계家系에 비상한 관심을 갖고 있다. 그녀가 증조할머니를 방문했던 일과 그때 찍었던 사진에 대해 그토록 강하게 기억하는 것을 보면, 자신의 가족에 대한 관심이 매우 컸음을 알 수 있다. 만약 이 결론이 맞다면 그녀의 협동 능력은 자기 가족의 테두리를 넘어서지 않으리라는 걸 알게 된다.

"우리가 차를 타고 사진관에 도착한 다음 하얀 자수가 놓여 있는 옷으로 갈아입었던 일을 뚜렷하게 기억합니다."

이 소녀도 아마 시각형인 것으로 보인다.

"4대가 함께 사진을 찍기 전에 내 동생과 내가 먼저 사진을 찍었습니다."

여기에서도 가족에 대한 관심이 나타난다. 아마 그녀는 동생과의 관계에 대해 더 이야기를 할 것이다.

"동생은 내 옆 의자의 팔걸이 위에 앉혀졌는데, 빨간 왕관을 갖고 있었습니다."

여기서도 그녀는 시각적인 부분을 기억하고 있다.

"나는 그 의자 옆에 서게 되었고 아무것도 들고 있지 않았습니다."

이제야 비로소 주요 쟁점을 발견하게 되었다. 그녀는 자기보다 동생이 더 귀중하게 보살펴졌다고 이야기하는 것이다. 그녀는 동생이 태어나자 그동안 막내로서 귀여움을 독차지했던 입장이 달라져서 몹시 불쾌감을 느꼈다고 추측할 수 있다.

"우리들은 웃어야 했습니다……."

그녀가 여기서 말하고 싶었던 바는 '그들은 우리를 웃기려고 했다. 하지만 왜 내가 웃어야만 한단 말인가? 그들은 동생을 왕좌에 앉히고 동생에게는 빨간색 왕관까지 주었다. 그런데 나에게는 도대체 무엇을 주었단 말인가!' 하는 사실이다.

"그런 뒤 4대가 함께 사진을 찍게 되었습니다. 나 이외의 모든 사람이 서로 잘 나오게 하려고 애를 썼죠. 하지만 나는 별로 웃을 기분이 아니었습니다."

가족들이 그녀에게 아주 잘 대해 주지 않았기 때문에 그녀는 공격적이 되었다. 이 최초의 기억을 통해서 그녀는 가족들이 자기를 어떻게 취급했는지에 대해 우리에게 알려 주는 일을 잊지 않았다.

"동생은 웃으라고 했을 때 너무나도 예쁘게 웃었어요. 정말 귀여웠죠. 지금도 나는 사진 찍는 것을 싫어합니다."

그와 같은 기억은 대개의 사람들이 어떤 방법으로 인생과 마주치게 되는지를 통찰토록 해 준다. 우리는 하나의 인상을 채택하여 그 인상으로 자신의 모든 행동을 정당화하기 위해서 사용한다. 그런 뒤에 결론을 이끌어 내고 그 결론이 명백한 사실인 것처럼 행동한다.

사진을 찍는 시간이 그녀에게 불쾌한 경험이었다는 것은 매우 명백하다. 그녀는 지금도 사진 찍기를 싫어한다. 어떤 일을 이 정도로까지 싫어하는 사람들은 흔히 자기가 싫어할 수밖에 없는 이유를 선택한다. 자기의 경험 속에서 그 일을 정당화하는 무거운 짐을 지워 줄 무엇인가를 고르기 때문이다.

이 최초의 기억은 위 문장을 쓴 사람의 인격을 이해하는 두 가지 중요한 요소를 우리에게 제공해 준다. 첫째, 그녀는 시각형이다. 둘째, 그녀는 자기 가족에 대해 애착을 갖고 있다. 그녀의 최초 기억 속에 나타난 모든 행동은 가족의 테두리 안에 놓여 있다. 따라서 우리는 그녀가 사회생활에 적응하기 위한 훈련이 잘 되었으리라고 보기가 힘들다.

"맨 처음 기억은 아니지만 내 최초 기억 중의 하나는 아마 내가 세 살 때쯤에 일어났던 사건일 겁니다. 집안일을 돌봐 주던 한 소녀가 나와 사촌을 지하실로 데리고 가서 우리에게 사과주를 먹어 보게 했는데 정말 맛있었어요......."

사과주가 지하실에 있다는 사실을 발견하는 것은 재미있는 경험이다. 만약 이 말만 갖고 결론을 내려야 한다면 우리는 두 가지 의미를 추측해 볼 수 있다.

이 소녀는 깜짝 놀랄 만한 새로운 상황과 만나는 것을 좋아하며 인생과 대결하는 용기를 갖고 있을 수 있다는 점이다. 또 한 가지 그녀가 말하고자 하는 바는 자기보다 강한 의지를 갖고 있는 사람이 있으며, 그들은 자기를 유혹하여 방황하게 만드는 일이 가능하다는 말을 하고 싶은 걸 수도 있다. 그중 어느 쪽으로 결정하게 될지는 그녀의 나머지 기억들이 도와줄 것이다.

"이후 다시 한 번 그 맛을 보고 싶어진 사촌과 나는 우리끼리만 지하실로 내려갔습니다."

이는 용기 있는 소녀의 행동이다. 그녀는 독립적인 사람이 되고 싶다는 생각을 갖고 있다.

"잠시 뒤 우리는 발에 힘이 빠져서 사과주를 엎질러 버렸기 때문에 지하실 바닥이 흥건하게 젖었습니다."

이 대목에서 한 명의 금주가가 출현하는 모습이 보인다.

"내가 사과주나 그 밖의 술을 싫어하는 것과 이 사건이 어떤 관련이 있는지는 모르겠습니다.”

여기에서도 하나의 작은 사건이 인생 방식 전체를 좌우하는 열쇠가 된다. 상식적으로 생각하면 이 사건이 그런 결론에 도달될 정도로 중대한 사건이라고는 보이지 않는다. 그러나 이 소녀는 묘하게도 그 일이 술 자체를 싫어하게 된 충분한 이유라고 받아들였다.

아마 그녀는 스스로를 과오로부터 어떻게 교훈을 얻어내야 하는지 잘 아는 사람이라고 생각하는 듯하다. 그녀는 자기가 진실로 자립적인 사람이며 자기가 잘못됐다는 걸 느끼면 고쳐야 한다고 생각할 것이다.

이 성격은 그녀의 인생 전체의 특징을 이루고 있을 수도 있다. 그녀는 마치 '나는 잘못을 범한다. 하지만 그 일이 잘못되었다는 사실을 깨닫게 되면 곧바로 시정하겠다'라고 말하고 있는 듯하다. 그렇다면 그녀는 매우 바람직한 유형의 사람이 되기 쉽다. 활동적이고, 용기를 갖고 노력하며, 자기의 상태를 개선하고, 항상 최선을 다해 삶의 방식을 탐구하는 사람이 되는 것이다.

이런 모든 사례들은 확실히 우리의 추측 능력을 길러 준다. 그렇지만 섣부르게 결론을 확신하기 전에 반드시 그 인격의 다른 여러 가지 표현을 볼 필요가 있다. 이제 사람들의 행위 속에서 드러나는 인격의 일관성을 몇 개의 진료 사례를 통해 살펴보기로 하자.

비난으로는 변화를
이끌어 낼 수 없다

불안신경증으로 괴로워하던 서른다섯 살의 남자가 나를 찾아왔다. 그는 집을 떠나면 불안을 느끼는 사람이었다. 한 번은 그가 취직을 해야 하는 상황이 되었는데 사무실에 출근하기만 하면 하루 종일 울고 싶어졌다고 한다. 저녁때 집에 돌아와 어머니 곁에 있게 된 뒤에야 간신히 마음을 가라앉힐 수 있었다.

최초의 기억에 대해 그는 이렇게 말했다.

"네 살 때 집의 창가에 앉아 바깥을 내다보면서 사람들이 움직이는 모습을 보고 재미있어 하던 기억이 납니다."

그는 다른 사람들의 움직임을 보는 일이 즐거웠다. 그 자신은 단지 창가에 앉아서 그들을 바라보고 싶었을 뿐이다. 그의 상태를 변화시키려 한다면 다른 사람들과 협력할 수 없다는 신념으로부터 그를 해방시키지 않으면 안 된다.

그에게 있어 유일한 삶의 방식은 타인에 의해 유지되고 있었다. 이러한 그의 견해 자체를 변화시키지 않으면 안 된다. 그를 비난하는 일만으로는 아무것도 달성할 수 없다. 약이라든가 X-레이에 의해 그가 확신을 갖도록 할 수는 없다.

그의 첫 번째 기억은 그의 흥미를 유발시키는 것이 무엇인지를 우리에게 알려 준다. 그의 주된 관심은 오로지 바라보는 일이다. 우리는 그가 근시로 고민했다는 사실을 발견했다. 그는 이러한 약점으로 인해 눈에 보이는 것에 대해서 보다 많은 주의를 기울였다. 그가 직업 문제에 부딪혔을 때도 그는 움직이지 않고 계속 바라만 보고 싶어 했다. 이 두 가지가 그에게 반드시 모순되는 일은 아니었다.

완치 후에 그는 이와 같은 자기의 주된 관심을 따라 직업을 선택했다. 화랑을 열었던 것이다. 이렇게 해서 그는 자기가 할 수 있는 분야에서 우리 사회의 분업에 공헌하게 되었다.

하나의 위험에만
생각을 집중하는 사례

히스테리성 실어증으로 고민하는 서른두 살의 남자가 치료를 받으러 왔다. 그는 속삭이는 정도 이상으로는 말을 하지 않았다. 이런 상태가 2년 동안 계속되고 있었다. 그 증상은 어느 날 그가 바나나 껍질을 밟아 미끄러져서 택시의 창문 쪽으로 쓰러졌을 때부터 시작되었다. 그는 이틀 동안 계속 토하였고 그 뒤에는 편두통으로 고생하게 되었다.

그 증상은 의심할 나위 없이 뇌진탕이었는데, 그 이유만으로는 그가 왜 말을 하지 않게 되었는지 충분히 설명되지 않았다. 그는 8주일 동안 한마디도 하지 않았다.

이 사건은 재판까지 이어졌다. 그는 사고의 책임이 온전히 택시 운전사에게 있다면서 택시 회사에 배상을 요구하고 소송을 제기했다. 그의 몸에 어딘가 이상이 생긴다면 소송에서 훨씬 유리하다는 사실을 우리는 이해할 수 있다. 그가 부정직하다고 말할 필요는 없다.

어쨌든 그는 그 사고의 충격 이후 말을 하지 못했다. 아마 그는 그 일로 인해서 말하기가 곤란하다고 생각했을 것이며, 그 증세를 변화시킬 만한 아무런 이유도 찾아내지 못했다. 커다란 소리로 이야기하도록 자극한 일도 없었다.

그 환자는 인후 전문 의사에게도 진찰을 받았지만 잘못된 곳은 아무데도 없었다. 그에게 인생 최초의 기억을 묻자 그는 다음과 같이 이야기했다.

"나는 똑바로 눕혀진 채로 요람 속에 있었습니다. 그런데 연결된 못이 빠지는 게 보이더군요. 결국 요람이 넘어져서 심한 부상을 입었습니다."

누구나 넘어지는 걸 싫어한다. 하지만 이 사람은 넘어지는 것 자체를 지나치게 강조했다. 그는 넘어지는 위험에 생각을 집중하였고 그 일이 그의 주된 관심사였다.

"내가 쓰러졌을 때 문이 열리고 어머니가 들어왔습니다. 나는 무서웠습니다."

그는 넘어짐으로써 어머니의 주의를 끌 수 있었다. 그의 기억에는 어머니를 비난하는 부분도 있다.

"어머니는 나를 충분히 돌봐 주지 않았습니다."

마찬가지로 그에게 있어 택시 운전사나 그 택시를 소유하고 있는 회사는 비난받아야 한다. 그들 모두 다 그를 충분히 보살피지 않았기 때문이다. 이 태도가 응석받이로 자란 사람들의 인생 방식이다. 그는 타인에게 책임을 전가시키려고 한다. 그의 뇌리에 남아 있는 다른 기억도 비슷한 내용이다.

"다섯 살 때 나는 20피트 높이에서 떨어졌고 무거운 나무판이 내 머리 위로 떨어졌습니다. 5~6분간 한마디도 할 수가 없었죠."

그의 입장에서는 이야기를 못하게 되는 편이 오히려 잘된 일이었다. 그는 그런 행동 방식을 익혀 갔으며, 넘어지거나 떨어짐으로써 말하는 걸 거부했던 것이다. 우리가 볼 때는 개연성이 없어 보이지만 그는 그런 식으로 인식하였다.

그는 이렇게 경험을 쌓아 갔다. 그리하여 이제는 넘어지거나 떨어지게 되면 자동적으로 말을 하지 않는 현상이 계속되었다. 이 행동이 잘못되었다는 사실, 즉 넘어지는 일과 말을 안 하는 것 사이에는 아무런 관련도 없다는 사실을 그가 깨달아야만 치료가 가능해진다. 그렇지만 다음의 기억을 통해 그가 이 사실을 이해하기에는 너무나 어려운 상황에 있다는 것을 보여 준다.

"달려 나온 어머니는 너무나 흥분한 듯이 보였습니다."

어떤 경우에든 그가 넘어지거나 떨어지는 일은 그의 어머니에게 공포감을 주었으며 그에게 주의를 집중하게 만들었다. 그는 귀여움을 받고 싶었고 주의를 끌고 싶어 하는 아이였다.

우리는 그가 자기의 불행에 대해서 어떻게 보상을 받고 싶어 하는지를 이해하였다. 다른 응석받이 아이들도 이와 같은 일이 반복해서 일어나면 비슷한 결과에 도달하거나 언어장애를 일으키는 방법 이외에 다른 생각을 해낼 수도 있다. 언어장애는 바로 그 환자의 상표로서, 자기의 경험 속에서 만들어 낸 인생 방식의 일부다.

억압에서 성장하는
투쟁 의식의 진화

스물여섯 살의 남자가 찾아와 만족스런 직업을 구하지 못하겠다고 호소한 적이 있다. 그는 8년 전에 아버지의 권고로 중개 회사에 취직했는데, 아무리 해도 그 일이 마음에 들지 않아서 최근에 그만두었다고 했다.

그는 다른 직업을 찾으려고 했지만 잘 나타나지 않았으며, 또한 잠을 이룰 수도 없고 여러 번 자살을 생각한 적도 있다고 말했다. 회사를 그만두었을 때 그는 집을 떠나 다른 곳에서 직업을 구했는데, 어머니가 위독하다는 편지를 받자 가족과 생활하기 위해 다시 집으로 돌아왔다.

이 이야기에서 우리는 그가 어머니의 귀여움을 받고 있었다는 사실, 아버지는 그에게 권위를 갖고 있었다는 사실을 추측하게 된다. 우리는 그의 인생이 다분히 아버지의 권위에 대한 대항이었음을 알 수 있다.

형제 중에서 그의 순위에 대해 알아보자. 그는 막내이자 외아들이었다. 그에게는 두 명의 누나가 있었는데, 큰누나 쪽이 언제나 그에게 보스였으며 작은 누나도 그다지 다르지 않았다. 아버지 역시 항상 그에게 잔소리를 했기에 그는 가족 전체로부터 지배되고 있다는 느낌을 강하게 받았다.

그의 아버지는 그를 농업학교에 보냈는데, 자기가 사려고 계획했던 농장에서 아들이 일하게끔 하기 위해서였다. 그는 학교에는 열심히 다녔지만 농부가 되고 싶어 하지는 않았다. 아버지에게 거부감을 갖고 있는 그가 아버지가 구해 준 중개업 회사에서 8년간이나 일을 계속했던 것은 놀랄 만했는데, 그는 가능한 한 어머니를 위해서 그 길을 따랐었다고 말했다. 어머니만이 유일한 친구였다. 그는 어머니와는 아직 어느 정도 협동할 마음이 남아 있다.

어렸을 때 그는 단정하지 못한 겁쟁이였으며 어두운 곳에 혼자 있는 것을 두려워했다. 야무지지 못했던 아이를 대하면, 항상 그를 위해서 정리정돈을 해 준 사람이 누구였는지를 찾아내야만 한다. 마찬가지로 캄캄한 어둠이 무서워서 혼자 있는 것을 싫어하는 아이가 있을 때에는 그가 주의를 끌고 싶은 사람, 즉 그를 유도해 줄 사람이 있다는 사실을 잊어서는 안 된다. 이 소년의 경우 그 대상은 어머니였다.

그에게 있어서 친구를 사귀는 일은 쉽지 않았다. 그는 연애를 한 적이 없었다. 그는 연애에 흥미가 없었으며 결혼하고 싶다는 생각도 하지 않았다. 그는 부모의 결혼 생활이 불행하다고 생각했기에, 이 사실이 그가 왜 결혼을 생각하지 않았는지에 대해 이해하는 데 도움을 준다.

그의 아버지는 아들이 중개업을 계속하도록 압력을 가하고 있었다. 그는 광고업 쪽의 일을 하고 싶었지만 자신이 이런 직업을 갖는 데 필요한 비용을 가족이 마련해 주지 않을 거라고 단정 짓고 있었다.

우리는 그의 행동 목적이 모든 면에서 아버지에게 반대하는 데 쏠려 있음을 알 수 있다. 그는 중개 회사에 있는 동안 완전히 자립해서 혼자 지내고 있었음에도 광고업을 배우기 위해서 자신의 돈을 사용하는 일은 하지 않았다. 그런데 이제 와서 그 일을 아버지에 대한 새로운 요구로 생각하고 있었다. 그의 최초의 기억은 엄격한 아버지에 대한 응석받이 아이의 반항을 뚜렷이 보여 준다.

그는 자기의 아버지가 레스토랑에서 어떻게 행동했는지도 기억하고 있었다. 어렸을 때 그는 식사하는 도중에 접시를 닦기도 하고 이쪽 테이블에서 저쪽 테이블로 옮기기도 했다. 그가 접시를 만지작거리며 다니는 행동은 그의 아버지를 화나게 만들었다. 아버지는 손님들 앞에서 그를 혼냈다.

그는 어린 시절의 경험을 아버지는 자신의 적이며 그의 인생은 아버지에 대한 투쟁의 연속이라는 증거로써 사용하고 있다. 그는 아직까지 진짜로 일을 하고 싶다는 생각이 없었다. 다만 아버지에게 상처를 입힐 수 있는 일이라면 무슨 일이든 할 마음을 갖고 있을 뿐이었다.

자살에 대한 그의 생각은 간단히 설명된다. 자살이란 일종의 비난의 표현이다. 자살을 생각함으로써 그는 '모든 일에 대한 책임은 아버지에게 있다'라고 말하고 있다. 자기의 직업에 관한 불만도 아버지에 대한 것이다.

아버지가 제안하는 모든 계획을 아들은 거부한다. 그는 응석받이 어린애이며 직업적으로도 자립하지 못한다. 그는 마음속으로는 일하지 않고 놀고만 싶다.

그렇다면 아버지와의 싸움으로 인한 그의 불면증은 어떻게 설명할 것인가. 만약 그가 수면 부족이라면 다음 날 일을 하기 위한 준비가 잘 되어 있다고 할 수 없다. 아버지는 아들이 일하기를 기다리지만 그는 피곤해서 움직일 수가 없다. 물론 그는 '나는 일하기 싫으며 강제적으로 하고 싶지도 않다'라고 말할 수도 있었다. 그러나 그는 어머니에게 신경을 써야 했으며 가족의 재정 상태도 몹시 나빴다.

만약 그가 일하기를 거부한다면 가족은 그에 대한 희망을 포기하고 그를 돌보는 일도 거부할 것이다. 그에게는 어떤 구실이 필요했다. 그리하여 일부러 바라지는 않았던 불행 즉, 불면이라는 핑계거리를 찾아내었다.

처음에 그는 꿈을 전혀 꾸지 않았다고 말했지만 나중에는 자주 꿈에 대한 기억을 이야기했다. 그는 누군가가 벽을 향해 공을 던지고 있는데 그 공이 언제나 튀어 날아가 버리는 꿈을 꾸었다. 이 꿈과 그의 인생 방식과의 사이에는 어떤 관계가 있을까. 이것은 평범한 꿈처럼 보인다. 나는 그에게 좀 더 구체적으로 물었다.

"그러고 나서 어떻게 되었습니까? 공이 날아가 버렸을 때 어떤 느낌을 받았나요?"

"공이 날아가 버리면 반드시 잠이 깹니다."

이제야 그는 자신의 불면의 구조에 대해 모든 것을 열어 보였다. 그는 그 꿈을 자명종 시계로 사용한 것이다. 그는 누군가 자신을 억누르고 쫓아다니면서 자신이 하고 싶어 하지 않는 일을 억지로 시키려 한다고 생각하고 있었다.

그는 누군가가 벽에 공을 던지는 꿈을 꾸고 언제나 이쯤에서 잠을 깬다. 그 결과 이튿날에는 영락없이 피곤해진다. 피곤할 때에는 일을 할 수가 없다. 아버지는 그가 일을 하도록 몹시 재촉했으므로 그는 이러한 방법을 동원해서 아버지를 물리쳤다.

만약 우리가 아버지에 대한 아들의 투쟁에만 시선을 고정시킨다면 그러한 무기를 생각해 낸 그의 머리가 매우 좋다고 생각할지도 모른다. 하지만 그의 인생 방식은 자기 자신은 물론이고 타인들에게도 그다지 만족스럽지가 않다. 우리는 그가 변화될 수 있도록 도와야만 한다.

내가 그의 꿈을 설명하라고 하자, 그는 더는 꿈을 꾸지 않지만 아직도 밤중에 잠을 깨곤 한다고 말했다. 그는 이제 계속 꿈을 꿀 용기가 없다. 왜냐하면 그 꿈의 목적이 발견될지도 모른다는 사실을 알게 되었기 때문이다. 그래도 그는 다음 날을 위해서 자신을 피로하게 만든다.

그에게 도움을 주기 위해서 우리가 할 수 있는 일이 무엇일까? 오직 가능한 방법은 그와 아버지를 화해시키는 일이다. 그의 모든 관심이 아버지를 굴복시키는 데로 향하고 있는 한 치료는 진전되지 않는다.

나는 언제나 그렇게 시작되어야만 하는 것처럼, 이 환자의 태도 속에 합리화라는 게 있다는 사실을 인정하는 일부터 시작했다. 나는 이렇게 말했다.

"당신 아버지는 완전히 잘못되어 있는 듯합니다. 아버지가 자신의 권위를 사용해서 늘 당신을 생각대로 움직이게 하는 건 조금도 현명한 처사가 아닙니다. 어쩌면 그는 병에 걸려 있어서 치료를 할 필요가 있을지도 모릅니다. 그렇다고 당신이 무엇을 할 수 있을까요? 당신이 아버지를 변화시킬 수 있다고는 생각지 않겠지요.

비가 내린다면 당신은 그 일에 대해 무엇을 할 수 있습니까? 우산을 갖고 가든지 택시를 타겠지요. 비와 싸운다거나 비를 이기려고 하는 일은 무익합니다. 현재 당신은 비와 싸우는 일에 시간을 허비하고 있습니다. 당신은 그것만이 힘이라고 믿으면서 자기가 이겼다고 믿는 것 같은데 실제로 당신의 승리는 누구보다도 당신 자신에게 가장 해를 주고 있습니다."

나는 그에게서 드러나는 불안, 자살, 외도, 가출, 불면의 관련성을 내보여서 그가 이 모든 것으로 아버지를 벌하려 한다는 사실, 하지만 실제로는 자기 자신을 학대하고 있다는 사실을 보여 주려고 했다. 나는 그에게 다음과 같은 충고를 했다.

"오늘 밤 잠자리에 들 때, 내일 피로해지기 위해서 자주 잠에서 깨어나고 싶다고 생각하십시오. 너무 피곤하면 내일 일을 할 수 없습니다. 그러면 당신 아버지가 몹시 노여워할 거라고 생각하세요."

나는 그가 진실과 직면하게 해 주고 싶었다. 그의 첫 번째 관심은 자신의 아버지를 괴롭혀서 상처를 입히는 일이다. 이 싸움을 그치게 하지 못한다면 치료는 무익해진다. 그는 응석받이 어린애다. 나는 그 사실을 알고 있고, 이제 그도 그 사실을 알게 되었다.

이 상태는 이른바 오이디푸스 콤플렉스와 비슷하다. 이 청년은 아버지에게 상처를 입히는 일에 마음을 빼앗기고 있으며 어머니에게 몹시 집착하고 있다. 그렇다고 그 마음이 성적인 것은 아니다. 아버지는 그를 동정적으로 대하지 않았고 그의 어머니는 아들의 응석을 받아 주었을 뿐이다.

그는 잘못된 훈련과 자신의 지위에 관한 잘못된 해석으로 괴로워했다. 그의 문제에 있어 유전은 아무런 역할도 하고 있지 않다. 예컨대 그는 부족의 족장을 죽여서 먹어 버린 야만인으로부터의 그 본능을 이어받은 게 아니다. 그의 문제는 자신의 경험 속에서 창출되었던 것이다.

이러한 태도는 어떤 아이에게서나 새롭게 유발될 수 있다. 그의 어머니가 했던 것처럼 모든 어머니가 아이의 응석을 받아 주기만 한다면, 그리고 그의 아버지가 그랬듯이 아버지들이 무턱대고 화를 내기만 한다면 상황이 어긋나기에는 충분하다.

만약 한 아이가 아버지에게 반항하여 자기 앞에 놓인 문제를 해결하기 위해 자립적으로 노력하는 데 실패한다면, 우리는 그가 앞서와 같은 인생 방식을 받아들이기가 아주 용이해진다는 사실을 이해하게 될 것이다.

CHAPTER 5

꿈은
우리의 마음을
위로해 준다

:: 꿈의 이해

꿈은 인생 방식의 산물로써 인생 방식을 만들고 강화하는 데 도움이 되는 것이 분명하다. 하나의 고찰은 꿈의 목적을 명확히 하는 데 도움을 준다. 우리는 꿈을 꾸지만 아침이 되면 밤에 꾼 꿈을 곧잘 잊어버린다. 사람들은 아무것도 떠오르지 않는다고 말한다. 그렇지만 과연 그럴까? 전혀 아무것도 남지 않게 될까?

사람은 누구나
꿈을 꾼다

많은 사람들이 자기가 꾼 꿈에 깊은 의미가 담겨 있다고 믿지만 자기가 꾼 꿈을 이해하는 사람은 극히 드물다. 그들은 꿈이 기묘하며 중요하다고 느끼지만, 여전히 인간은 꿈을 꿀 때 자기가 무엇을 하고 있는지, 도대체 왜 꿈을 꾸는지 알지 못한다.

인간은 항상 꿈에 관심을 가져왔으며, 꿈이 무엇을 의미하는지도 모르면서 여기저기 헤매고 다녔다. 인류 최초의 시기부터 이런 관심은 꾸준히 지속되어 왔다. 내가 알고 있는 바로는 포괄적 내지 과학적이라고 할 수 있는 꿈 해석의 이론은 두 가지밖에 없다.

꿈을 이해하고 해석할 수 있다고 주장하는 두 주류는 프로이트의 정신분석학파와 개인심리학파다. 그리고 이들 두 개 학파 중에서 개인심리학만이 상식과 완전히 일치하는 설명을 한다고 주장할 수 있다.

꿈을 이해하려고 했던 옛날 사람들의 시도는 물론 과학적이지는 않았지만 연구해 볼 가치는 있다. 적어도 그 연구는 사람들이 꿈을 어떻게 보아 왔는지, 꿈에 대한 그들의 태도가 어떤 것이었는지를 명확히 해 준다.

꿈은 인간 심리의 창조적 활동의 일부이기 때문에 사람들이 꿈을 통해 무엇을 기대해 왔는지를 알게 된다면, 우리는 그 목적을 이해하는 데 매우 가깝게 접근할 수 있다.

꿈에 대해 연구하다 보면 곧 놀랄만한 사실과 만나게 된다. 그동안 꿈은 미래에 관계된다는 논리가 당연한 사실로 여겨져 왔다. 사람들은 자주 꿈속에서 어떤 지배적인 영이나 신, 조상과 같은 존재들이 그들의 심리 속에 붙어서 영향을 준다고 느껴 왔다. 그들은 곤란한 일에 직면했을 때 뭔가 해결책을 얻기 위해서 꿈을 이용했다.

꿈에 관한 고대의 서적들은 어떤 꿈이 미래에 무엇을 의미하는가에 대해서 설명하고 있다. 고대인들은 그들의 꿈속에서 어떤 전조나 예언을 점쳤다. 그리스인과 이집트인들은 장래의 생활에 영향을 주는 신성한 꿈을 꾸게 해 달라고 기원하면서 신전에 제사를 지냈다. 그런 꿈은 치유력이 있으며 육체적 혹은 정신적 장애를 제거할 수 있다고 여겼기 때문이다.

아메리카 원주민은 꿈을 불러내기 위해 단식이나 목욕을 하는 등 대단한 노력을 했으며, 자신들의 꿈에 대한 해석을 염두에 두고 행동했다. '구약성서'에도 꿈은 항상 뭔가 미래의 사건을 계시하는 것으로 해석되어 있다.

오늘날에도 꿈에 일어났던 일이 그대로 생시에 실제로 일어났다고 주장하는 사람들이 심심치 않게 있다. 그들은 자기들이 꿈속에서는 천리안을 가진 사람이며 미래를 볼 수 있기 때문에 앞으로 무슨 일이 일어날지 예언 가능하다고 믿는다. 과학적 입장에서 보면 그러한 견해는 매우 하찮게 여겨질지도 모른다.

처음 꿈의 문제를 해결하려고 시도했을 때부터 나는 다음과 같은 사실을 명확하게 알 수 있었다. 예언의 측면에 있어서는 꿈을 꾸는 사람이, 잠이 깨어 있는 상태에서 자기의 모든 능력을 완전히 파악하고 있는 사람보다 훨씬 더 나쁜 입장에 있다는 점이다.

꿈은 각성 시의 사고보다 결코 지적이거나 예언적이지 않으며 오히려 무질서하고 혼란스러워 보였다. 그럼에도 우리는 어떤 이유에선지 꿈이 미래에 관련되어 있다는 인류의 전통에 주의를 기울이지 않으면 안 된다. 어쩌면 그 믿음이 완전히 잘못되어 있는 건 아니라는 사실을 알게 될지도 모른다. 우리가 꿈을 올바른 방법으로 관찰해 볼 때 이제까지 발견하지 못했던 문제의 열쇠가 발견될 수도 있다.

사람들은 종종 꿈이 그들의 모든 문제를 해결해 주리라고 생각하기도 했다. 꿈을 꾸는 개인적인 목적은 미래에 다가올 일을 안내받고 자신의 문제에 대한 해결책을 구하는 것이라고 결론을 내릴 수도 있다.

그러나 이 말이 꿈에 대한 예언자적 견해를 따른다는 의미는 아니다. 우리는 지금 그가 어떠한 해결을 원하고 있는지, 어디로부터 그 해결책을 얻기 바라는지를 고찰해 보아야만 한다.

꿈에 의해 주어지는 어떤 해석도, 상황 전체를 상식적으로 바라보고 사고함으로써 얻는 해결보다 나은 바가 없다고 생각한다. 실제로 꿈을 꾸는 일에 있어서 어떤 사람은 자신의 모든 문제를 수면 속에서 해결하기를 바라고 있다고 해도 과언이 아니다.

프로이트는 꿈이 과학적으로 이해 가능한 의미를 내포하고 있다는 입장을 취하고 있다. 하지만 프로이트의 해석은 몇 가지 점에서 꿈을 과학의 영역 바깥에 있는 것으로 취급해 버렸다. 가령 프로이트는 심리의 움직임에는 낮과 밤사이에 틈이 있다고 생각한다.

'의식'과 '무의식'은 서로 모순되는 것이라 보고, 꿈에는 일상의 사고 법칙과 모순되는 독특한 자신만의 법칙이 있다고 말한다. 그러한 모순이 나타나는 곳에서는 결국 심리를 다룸에 있어서 비과학적인 태도가 나올 수밖에 없다. 원시적인 모든 민족과 고대 철학자의 사고에는 이와 같이 모든 관념을 대립적인 명제로 나누어 서로 모순되는 것으로 취급하려는 자세가 발견된다.

대립 명제적 태도는 신경증 환자들에게서 매우 잘 나타나는 현상이다. 사람들은 흔히 좌우, 남녀, 한온, 경중, 강약 등이 서로 반대되는 것이라고 믿는다.

그렇지만 과학적 견지에서 본다면 그런 것들은 반대되는 게 아니라 일종의 다양성이다. 그것들은 어떤 이상적인 허구를 향한 각각의 근사치에 따라 배열되어 있을 뿐이다. 마찬가지로 선악도, 정상과 이상도 모두 대립하는 모순이 아니라 하나의 변수이다.

자고 있을 때와 깨어 있을 때, 또 꿈의 사고와 낮의 사고를 대립되는 모순으로 취급하는 어떠한 이론도 비과학적임에 틀림없다. 프로이트의 견해 가운데 또 하나의 난점은 꿈이 성적인 배경을 갖고 있다는 견해다. 이 역시 인간의 노력이나 활동으로부터 꿈을 분리시켜 버렸다. 만약 그 주장이 사실이라면 꿈은 인격 전체가 아니라 그 일부에 지나지 않는다는 의미를 갖게 된다.

프로이트학파는 스스로 꿈의 성적 해석이 불충분하다는 사실을 인식했으며, 프로이트 또한 꿈속에서도 죽고 싶어 하는 무의식의 욕망 표현을 볼 수 있다고 시인했다. 우리는 이 말이 사실이라는 하나의 의미를 발견할 수 있다. 꿈은 이미 보아 왔듯이 모든 문제에 대한 안이한 해결책을 얻으려는 노력이며 그 개인이 용기를 내야 할 일에 있어서 실패했다는 점을 명확하게 보여 준다.

프로이트의 말은 지극히 은유적이며 어떻게 인격 전체가 꿈속에서 반영되고 있는가를 발견하는 데 있어서 별 도움을 주지 않는다. 반복해서 말하지만, 꿈의 인생은 낮 동안의 생활로부터 매우 멀리 떨어져 있는 듯이 보인다. 그럼에도 프로이트의 시도 속에는 흥미롭고 가치 있는 힌트가 많이 주어져 있다. 특히 유익한 점은 꿈 자체가 중요한 것이 아니라 잠재해 있는 꿈의 사상이라는 힌트다. 꿈에서는 인간 심리의 넓은 활동을 볼 수 있다.

개인심리학에서 우리는 어느 정도 비슷한 결론을 내렸다. 정신분석에서 소홀했던 내용은 심리학이라는 과학에서 바로 제1의 필요조건, 즉 인격의 일관성과 개인의 모든 표현에서 나타나는 동일성이라는 인식이다. 꿈 해석에 관한 결정적인 물음, 다시 말해 '꿈의 목적은 무엇인가', '도대체 우리는 무엇 때문에 꿈을 꾸는가'라는 질문에 대한 프로이트파의 답변을 보면 그러한 인식이 결여되어 있음이 보인다.

분석심리학자는 꿈의 목적에 대해 '그 사람의 채워지지 않은 욕망을 만족시키기 위해서'라고 대답한다. 그러나 이 견해는 결코 모든 문제를 설명하지 못한다. 만약 꿈이 분명치 않다거나 그 개인이 꿈을 잊어버렸다거나 혹은 이해할 수 없는 경우라면 어디에 만족이 있겠는가. 반복하지만 인간은 모두 꿈을 꾸지만 거의 모두가 꿈을 이해하지 못하고 있다.

꿈이 남기는
감정들

    우리는 꿈을 통해 어떤 쾌감을 얻을 수 있을까? 만약 꿈속에서의 삶이 낮의 삶과 다르다면 그리고 꿈속에서 느꼈던 만족감이 실제의 삶 속에서 일어난다면 우리는 꿈의 목적을 이해할 수 있을 것이다.

    하지만 오늘날 우리는 인격의 일관성을 잃어버리고 있다. 꿈은 깨어 있는 사람에게는 아무런 목적도 갖고 있지 않다. 과학적 견지에서 본다면 꿈을 꾸고 있는 사람과 깨어 있는 사람은 동일한 인간이며, 꿈의 목적은 이 한 사람의 일관된 인격에 적용할 수 있어야 한다.

    어떤 사람들에게 있어서는 꿈속에서의 욕구 충족을 위한 노력이 인격 전체와 관련을 맺고 있다는 게 사실이다. 이들은 응석받이 아이들의 유형으로 언제나 '나는 어떻게 하면 만족을 얻을 수 있을까?', '인생은 나에게 무엇을 제공해 줄까?' 하고 계속 질문을 던지는 사람이다. 이러한 사람은 다른 모든 표현들에서 드러나듯이 꿈속에서도 자신을 만족시켜 줄 것을 찾는다. 실제로 주의 깊게 살펴보면 프로이트 이론은 응석받이 아이들의 모든 본능이 결코 외면되어서는 안 된다고 느끼고, 다른 사람들이 존재하는 것을 불공평하다고 생각하며 항상 '왜 주위 사람들을 사랑해야만 하는 걸까, 주위 사람은 나를 사랑하고 있는가?'라고 묻는 사람에 관해 일관된 심리학이라는 사실을 알게 된다.

정신분석학파에서는 응석받이 어린이라는 전제에서 출발하여 이러한 전제를 더욱 철저하고 상세히 해명한다. 게다가 만일 우리가 꿈의 목적을 정말로 발견해 낸다면, 꿈을 잊어버린다든가 꿈이 이해되지 않는다든가 하는 문제들이 어떠한 목적에 부합되는지를 이해하는 데 도움을 줄 것이다. 이것은 내가 약 25년 전에 꿈의 의미를 찾아내려고 시작했을 때, 내 앞을 가로막고 몹시 힘들게 했던 문제였다.

꿈이 깨어 있을 때의 생활과 모순되지는 않다는 사실, 꿈은 실제 삶의 다른 행위나 표현과 항상 같은 선상에 있다는 사실을 이해하게 되었다. 우리가 하루 종일 우월이라는 목표를 향해 노력하고 있다면 밤에도 똑같은 문제에 몰두할 것임에 틀림없다. 마치 꿈속에서 수행해야 할 과제가 있고, 꿈속에서도 우월을 향해 노력하지 않으면 안 되는 것처럼 꿈을 꾸고 있음에 틀림없다.

꿈은 인생 방식의 산물로써 인생 방식을 만들고 강화하는 데 도움이 되는 것이 분명하다. 하나의 고찰은 꿈의 목적을 명확히 하는 데 도움을 준다. 우리는 꿈을 꾸지만 아침이 되면 밤에 꾼 꿈을 곧잘 잊어버린다. 사람들은 아무것도 떠오르지 않는다고 말한다. 그렇지만 과연 그럴까? 전혀 아무것도 남지 않게 될까?

실제로는 무언가가 남겨진다. 꿈이 불러일으킨 어떤 감정이 뒤에 남는 것이다. 영상이 하나도 남지 않고 또 꿈의 내용을 이해하지 못한다 해도 감정만은 잠을 깬 뒤에까지 남는다.

꿈의 목적은 꿈이 불러일으키는 감정 속에 내재해 있음에 틀림없다. 꿈은 감정을 북돋워 일으키기 위한 수단이나 도구에 지나지 않는다. 꿈의 목적은 그 내용 뒤에 남는 감정에 있다. 한 개인이 창출하는 감정은 언제나 그 사람의 인생 방식과 일치한다.

꿈속의 생각과 낮 동안의 생각 사이의 차이점은 절대적이지 않다. 그 둘 사이에 고정된 경계 따위는 없다. 그 차이를 한마디로 말하면 꿈속에서는 현실과의 모든 관계가 낮보다 배제되어 있다는 점이다.

그렇다고 현실과 단절되어 있다는 의미는 아니다. 우리는 잠을 자고 있는 동안에도 여전히 현실과 접촉한다. 만약 우리가 여러 가지 문제로 고민하고 있다면 우리는 잠을 자면서도 고민하고 있다고 할 수 있다.

수면 중에도 침대에서 떨어지지 않도록 몸을 조정한다는 사실은 여전히 현실과의 접촉이 행해지고 있다는 사실을 증명해 준다. 아기를 둔 엄마들은 바깥 거리가 아무리 소란스러워도 잠을 잘 수 있지만, 자기 아이가 조금만 움직이는 소리가 들리면 잠에서 깨어난다.

우리는 수면 중에도 외계와의 접촉을 계속한다. 그러나 수면 중에는 감각에 의한 지각력이 아주 사라지지는 않더라도 훨씬 감소하기 때문에 현실과의 접촉이 그만큼 적어진다. 꿈을 꾸고 있을 때 우리는 혼자서 존재한다. 사회의 모든 요구는 긴박한 것이 아니다. 꿈속에서는 주위의 상황을 현실만큼 정직하게 고려할 필요가 없다. 잠은 우리가 긴장에서 해방되어 여러 가지 문제가 잘 해결되리라고 확신하고 있을 때에는 혼란스럽지 않다.

평온하고 조용한 잠을 어지럽히는 것이 꿈이다. 문제의 해결에 대한 확신이 없을 때에만, 또 현실이 수면 중에도 무거운 짐으로 압박해 오기 시작할 때에만 꿈을 꾼다고 결론지을 수 있다.

우리가 직면하고 있는 모든 어려움에 대항하여 해결책을 제시하는 일이 바로 꿈의 과제인 셈이다. 이제야 우리는 우리의 심리가 수면 속에서 어떠한 방법으로 문제에 맞서려고 하는지 이해하게 된다. 꿈속에서 우리는 현실과 달리 상황 전체와 맞서지 않기 때문에 모든 문제가 보다 쉽게 생각되어진다. 따라서 꿈에서 제시된 해결책은 우리의 현실에 맞게끔 약간의 적응을 요구하게 된다.

꿈의 목적은 인생의 방식을 지지하며 거기에 적합한 감정을 요구한다. 그렇다면 인생 방식은 왜 지원을 필요로 하는 것일까? 무엇이 그 방식을 공격할 수 있을까?

개인의 인생 방식을 공격할 수 있는 것은 현실과 상식뿐이다. 그러므로 꿈의 목적은 객관적이고 상식적인 요구에 대해서 자신의 인생 방식을 지지하는 일이다. 이 해석은 우리에게 흥미 있는 통찰을 보여 준다. 만약 어떤 사람이 상식적으로 해결하고 싶다고 생각하지 않는 문제에 직면하게 되면, 그는 자신의 꿈속에서 불러일으켜진 감정에 의해 자신의 태도를 확인할 수 있다. 언뜻 보기에 이 일은 우리가 깨어 있을 때의 생활과 모순되는 것처럼 보일지도 모르나 거기에는 아무런 모순도 없다. 우리는 깨어 있을 때와 아주 똑같은 방법으로 감정을 일어나게 할 수 있다.

만약 어떤 사람이 곤란한 일에 직면했을 때 상식적으로 대응하는 대신 자신의 오랜 인생 방식대로 해결하고 싶어 한다면, 그는 자신의 인생 방식을 정당화하고 그 방식을 만족스럽다고 생각하기 위해 무슨 일이라도 해낼 수 있다.

예를 들어 어떤 사람의 목표가 안이한 방법으로 돈을 버는 일이라면 목표를 이루기 위해 노력하거나 일하지 않고, 사람에게 공헌하는 일도 없이 돈을 손에 넣으려고만 할 것이다. 이와 유사한 방법으로 도박을 생각할 수 있다. 그는 대부분의 사람이 도박에 의해 비참하게 돈을 잃었다는 사실을 알고 있다. 그럼에도 편안하게 살고 싶은 자신의 욕망 때문에 그는 안이한 방법만을 떠올린다. 그는 어떻게 될 것인가.

그는 오로지 돈을 벌어 부자가 되면 어떤 이득이 있을까를 생각하느라 머리가 꽉 차고 만다. 그는 자신의 머릿속에서만 돈을 벌고 차를 사며, 호화로운 생활을 하고 주위에 부자라고 알려진다. 그는 이런 일을 심리 속에 묘사함으로써 자신을 앞으로 밀고 나가기 위한 감정을 북돋워 일으킨다.

그리하여 상식에 등을 돌리고 도박을 시작한다. 이와 똑같은 일이 더 흔한 상황에서 일어난다. 우리가 일을 하고 있을 때 누군가가 와서 자기가 보고 온 연극 이야기를 꺼내면 우리는 하던 일을 그만두고 극장에 가고 싶은 감정이 생겨난다.

어떤 사람이 연애를 하고 있다면 그는 자신의 장래를 심리 속에 묘사한다. 그가 상대에게 진심으로 매혹을 느끼고 있다면 장래를 행복하게 묘사하고 그가 비관에 빠져 있는 순간에는 장래를 어둡게 묘사한다. 어쨌든 그는 자신의 감정을 불러일으킨다. 따라서 우리는 그가 일으킨 감정이 어떤 종류인가를 살펴봄으로써 그가 어떤 사람인가를 파악할 수 있게 된다.

그런데 꿈을 꾸는 일이 감정에 불과한 거라면 상식과는 어떤 관계에 있는가. 꿈을 꾸는 일은 상식에 대항하는 것이다. 감정 때문에 혼란스러워지는 것을 좋아하지 않는 사람들, 과학적인 방법으로 처리하는 것을 좋아하는 사람들은 그다지 꿈을 자주 꾸지 않거나 전혀 꿈을 꾸지 않는다는 사실이 확인되었다.

반면 상식으로부터 멀리 떨어져 있는 사람들은 자신의 문제를 정상적이고 유익한 수단에 의해 해결하고 싶어 하지 않는다. 상식이란 협동의 한 국면이므로, 협동을 하도록 훈련되어 있지 않은 사람은 상식을 좋아하지 않는다. 그런 사람들은 자주 꿈을 꾼다. 그들은 자신의 인생 방식대로 지배하고 그것이 정당화되는 상황에 몰두하며, 현실의 도전을 회피하고 싶어 한다.

우리는 꿈이 개인의 인생 방식과 현재의 문제점들 사이에서 어떠한 요구 없이 단지 다리를 놓으려는 시도라는 결론을 내리게 된다. 인생 방식은 꿈의 주인이다. 그 방식은 언제나 그 개인이 필요로 하는 감정을 불러일으킨다. 우리가 꿈에서 발견하는 특징은 개인의 다른 모든 징후 속에서 발견하는 바와 같다. 우리는 꿈을 꾸든 꾸지 않든 간에 모든 문제에 대해 같은 방법으로 접근한다.

꿈은 인생 방식을 지지하고 그 방식을 정당화하는 일을 한다. 만약 이것이 사실이라면 우리는 꿈을 이해함으로써 더욱 새롭고 중요한 단계에 도달하게 된다. 우리는 꿈속에서 자기 자신을 달래고 있는 것이다. 모든 꿈은 자기도취며 자기최면이다. 꿈의 목적은 우리가 어떤 상황에 직면할 준비를 하도록 분위기를 조성하는 데 있다. 우리는 꿈속에서도 일상생활에서 보이는 것과 똑같은 인격을 보이지 않으면 안 된다.

그러나 우리는 그 사람이 낮에 이용하게 될 감정을 계속 준비하고 있는, 소위 '심리의 일터' 속에서 그를 보아야 한다. 만약 이러한 가정이 옳다면 우리는 꿈의 구성과 꿈이 만들어지는 모든 내용물로부터 자기기만을 볼 수 있다.

우리는 꿈에서 무엇을 발견할 수 있는가. 먼저 일정한 영상과 사건, 사건의 선택을 발견하게 된다. 사람들은 과거를 회고할 때 자기의 영상과 사건으로 이루어진 시화집을 만들어 낸다.

우리는 그의 선택이 어떤 경향에 의거하고 있다는 사실 즉, 그가 기억 속에서 자신의 개인적인 우월 목표를 지지하는 사건만을 뽑아낸다는 사실을 발견했다. 그의 기억을 지배하고 있는 것은 그의 목표다. 꿈의 구성도 이와 같은 방법으로 이루어진다. 현실의 문제에 직면하게 되면 자신의 인생 방식에 합치하고 그 방식이 요구하는 바를 표현하는 사건만을 발탁해 낸다. 그 선택의 의미는 어려움과 관련된 인생 방식의 의미 이외에는 있을 수 없다.

꿈속에서 인생 방식은 그 자신의 길을 요구한다. 모든 역경과 현실적으로 맞서는 일은 상식을 요구할 테지만, 인생 방식은 그의 길을 양보하려 하지 않는다.

그 밖에 꿈은 또 어떠한 수단으로 이용될까? 이 점은 아주 오랜 옛날부터 계속 관찰되어 왔으며 현대에 이르러서는 프로이트가 특히 강조한 바 있다. 꿈은 주로 은유와 상징으로 이루어진다. 어떤 심리학자가 말한 바와 같이 '우리는 꿈속에서는 시인'이다.

그러면 꿈은 왜 시나 은유 대신에 단순하고 직접적인 말을 이용하지 않는 것일까? 만약 우리가 은유나 상징을 빼고 명료하게 이야기한다면 우리는 상식에서 도망쳐 나갈 수가 없다. 하지만 은유나 상징은 남용될 수 있다. 그것은 여러 가지 다른 의미를 연결 지을 수 있으며, 그중 하나가 잘못되었다 해도 동시에 말해질 수 있다. 그에 대해서는 비논리적인 결론이 내려진다.

꿈은 감정을 불러일으키기 위해서 사용된다. 그런 것은 일상생활 속에서도 쉽게 발견할 수 있다. 우리는 어떤 사람의 태도를 고치기 위해 "어린애같이 굴어서는 안 됩니다."라고 말하기도 하고 "왜 웁니까? 당신은 여자가 아닌데."라고 말하기도 한다.

우리가 은유를 사용할 때에는 언제나 그 일과 직접적인 관련이 없는 것, 단지 감정에만 기초를 둔 무엇인가가 깃들어 있다. 남자아이에게 화가 난 성인 남자는 "그 녀석은 벌레다. 그런 녀석은 밟아 없애 버려야 한다."라고 말할 수도 있다. 그는 은유를 통해서 자신의 분노를 지지하기 쉽게 표현한다. 은유는 멋진 화법으로써 우리는 언제나 그 방식을 이용해 스스로를 기만할 수 있다.

호메로스가 그리스 군대를 마치 전장 속을 질주하는 사자와 같다고 묘사했을 때, 그것은 우리에게 멋진 이미지를 상상하게 만든다. 그렇지만 과연 처참하고 먼지에 찌든 병사들이 전장 속을 질주하는 모습을 그가 정확하게 묘사했다고 말할 수 있을까. 그는 우리에게 병사들이 사자와 같다고 상상하도록 만들었다.

우리는 그들이 현실적으로는 사자가 아니었다는 사실을 알고 있다. 하지만 만약 시인이 병사들의 주춤하는 모습이라든가, 그들의 무기가 얼마나 낡은 것인지 등에 대해 상세한 묘사를 했다면 우리는 그다지 강한 인상은 받지 못했을 것이다.

은유는 아름다움이나 상상, 공상을 위해서 이용된다. 그렇지만 우리는 은유나 상징이 잘못된 인생 방식을 가진 사람의 손에 의해서 이용될 때에는 언제나 위험하다는 점을 강조하지 않으면 안 된다.

어느 학생이 시험을 치러야 하는 상황에 직면했다고 하자. 출제된 문제는 간단한 수준으로 그는 용기와 상식을 갖고 풀어 나가야 한다. 그러나 도피하고 싶다는 게 그의 인생 방식이라면 그는 전장에서 싸우고 있는 꿈을 꾸게 될지도 모른다.

그가 이 간단한 문제를 과장된 은유로 묘사하기 때문에 그의 두려움은 훨씬 더 정당화된다. 어쩌면 그는 깊은 구덩이 앞에 서서 거기에 떨어지지 않으려면 도망쳐야만 되는 꿈을 꾸게 될지도 모른다. 그는 시험을 회피하고 거기에서 도망치는 데 도움이 될 감정을 만들어 내야만 하기 때문이다.

꿈에서 그는 시험을 구덩이와 동일화시킴으로써 자기 자신을 기만한다. 여기서 우리는 꿈에서 자주 이용되는 또 하나의 방법을 발견하게 된다. 어떤 문제를 취급하면서 그 부분을 잘라 내든지 바짝 줄여서 결국에는 원래의 문제보다 훨씬 작은 일부분밖에 남지 않도록 만들어버리는 것이다. 그리고 그 나머지를 은유로써 표현하여 그 일부가 원래의 문제와 같은 것인 양 취급한다.

예를 들어 앞서의 학생보다 용기가 있으며 좀 더 미래를 응시하고 있는 또 한 명의 학생이 있다고 가정하자. 그는 자기의 과제를 완성하고 시험을 잘 치르고 싶다는 생각을 한다. 그 역시도 지지받기를 바라며 자기 자신에게 거듭 확신을 주고 싶어 한다. 그것은 그의 인생 방식이 요구하는 일이다.

시험 전날 밤 그는 자기가 산꼭대기의 정상에 서 있는 꿈을 꾼다. 그의 상황을 묘사하는 모습은 지극히 단순화되어 있다. 그에게 있어서 시험은 심각한 것이지만, 꿈에서는 그의 인생 전체 속에서 아주 작은 일부만이 표시된다. 그는 많은 국면을 배제함으로써 그리고 성공한다는 자기의 예측에 스스로를 집중시킴으로써 그 결과를 도와줄 감정이 일어나게 한다.

이튿날 아침, 그는 전보다 더욱 행복하며 활기차고 신선한 기분으로 눈을 뜬다. 그는 자기가 직면해야만 되는 곤란한 일을 최소한으로 작게 만드는 데 성공하였다. 그는 스스로에게 확신을 갖고 싶었음에도 불구하고 실제로는 자기 자신을 속였던 것이다.

그는 그 문제에 대해 상식적인 방법으로 대처하려고 하지 않았다. 단지 확신이라는 기분을 유발시키려 했을 뿐이다. 사실 이와 같은 식으로 감정을 유발시키는 일은 조금도 이상하지 않다.

작은 시냇물을 뛰어넘으려 하는 사람은 아마 뛰기 전에 셋을 셀 것이다. 셋을 헤아리는 게 그렇게 중대한 일일까. 뛴다는 것과 셋을 헤아리는 것 사이에 필연적인 관련이 있는 것일까. 물론 관련 따위는 하나도 없다.

그러나 그는 자기의 기분을 북돋워서 모든 힘을 집중시키기 위해 셋을 헤아려야만 한다.

꿈은 우리의 마음을
위로해 준다

인간은 자기의 마음속에 인생 방식을 만들어 놓고 그 방식을 고정하고 강화하기 위한 모든 수단을 준비하고 있다. 그중 매우 중요한 한 가지는 감정을 북돋우는 능력이다. 사실 우리는 이 일에 밤낮으로 매달려 있는데 그것이 보다 명료해지는 때는 아마 밤중일 듯하다. 우리가 자기 자신의 꿈에 의해 스스로를 달래는 경우의 예를 들어 보자.

전쟁 중에 나는 신경증에 시달리는 병사들이 있는 병원의 원장을 맡고 있었다. 그곳에는 전쟁에 나갈 수 없는 병사들이 있었는데, 나는 그들에게 비교적 마음에 드는 일거리를 줌으로써 가능한 한 그들을 돕고자 했다. 그렇게 해서 병사들의 심한 긴장감이 제거되었기 때문에 이 방법은 꽤 여러 번 성공을 거두었다.

그러던 어느 날 한 병사가 나를 찾아왔는데 그는 내가 본 사람 가운데서도 가장 체격이 좋고 건장한 병사였다. 그는 매우 침울해 있었으므로 나는 그를 진찰하면서 어떻게 하면 좋을지를 생각하게 되었다.

나는 물론 나를 찾아온 모든 병사를 집으로 돌려보내고 싶었다. 하지만 나의 추천은 상급 사관의 검열을 통과하지 않으면 안 되었기 때문에 나의 자선 행위는 한정될 수밖에 없었다. 이 병사의 경우에는 결단을 쉽게 내리지 못하였으나, 때가 왔다고 느꼈을 때 나는 그에게 말했다.

"자네는 신경증적이지만 매우 튼튼하고 건강해. 자네가 전선에 나가지 않도록 비교적 재미있는 일을 주겠네."

그러자 그 병사가 무표정한 얼굴로 말했다.

"나는 가난하기 때문에 학생들을 가르쳐서 나이 드신 부모님을 모시지 않으면 안 됩니다. 만약 내가 가르치는 일을 못하게 되면 부모님은 돌아가시게 됩니다."

나는 그에게 더 만족스러운 일, 즉 집에 돌려보내서 사무실에서 일을 하게 해야만 한다고 생각했다. 그렇지만 이런 추천을 하면 상급 사관이 화를 내며 그를 전선으로 보내 버리지는 않을까 걱정이 됐다. 결국 나는 내가 정직할 수 있는 일만을 하자고 결심했다. 나는 그가 보초 역할밖에 적합하지 않다는 사실을 증명하려고 했다.

그날 밤 집에 돌아와서 잠자리에 들었을 때 나는 무서운 꿈을 꾸었다. 꿈속에서 나는 살인자가 되어 어둠 속의 좁은 거리를 돌아다니며 누구를 죽였는지 생각해 내려 했다. 누구를 죽였는지는 생각나지 않았지만, 나는 '살인죄를 범했으니까 이제는 틀렸다. 내 인생은 끝났다. 모든 것은 끝나 버렸다'라고 느꼈다. 그렇게 꿈속에서 멈춰선 채로 식은땀을 흘리고 있었다.

잠에서 깨었을 때 맨 처음으로 떠올랐던 생각은 '내가 누구를 죽였을까?'라는 것이었다. 그러자 다음과 같은 생각이 떠올랐다. '내가 그 젊은 병사를 사무실에서 일하도록 해 주지 않는다면, 그는 전선에 보내져서 전사할지도 모른다. 그렇게 된다면 나는 살인범이 되는 것이다'라고 말이다.

여기서 내가 나 자신을 기만하기 위해서 어떻게 감정을 야기했는지 알 수 있다. 나는 살인범이 아니었고 그런 비극이 정말로 일어난다 해도 나에게 죄가 있는 것은 아니다.

하지만 나의 인생 방식은 위험한 일이 일어나도록 내버려 둘 수가 없었다. 나는 의사다. 나는 생명을 위험에 빠뜨리는 것이 아니라 구해 내야만 한다. 따라서 내가 그에게 더 마음에 드는 일을 주려 했을 때 상사가 그를 전선에 보내 버리면 어쩌나 하는 생각에 괴로웠다.

결국 내가 그에게 도움을 줄 수 있는 유일한 길은 상식의 법칙에 따르는 일이며, 그 일이 결코 나의 인생 방식에 구애되지는 않으리라는 데 생각이 미쳤다. 나는 그가 보초 업무에 적합하다는 증명서를 발급했다.

이 일의 결과는 상식에 따르는 것이 언제나 좋다는 사실을 확인시켜 주었다. 처음엔 상사가 나의 추천장을 읽고 그것을 말소시켜 버렸기 때문에 일이 잘못된 줄 알았다. 그래서 '드디어 저 병사를 전선에 보내는가 보다. 그에게 사무 업무를 주었어야 했는데' 하고 낙담했다.

그런데 뜻밖에도 상사가 '6개월간 사무직'이라고 썼고, 뒤늦게야 이 상사가 그 병사에게 좋은 일을 주도록 매수되어 있었다는 사실을 알게 되었다. 그 청년은 그때까지 한 번도 다른 사람을 가르친 적이 없었으며 그가 말한 내용 모두는 사실이 아니었다. 그는 다만 내가 편한 일을 그에게 주어 매수된 상사가 내 추천장에 서명할 수 있게 하기 위해 이야기를 꾸며 댔던 것이다.

그 날 이후 나는 꿈을 꾸지 않는 게 오히려 낫겠다는 생각을 했다. 꿈이 우리를 속여서 어떤 일을 의도적으로 만들도록 기도된다는 사실은, 꿈이 좀처럼 이해되지 않는 것이라는 사실을 뒷받침해 준다. 꿈에는 많은 변주變奏가 있지만 어떤 꿈이나 개인에게 직면한 독특한 상황을 감안해서 인생 방식의 강화가 필요하다고 느껴지는 곳에서 나타난다.

만약 우리가 꿈을 이해하게 된다면 꿈은 우리를 속일 수 없게 된다. 꿈은 우리에게 감정이나 기분을 불러일으킬 수 없게 된다. 우리는 상식적인 방법으로 나가도록 선택해야만 하며, 꿈이 제시한 길을 거부해야만 하는 것이다. 만약에 꿈이 이해되어 버리면 꿈의 목적은 상실되고 만다.

하지만 꿈의 해석은 항상 개인적이다. 상징이나 은유를 어떤 공식에 의해 해석하는 일은 불가능하다. 왜냐하면 꿈은 각 개인의 독특한 인생 방식에 의해서 그 자신의 해석으로 만들어진 창조물이기 때문이다.

이제부터 전형적인 꿈의 형태를 몇 가지 간단하게 언급하려고 한다. 나는 여기서 개인적인 해석을 하려는 것이 아니라, 오로지 꿈의 해석과 의미 탐구에 도움이 되는 데 초점을 맞추었다.

많은 사람이 하늘을 나는 꿈을 꾼 경험을 갖고 있다. 이런 꿈을 이해하는 열쇠는 다른 경우와 마찬가지로 그 꿈이 불러일으킨 감정이다. 이러한 꿈은 잠을 깬 뒤에까지 둥둥 떠다니는 듯한 기분과 용기를 남긴다. 꿈속에서의 그 경험은 우리 마음을 고양시켜 준다. 역경을 극복하고 우월의 목표를 향해 노력하는 일이 매우 쉽다고 묘사해 보여 주는 것이다.

이런 꿈은 용기 있는 사람, 진취적이고 야심 찬 사람, 잠자고 있을 때 조차 자기의 야심을 버리지 않는 사람을 추측하게 한다. 이런 꿈은 '나는 계속 앞으로 나아가야 하는가 말아야 하는가?' 라는 질문을 동반하고 있다. 꿈으로부터 암시되는 대답은 '전진해도 어떠한 장애도 없다'다.

또 많은 사람들이 흔히 어딘가에서 떨어지는 꿈을 꾼다. 이는 실로 주목해야 할 꿈이다. 이는 인간의 심리가 어려움을 극복하기 위해 노력하기 보다는 자기 보존이나 패배의 공포에 더 많이 몰두해 있음을 보여 준다.

우리의 교육적 전통이 주로 아이들에게 경고를 주고 경계를 시켜 왔다는 점을 생각해 보면 이해가 쉽다. 아이들은 언제나 "의자에 올라가서는 안 된다.", "말참견을 해서는 안 된다.", "불에 가까이 가면 안 된다.", 하는 식의 주의를 들으며 성장한다. 아이들은 언제나 위험하다고 말하여지는 것들에 둘러싸여 있다. 물론 정말 위험한 것도 있다. 그렇지만 한 개인을 겁쟁이로 만드는 일은 살아가면서 위험에 대처하는 데 결코 도움이 되지 않는다.

만약 어떤 사람이 움직일 수 없다거나 전차에 늦게 올라타는 꿈을 자주 꾼다면, 보통 그 의미는 '이 문제가 나에게 아무런 번거로움도 주지 않고 그냥 지나가 준다면 기쁘겠다. 나는 그 문제에 직면하지 않기 위해 길을 돌아서 가든지 늦든지 하지 않으면 안 된다' 는 뜻이다. 전차를 떠나가게 하지 않으면 안 된다는 말이다.

많은 사람이 시험에 대한 꿈도 꾼다. 때로 사람들은 자기들이 꽤 나이를 먹고 나서 시험을 치르고 있는 모습을 보기도 하고, 훨씬 옛날에 통과

했던 시험을 다시 치러야만 하는 상황을 꿈에서 맞이하고 놀란다. 어떤 사람에게 있어 그 의미는 '당신은 눈앞의 문제에 직면할 준비를 할 수 없다'는 것이다.

다른 사람에게 있어서 그 의미는 '당신은 전에 이 시험에 통과했다. 그러니 현재 눈앞에 있는 시험도 통과할 것이다'와 같을 수도 있다. 어떤 개인의 상징이 다른 사람의 상징과 일치하는 일은 결코 없다. 우리가 꿈에 있어서 고려하지 않으면 안 되는 점은 꿈이 남긴 잔상과 인생 방식 전체와의 일관된 관계다.

꿈은 현실을
해석하는 수단이다

서른두 살의 신경증 환자가 치료를 받으러 왔다. 그녀는 둘째 딸로서 대개의 둘째 아이가 그렇듯이 매우 야심적이었다. 그녀는 언제나 맏딸이었으면 좋겠다고 생각했으며, 모든 문제를 완벽하게 해결하고 싶어 했다.

그런 그녀가 신경쇠약이 되어 가고 있었다. 자기보다 연상인 기혼 남자와 연애를 하게 되었는데 그 애인이 사업에 실패해 버렸다. 그와 결혼하는 것이 그녀의 소원이었지만 그 남자는 이혼하지 못했다.

어느 날 그녀는 다음과 같은 꿈을 꾸었다.

"나는 시골에 있는 동안 내 아파트를 빌려 주기로 한 남자와 결혼했어요. 그런데 그는 한 푼도 없는 빈털터리였습니다. 그는 정직하지도 않고 직업이 있는 사람도 아니었어요. 그가 아파트 비용을 지불할 수 없었기 때문에 나는 그를 나가게 할 수밖에 없었죠."

이 꿈이 그녀의 현재 생활과 어느 정도 관계가 있다는 사실은 쉽게 알 수 있다. 그녀는 당시 사업에 실패한 유부남과 과연 결혼을 할 수 있는지에 대해 고심하고 있었다. 그녀의 애인은 가난하고 그녀를 부양할 능력도 없었다. 더구나 그는 지불할 돈이 없는 상태에서 그녀를 저녁 식사에 데리고 간 적도 있다.

이 꿈의 목적은 그 결혼에 반대하는 감정을 북돋는 일이었다. 그녀는 야심적인 여성이었으며 가난한 남자와 결합되는 걸 바라지 않았다. 그녀는 은유를 사용해서 자문한다.

'그는 내 아파트를 빌렸는데 집세를 지불할 수 없다. 그런 임차인을 나는 어떻게 하면 좋을까?'

그에 대한 대답은 '그는 나가야 한다'는 것이었다. 그러나 이 기혼 남성은 그녀의 임차인이 아니었으며 그런 동일화는 올바른 게 아니다. 가족을 부양할 수 없는 남편을 집세를 지불하지 못하는 임차인과 같다고 볼 수는 없다. 그렇지만 그녀는 자신의 문제를 해결하고 더 확실하게 자기의 인생 방식을 따르기 위해 상식적인 방법으로 대처하는 일을 피하고 일부만을 선택해 내었다.

동시에 그녀는 사랑과 결혼이라는 문제를 마치 '한 남자가 나의 아파트를 빌린다. 그가 집세를 지불할 수 없다면 그는 쫓겨나야만 한다'는 은유에 의해 충분히 표현될 수 있는 일처럼 축소시켜 버렸다.

개인심리학적 치료의 목적은 사람들이 인생의 모든 문제에 대처할 때 개인의 용기를 증대시키려는 데 있다. 따라서 치료가 진행됨에 따라 꿈이 변화하고 자신 있는 태도가 현저하게 드러나게 된다.

어떤 우울증 환자가 치료를 받기 전에 마지막으로 꾸었던 꿈은 다음과 같았다.

"혼자 벤치에 앉아 있는데 갑자기 심한 눈보라가 몰아쳤습니다. 나는 급히 집으로 들어가 남편에게로 갔기 때문에 다행히 거기에서 도망칠 수 있었어요. 그리고 나는 남편이 신문 광고란에서 적당한 일자리를 찾아내도록 도와주었습니다."

그 환자는 자신의 꿈을 이해하게 되었다. 그 꿈은 남편과 화해하고 싶다는 감정을 분명하게 보여 주고 있었다. 처음에 그녀는 안락한 가정생활을 구축하는 데 실패한 남편의 무력함과 연약함에 불만을 느끼고 있었다. 하지만 그녀가 꾼 꿈의 의미는 '혼자서 난관에 부딪치기보다는 남편의 곁에 있는 편이 오히려 낫다'는 것이었다. 그 꿈에서 그녀가 남편과 자신을 화해시킨 방법은 두 사람을 염려해 주는 주위 사람들이 할 법한 충고와 비슷하다.

한편 그 꿈에는 혼자 있을 때의 위험이 지나치게 강조되고 있다. 또한 그녀가 용기와 독립과 협동을 드러내고 시행하는 일에 아직도 마음의 준비가 되어 있지 않은 상태임을 보여 준다.

.

아이를 제대로
이해하지 못하는 부모

열 살 된 남자아이가 진료소에 왔던 일이 있다. 소년은 학교 선생으로 부터 꾸중을 들었다. 다른 아이들에게 심술궂게 행동하며 품행이 단정하지 못하다는 이유에서였다. 소년은 학교에서 다른 아이의 물건을 훔치고 훔친 물건을 다른 학생의 책상 속에 넣어서 비난받도록 한 적도 있었다.

그런 행위는 이 소년이 다른 아이를 자기의 수준까지 끌어내릴 필요가 있다고 느꼈을 때에만 가능한 일이다. 아이는 그들에게 창피를 주지 않으면 안 되었다. 그 이유는 자신이 아닌 그들 쪽이 더 심술궂고 품행이 나쁘다는 점을 증명하기 위해서였을 것이다.

만약 그런 행동이 아이의 고정된 품행이라면 아마도 가정에서 그렇게 훈련받았으리라는 사실, 그리고 가족 가운데 그 아이가 책임을 지우고 싶어 하는 누군가가 있으리라는 점을 추측할 수 있다.

아이는 길에서 임신한 부인에게 돌을 던져 문제를 일으킨 적도 있었다. 열 살이라면 임신하고 있다는 사실이 어떤 일인지 알고 있었을 것이다. 이를 통해 우리는 그 아이가 임신이라는 상태를 좋아하지 않았다는 점을 추측할 수 있다. 또한 여동생이나 남동생의 탄생에 대해 그가 기뻐하지 않았을지도 모른다는 가정을 확인해 보아야 한다.

교사에 의하면 아이는 '주위의 흑사병'이라 불리고 있었다. 아이는 주위 친구들을 괴롭히고 별명을 지어 부르며 그들의 흉을 보고 다녔다. 소년은 여자아이를 쫓아가서 때리기도 했다. 그 사실에서 아이가 경쟁하고 있는 대상이 다름 아닌 여동생이라는 사실을 알게 된다. 나는 아이가 두 남매 중의 맏아들이며 네 살 아래인 여동생이 있다는 것을 알았다.

어머니의 말에 따르면 아이는 여동생을 사랑하고 있으며 언제나 동생에게 잘 대해 준다고 했다. 이 말은 도저히 믿어지지 않는 이야기였다. 그런 아이가 자기의 동생을 사랑할 리가 없기 때문이다. 나중에 가서야 우리의 의문이 밝혀졌다.

어머니는 자신과 남편과의 관계를 매우 이상적이라고 주장했다. 바로 이 점이 아이에게는 커다란 불만의 하나였다. 확실히 부모는 자식의 잘못에 아무런 책임도 없어 보였다. 그렇다면 아이의 나쁜 행동은 그 자신의 나쁜 성품이나 운명에 의해서, 혹은 누군가 먼 조상으로부터 온 것일까.

우리는 이상적이라 불리는 결혼 생활을 하는 사람들을 볼 수 있다. 그런 경우 그렇게 훌륭한 부모 밑에 어떻게 그런 나쁜 아이가 있을 수 있는지 의문이 든다. 사실 교사, 심리학자, 변호사, 재판관들에게서도 이런 불운한 케이스가 많이 나타난다.

부모의 '이상적인 결혼 생활'은 이런 아이에게는 매우 곤란한 일이 되기도 한다. 아버지에 대해 헌신적인 어머니의 모습은 아이를 초조하게 만들 수도 있다. 아이는 어머니의 주의를 독점하고 싶어 하며 어머니가 다른 사람에게 조금이라도 애정을 보이는 일에 반발하기도 한다.

만약 부모의 행복한 결혼 생활이 아이에게 나쁜 영향을 주며, 불행한 결혼 생활은 더욱 나쁘다고 한다면 도대체 우리는 어떻게 해야 한다는 것일까? 우리는 아이들이 처음부터 협력할 수 있도록 교육해야 하며, 아이가 한쪽 부모에게 기울어지지 않도록 해야만 한다.

우리가 고찰한 이 소년은 응석받이였다. 아이는 어머니의 관심을 받고 싶어 했고, 자기가 만족할 만큼 주의를 끌고 있지 않다고 느끼면 언제나 문제를 일으키는 방식으로 자신을 훈련하고 있었다.

여기에서도 우리는 이제까지 이야기해 온 바와 똑같은 사실을 확인하게 된다. 어머니는 아이에게 직접 벌을 주는 일이 없었다. 그녀는 남편이 돌아오기를 기다려서 아들을 혼내게 했다. 아마 그녀는 자기를 약한 사람이라고 믿고 있을 것이다. 그녀는 남자만이 명령하고 지배할 수 있으며 남자만이 벌을 줄 힘이 있다고 느낄지도 모른다.

어쩌면 그녀는 자기의 아이가 자기에게 애착을 가져 주기를 바라며 그 아이를 잃을까 봐 두려워하고 있을 수도 있다. 결국 그녀는 아이가 아버지에게 흥미를 갖고 협동하지 않도록 훈련시키고 있는 셈이다. 따라서 아버지와 아들 사이에는 마찰이 일어날 수밖에 없게 된다.

내가 그 아버지에게 아내나 가족을 사랑하느냐고 묻자, 그는 자기 아들 때문에 일을 마친 후 집에 돌아오기가 싫다고 말했다. 그는 자기 아들을 심하게 벌주고 때리는 경우가 자주 있었다.

반면 아이는 자기 아버지를 싫어하지는 않는다고 말했다. 그러나 이 말은 진실이 아니다. 아이는 지적 장애아가 아니기 때문이다. 소년은 자기의 감정을 매우 훌륭하게 숨기는 방법을 터득했다. 아이는 여동생을 사랑한다고 말하지만 동생과 사이좋게 논 적이 없고, 자주 동생을 윽박지르고 발로 차기도 했다.

그는 식당의 침대 겸용 소파에서 자는데 동생은 부모 방의 아동용 침대에서 잔다. 만일 우리가 이 소년과 같은 입장이 되어 본다면, 부모의 방 안에 있는 아동용 침대에 신경이 쓰이게 마련이다.

이 소년의 마음을 통해서 생각하고 느끼고 보도록 노력해 보자. 아이는 어머니의 주의를 자기에게 집중시키고 싶어 한다. 방에는 동생이 어머니 곁에서 잠들어 있다. 아이는 어머니를 자기와 가깝게 만들기 위해서 싸우지 않으면 안 된다. 우리는 이제 왜 소년이 임신한 여성에게 돌을 던졌는지에 대해 전보다 조금 더 이해하게 되었다.

소년은 건강했다. 그는 정상적으로 태어났으며 7개월까지 모유로 자랐다. 처음으로 우유병을 물렸을 때 그는 토했다. 아이의 구토는 세 살까지 계속되었다. 아마 틀림없이 아이의 위가 약했을 것이다. 지금은 잘 먹으며 영양 상태도 좋지만 아이는 계속해서 위장에 관심을 두어 왔다. 아이는 위장이 자기의 약점이라고 생각하고 있다.

아이는 음식에 대해서 몹시 까다로웠다. 어머니는 아이가 음식을 마음에 들어 하지 않을 때마다 돈을 주어 밖에 나가서 좋아하는 것을 사 먹도록 했다. 그럼에도 불구하고 소년은 동네를 돌아다니면서 부모님이 자기에게 먹을 것을 충분히 주지 않는다고 말하곤 했다.

이는 상습적인 소년의 계략이다. 그 계략은 언제나 똑같다. 우월감을 탈취하려는 그의 방식은 누군가를 상처 입히는 일이다. 아이의 목표는 다른 사람들의 최대 약점을 찌르는 일이었다. 우리는 지금에야 비로소 소년이 진료소에 왔을 때 이야기해 주었던 꿈을 이해할 수 있는 단계에 도달했다. 꿈의 내용은 이러했다.

"나는 서부의 카우보이였어요. 그들은 나를 멕시코로 보냈죠. 나는 미국으로 가는 길을 싸우면서 가야만 했어요. 어떤 멕시코 인이 덤볐을 때 나는 그의 위장 근처를 발로 차 버렸어요."

그 꿈의 감정은 '나는 적으로 완전 포위되어 있다. 나는 싸우지 않으면 안 된다'는 것이다. 미국에서 카우보이는 보통 영웅시된다. 소년은 사람들의 배를 발로 차는 행동이 영웅적이라 생각하고 있었다.

아이의 인생에서 위장이 중요한 역할을 하고 있음은 앞서 살펴본 바와 같다. 아이는 위장을 최대의 약점으로 생각하고 있는 것이다. 그 자신도 위장이 약하다는 점 때문에 고민하였으며 아이의 아버지도 신경성 위장장애가 있어서 언제나 그 부분을 염려하고 있었다. 이 가족에게 위장은 가장 중요한 위치를 차지한다고 해도 과언이 아니다.

소년의 꿈도 그의 실제 행동도 매우 똑같은 인생 방식을 보여 준다. 아이는 현실을 꿈속에서처럼 생활하고 있다. 만일 이쯤에서 소년이 잠을 깨도록 할 수 없다면 그는 계속 똑같은 방식으로 살아갈 것이다.

그는 아버지나 동생이나 작은 아이들, 특히 여자아이들과 투쟁할 뿐 아니라 그의 이런 투쟁을 저지하려는 의사와도 싸우려 할 것이다. 그의 꿈은 자신이 전과 똑같은 길을 걷도록 하기 위하여, 즉 계속 영웅으로서 군림하고 타인을 정복하도록 자기를 자극하게 된다. 그리고 그가 어떻게 자기 자신을 기만하는지 모르는 한 우리는 그를 도울 수도 치료할 수도 없다.

소년의 꿈은 진료소에서 그에게 설명되었다. 그 꿈의 내용은 '나는 적의 나라에서 살고 있다. 나를 벌주거나 야단치는 모든 사람들은 나의 적이다'라는 식이었다.

소년이 진료소에 다시 왔을 때 나는 그에게 "이전에 우리가 만난 뒤 무슨 일이 있었지?" 하고 물었다. 아이는 "나는 줄곧 나쁜 아이였어요."라고 대답했다. 무슨 일을 했느냐고 묻자 "여자아이를 몹시 혼내 주었어요." 하고 대답했다.

이 말은 순수한 고백이 아니었다. 그 표현은 자만이며 일종의 공격이다. 진료소는 사람들을 좋은 사람이 되도록 만들려는 곳인데, 그는 자기가 스스로 나쁜 아이였다고 주장하고 있었다.

그 말은 '무엇이 좋아진다는 거야. 내가 당신의 위장을 발로 차 버렸는데' 하는 의미다. 그러면 이제 어떻게 하면 좋을까? 소년은 또 꿈을 꾸고 있다. 소년은 아직 영웅으로서 연기하고 있다. 우리는 아이가 그 역할로부터 얻을 수 있는 만족감을 감소시키지 않으면 안 된다. 이럴 때 우리는 그에게 이렇게 말한다.

"네가 말하는 영웅은 여자아이를 혼내 주는 것이라고 생각하니? 그 행동은 나쁜 영웅주의를 흉내 낸 데 불과한 게 아닐까? 만약 네가 정말 영웅이 되려 한다면, 크고 힘이 센 여자아이를 혼내 주어야 하지 않겠니? 그렇더라도 애당초 여자아이를 쫓아다니며 혼내는 것은 크게 잘못된 일이란다.”

　이 방법은 치료의 한 부분이다. 우리는 그의 눈을 뜨게 해서 기존의 인생 방식을 계속 이끌어 나가지 못하도록 제지해야만 한다. ‘상대방의 수프에 침을 뱉는다’라는 격언처럼 해야 한다. 그래야 그가 자기의 수프를 좋아하지 않게 될 것이다.

　또 하나의 측면은 그가 협동하며 인생의 유익한 측면에서의 의미를 추구하도록 용기를 갖게 하는 일이다. 유익한 측면에 머무름으로써 상처 입는 것은 아닐까 하는 두려움을 주지 않는다면, 누구도 인생의 무익한 측면을 선택하지는 않을 것이다.

자기 자신에게만
관심이 있는 사람

비서 일을 하는 스물네 살의 미혼 여성이 찾아왔다. 그녀는 사장의 거만스런 태도 때문에 자기의 인생이 무참하게 되었다고 호소했다. 그녀는 친구를 사귀지 못하며, 또 친구관계를 지속시킬 수 없다고 느끼고 있었다.

우리의 경험에 비추어 볼 때 만약 어떤 사람이 친구를 사귀지 않는다면 그 이유는 그 사람이 타인을 지배하고 싶어 하기 때문이라고 받아들인다. 그 사람은 오직 자신에게만 관심이 있으며 그의 목표는 자신의 우월을 드러내 보이는 일이다. 아마 그녀의 사장도 같은 종류의 사람일 것이다. 그들 두 사람은 모두 타인을 지배하고 싶어 한다. 그런 두 사람이 만나면 당연히 마찰이 일어날 수밖에 없다.

그녀는 일곱 형제 중 막내였으며 가족의 귀염둥이였다. 그녀는 언제나 남자아이가 되고 싶어 했기 때문에 '톰'이라는 별명이 붙기도 했다. 이는 자신의 우월 목표를 개인적인 어떤 부분과 동일시했던 것은 아닐까 하는 의혹을 품게 한다.

그녀는 남성적이라는 의미를 주인, 타인을 지배하는 것, 자기 자신은 지배되지 않는 것이라고 생각하고 있다. 그녀는 미인으로서 사람들이 자기를 좋아하는 이유가 자신의 예쁜 얼굴 때문이라고 생각하고 있었으며, 때문에 유혹을 받거나 상처를 입을까 봐 두려워하고 있었다.

미모의 여성은 대개 그렇지 않은 사람에 비해 훨씬 수월하게 타인에게 강한 인상을 심어 줄 수 있으며 타인을 지배할 수 있다. 그녀는 이런 사실을 잘 이해하고 있었다. 그러나 그녀는 남자가 되고 싶어 하며 남성적인 행동으로 지배하고 싶어 한다. 그 결과 그녀는 자기가 예쁘다는 사실에 대해 만족할 수가 없었다. 그녀의 맨 처음 기억은 어떤 남자에게 협박을 당한 일이었다. 그녀는 지금도 강도나 미친 사람에게 잡힐지도 모른다는 두려움을 느낀다고 고백했다.

남성적이고 싶어 하는 소녀가 강도나 미친 사람을 두려워하는 것이 기묘하게 생각될지도 모른다. 하지만 그런 감정은 사실 이상한 일이 아니다. 그녀의 목표를 지배하고 있는 것은 자기가 약하다는 감정이다. 그녀는 자기가 타인을 지배하여 종속시킬 수 있는 상황에 있고 싶어 하며 그 외의 다른 모든 상황은 배제해 버리고 싶어 한다. 강도나 미친 사람은 통제하기가 불가능하기 때문에 그녀는 그런 사람을 모두 말살해 버리고 싶어 한다.

그녀는 안이한 방법으로 남성적이기를 바라고 있으며 실패했을 때에는 자신을 위해서 참고로 해 두어야 한다고 생각한다. 이렇게 여성적 역할에 대한 폭넓은 불만감에는 언제나 '나는 여성이라는 불리한 상황에 대해서 투쟁하고 있는 남성'이라는 긴장감이 동반되어 있다.

그녀의 꿈속에 이와 같은 감정이 어떻게 나타나는지 살펴보기로 하자. 그녀는 귀여움을 받는 응석받이 아이였음에도 불구하고 자주 외톨이가 되는 꿈을 꾸었다. 그녀의 꿈의 의미는 '나는 보살핌을 받지 않으면 안 된다. 나를 외톨이로 놓아두는 것은 위험하다. 나쁜 사람이 나를 포위하고 나를 정복해 버릴지도 모른다'라는 뜻이다.

또 그녀는 지갑을 잃어버리는 꿈도 자주 꾸었다. '정신을 차려야만 해. 나는 무언가를 잃을 위험성이 있는 거야'라고 그녀는 여기고 있는 것이다. 그녀는 결코 어떤 것도 잃어버리고 싶어 하지 않는다. 특히 타인을 지배하는 힘을 잃고 싶어 하지 않기 때문에 생활 속의 한 가지 일, 즉 지갑을 잃어버리는 일을 골라서 그 전체를 대신하고 있다. 그녀는 지갑을 잃어버리지는 않지만 지갑을 잃어버리는 꿈을 꾼다.

감정은 잠을 깬 후에까지 남는다. 꿈이 감정을 창출해 냄으로써 어떻게 인생 방식을 강화하는지 보여 주는 또 다른 예가 있다. 다음의 꿈은 그녀의 태도를 이해하는 데 도움을 준다.

"나는 많은 사람들이 있는 수영장에 갔습니다. 내가 거기 있는 사람들의 머리 위에 서 있는데 그중 어떤 사람이 정신을 차렸습니다. 나는 밑에 있는 누군가가 나를 향해 소리 지르는 것을 느꼈고 아래로 떨어질 것 같은 불안한 위험성을 느꼈습니다."

만약 내가 조각가라면 그녀를, 사람들의 머리를 자기의 발판으로 삼고 서 있는 모습으로 조각할 것이다. 이것이 그녀의 인생 방식이다. 그런 상상이 그녀가 불러일으키고 싶은 감정이다.

하지만 그녀는 자기의 입장이 불안정하다는 사실을 알고 있으며 다른 사람들도 그녀의 위험을 깨달아야만 한다고 생각하고 있다. 다른 사람들은 그녀가 그들의 머리 위에 계속 서 있을 수 있도록 보호하고 주의해야만 한다. 물속을 헤엄치고 있는 것은 안전하지 못한 상황이다. 이는 그녀의 생애 전체를 이야기하고 있다.

그녀는 '여자아이가 아닌 남자아이가 되는 것'을 자신의 목표로 정했다. 그녀는 대부분의 막내가 그렇듯이 매우 야심적이었다. 그러나 자신의 현실에 만족하지 못하고 더욱 우월해지기를 바랐으며, 그 점을 내보이고 싶어 했다. 그래서 언제나 패배의 공포에 쫓기고 있었다.

만약 우리가 그녀를 도우려 한다면 그녀를 여성적인 역할과 화해시켜서 남성에 대한 공포와 과대평가를 없애도록 해야 한다. 또한 동료들과 더불어 사이좋고 평등하게 지내는 길을 발견하도록 도와야 한다.

실제의 위험을
알려 주는 꿈

한 소녀가 열세 살 때 그녀의 동생이 사고로 죽었다. 그녀의 최초 기억은 이에 대한 일이었다.

"내 동생이 아직 갓난아기로 걸음마를 배우기 시작했을 때 의자를 붙들고 일어서려 했는데 의자가 동생 위로 쓰러졌어요."

여기에서 그녀가 외부 세계의 위험에 깊은 인상을 받았다는 사실을 알수 있다. 그녀의 꿈은 이런 내용이었다.

"내가 제일 먼저 꾼 꿈은 너무나 이상했어요. 나는 보이지 않는 함정이 있는 길을 따라 걷고 있었어요. 그곳을 걷다가 함정에 빠져 버렸는데 함정은 물로 꽉 차 있었어요. 물의 촉감을 느끼고는 깜짝 놀라 뛰어올랐지만 심장이 몹시 강하게 두근거렸어요."

우리는 이 꿈이 소녀가 생각하는 만큼 이상하다고 생각지 않는다. 그러나 만약 꿈속의 소녀가 계속 스스로를 경계하려 한다면, 그녀는 이상하다는 생각을 멈추지 않게 될 것이다.

그녀는 꿈의 이유 역시 이해하지 못할 테지만 그 꿈은 소녀에게 '정신을 차리시오. 주위에는 당신이 모르는 여러 가지 위험이 도사리고 있답니다'라고 알려 주고 있다.

하지만 이 꿈은 우리에게 그 이상을 시사해 준다. 떨어질 위험이 있다고 생각된다는 사실은 소녀가 다른 사람들보다 위에 있다고 생각하고 있음을 나타낸다. 앞의 사례와 마찬가지로 소녀는 '나는 우월하다. 그러나 나는 언제나 떨어지지 않도록 정신을 차리고 있지 않으면 안 된다'라고 말하고 있다.

최초의 기억과 어떤 꿈 사이에 똑같은 인생 방식이 적용되고 있는 특별한 사례를 한번 살펴보자. 한 소녀가 이런 기억을 이야기해 주었다.

"나는 한때 아파트가 세워지는 것을 보는 일에 매우 관심이 있었어요."

이 말에서 우리는 그녀가 협동적이라고 추측할 수 있다. 한 소녀가 집을 짓는 일에 협력하리라고 기대할 수는 없지만 그 꿈을 통해서 다른 사람들의 일에 참가하고 싶어 한다는 점은 미루어 짐작할 수 있다.

"나는 작은 꼬마였어요. 굉장히 높은 창 옆에 서 있었죠. 창문의 유리가 매우 투명하게 닦여 있던 걸 어제 일처럼 기억하고 있어요."

만약 소녀의 생각이 창문이 높다는 사실에 미쳤다면, 그녀는 마음속으로 높은 것과 낮은 것과의 대조를 생각했을 것임에 틀림없다. 소녀가 말하고 싶은 바는 '그 창은 높고 나는 작았다'는 점이다.

그녀의 키가 작다고 듣긴 했지만 놀랄 만한 정도는 아니었다. 그녀가 크기를 비교하는 데 어느 정도 관심을 갖게 된 것은 바로 이 일에서 비롯

되었다. 그녀가 이 일을 매우 정확하게 기억한다고 말하는 것은 일종의 자만이다. 이번에는 그 소녀의 꿈 이야기를 들어 보자.

"몇 명의 사람들이 나와 함께 차에 타고 있었어요."

소녀는 우리가 생각했던 대로 협동적이다. 그녀는 다른 사람들과 함께 있는 것을 좋아한다.

"우리는 드라이브를 하다가 숲 앞에서 멈추었어요. 그 사람들은 대부분 나보다 컸어요."

여기에서도 그녀는 크기의 차이를 의식하고 있다.

"도착한 뒤에 나는 간신히 엘리베이터를 탈 수 있었어요. 엘리베이터는 10피트 지하의 갱도로 내려갔어요. 만약 밖으로 나간다면 독가스가 가득할 거라는 생각이 들었어요."

소녀는 이제야 하나의 위험을 묘사해 보인다.

"우리들이 밖으로 나왔을 때는 모두 안전했어요."

여기에서는 낙관적인 견해가 보인다. 만약 어떤 개인이 협동적이라면 그 사람은 언제나 용기백배한 낙천적인 성품을 갖는다.

"우리는 거기에 잠시 있다가 다시 올라와서 재빨리 차까지 달렸어요."

나는 이 소녀가 언제나 협동적이라고 확신할 수 있다. 그런데 그녀는 자기의 키가 더 크지 않으면 안 된다는 생각을 갖고 있다. 우리는 그녀의 꿈속에서 마치 그녀의 키가 크고 있는 듯한 약간의 긴장을 발견할 수 있다. 하지만 그녀는 다른 사람을 좋아하고 그들과 협동하여 무엇인가를 성취하는 일에 관심을 가짐으로써 자신의 부족한 부분을 채우고 있다.

CHAPTER 6

사춘기의 욕망을
긍정으로
바꿔라

:: 사춘기의 성

사람들은 종종 아이가 사춘기에 접어들면 만사가 끝난다고 생각하며, 그들의 가치와 존엄성도 잃어버리게 된다고 단정 짓는다. 사춘기의 모든 어려움은 바로 이와 같은 사고방식에서 생겨난다. 어린이가 자기 자신을 사회의 평등한 구성원으로 느끼고 타인에게 공헌한다는 과제를 이해하도록 교육받았다면, 특히 이성을 평등한 동료로서 생각하도록 배웠다면 사춘기는 인생의 여러 문제에 대해 창조적이고 자립적인 해결을 스스로 하기 시작하는 하나의 단계에 불과함을 알게 된다.

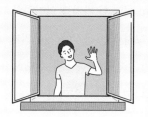

사춘기가
증명하려는 몸짓

지금까지 사춘기에 대해 저술된 책은 헤아릴 수 없을 정도로 많다. 그들 대부분은 사춘기가 마치 개인의 성격 전체를 변화시킬 만한 위기인 양 취급하고 있다. 사춘기에는 많은 위험이 있지만 그 위험이 성격까지 변화시킨다고 생각하는 것은 잘못이다.

사춘기는 성장하고 있는 아이에게 단지 새로운 상황과 새로운 시련을 줄 뿐이다. 아이들은 스스로 인생의 최전선에 다가서고 있다고 느낄 것이다. 인생을 살아가는 과정에서 일부 과오는 계속 은폐되어 있다가 사춘기에 이르러 눈앞에 드러나는 경우가 있다. 발견이 늦었을 뿐 잘못은 이미 내재되어 있었던 것이다. 만일 아동기에 잘 훈련을 쌓았더라면 자신의 문제들을 능히 발견해 낼 수 있었을지도 모른다. 그렇지 못한 경우, 사춘기에 이르면 그 문제들이 크게 부각되어 더 이상 간과할 수 없게 된다.

대개의 청소년들에게 있어서 사춘기는 특히 어떤 한 가지를 의미한다. 자신이 이미 어린아이가 아니라는 걸 증명하고자 하는 몸짓이다. 우리가 그 점을 당연하게 수긍하고 받아들인다면 많은 긴장이 해소될 수도 있다. 하지만 그 점을 증명하지 않으면 안 되겠다고 느끼고 있다면 자기주장을 지나치게 강조하게 된다. 사춘기의 표현 중에서 가장 커다란 부분을 차지하는 것은 '독립하고자 하는 희망'과 '어른과 동등한 대우를 받고 자신이 성인임을 나타내 보이려고 하는 바람'이다.

그들은 어린이가 어른으로 변화되는 의미에 부합되도록 자신들의 행동을 표현한다. 만일 '어른'의 의미를 더 이상 제약받지 않아도 되는 자유로운 존재로 받아들인다면 그들은 모든 제약에 대해서 투쟁을 벌이게 된다.

실제로 많은 청소년들이 이 시기에 담배를 피우거나 욕설을 하거나 밤늦게까지 귀가를 하지 않거나 하는 식으로 반항을 한다. 어떤 청소년들은 부모에 대해 지금까지는 생각조차 할 수 없었던 반항을 시작한다. 그러면 부모들은 그처럼 순종적이던 아이가 갑자기 돌변한 이유를 모른 채 그저 당혹스러워한다.

그렇지만 그 표현은 단지 태도가 변한 것이 아니다. 이제까지 겉보기에는 순종적이었지만 그 아이는 사실 오래전부터 부모에게 반항하고 있었음이 분명하다. 다만 지금까지는 그러한 적대감을 선언할 용기가 없었을 뿐이다. 즉, 그는 이제 자신이 보다 많은 자유와 힘을 갖고 있다고 생각하는 것이다.

항상 아버지에게 호되게 꾸중을 들어 왔던 어떤 소년은 겉보기에는 너무나 조용하고 순종적이었지만 사춘기가 되어 자신이 충분히 강해졌다고 느끼는 순간 아버지에게 도전해 상처를 입히고 가출을 해 버렸다.

대개의 경우 아이들은 청소년기가 되면 보다 많은 자유와 독립을 부여받는다. 이제는 더 이상 부모가 자신을 돌봐 주거나 보호할 권리 따위는 없다고 느낀다. 그래서 만일 부모들이 자신들에 대한 감독을 계속하려 할 경우 아이는 지배를 피하기 위해 더욱 강경한 노력을 하게 된다. 부모들이 자녀가 아직 어리다는 점을 증명하려 하면 할수록 아이는 그 반대의 증명을 하기 위해 더욱 심한 투쟁을 벌인다. 이러한 투쟁으로부터 적대적 태도가 발생한다.

사춘기를 엄밀하게 한정할 수는 없지만 일반적으로 14세부터 20세 정도까지를 의미한다. 하지만 때로 10세나 11세에 이미 사춘기에 접어드는 아이들도 있다. 이 시기에는 신체의 각 기관이 빠르게 성장, 발달하고 때로는 각 기능의 조정이 쉽게 이루어지지 않기도 한다.

이때 아이들은 키가 커지고 손발도 커진다. 그리고 자칫하면 전보다 훨씬 비활동적으로 변해 모든 일에 서툴러질 수도 있다. 그들은 조정하는 훈련을 할 필요가 있다. 그런데 그 과정에서 조소당하거나 비판을 당하게 되면 자신이 다른 사람보다 열등하다고 믿어 버리게 된다. 비웃음을 당하면 무슨 일에서나 자신감을 잃고 서툴게 된다.

내분비샘도 어린이의 발달에 공헌한다. 사춘기가 되면 내분비샘도 신체의 기능을 증대시킨다. 물론 그 변화는 완전하지 않다. 내분비샘은 출생 이전의 시기에도 활동하고 있지만, 사춘기에 접어들면서 분비 활동이 더욱 활발해져서 2차 성징이 보다 현저하게 나타난다. 소년의 경우는 수

염이 자라고 변성기를 맞이한다. 소녀는 유방이 부풀어 오르고 보다 분명히 여성적인 외모를 형성하게 된다. 이 점들은 또한 사춘기의 소년 소녀들이 오해하기 쉬운 부분이기도 하다.

아직 성인의 생활로 나아갈 준비가 제대로 갖추어져 있지 않은 청소년들은 직업, 사회생활, 사랑과 결혼이라는 문제가 다가오면 심한 공포감을 갖는다. 그러면 자신이 어른의 문제에 직면할 능력이 없다는 생각으로 큰 좌절과 실망감에 빠진다. 그런 청소년들은 사회생활에 자신감을 갖지 못하고 소극적인 사고방식을 갖게 되며 자신을 고립시켜 집 안에만 틀어박혀 있으려 한다. 자신에게 적합한 직업을 발견하지도 못하고 무엇을 해도 실패할 거라고 굳게 믿어 버린다. 사랑과 결혼에 관해서는 이성에 대해 부끄러워하고 이성과 만나는 걸 두려워한다. 누군가 말을 걸어오면 얼굴이 빨갛게 달아올라 아무 말도 하지 못한다.

그렇게 날마다 점점 깊은 절망감에 빠진다. 인생의 모든 문제에 대해 자기 자신의 마음을 굳게 닫아 버려, 마침내 아무도 그 아이를 이해할 수 없게 되고 만다. 그는 다른 사람을 똑바로 쳐다보지도 못하고, 이야기를 걸지도 못하고, 제대로 그들의 이야기를 경청하지도 못한다. 일도 하지 않고 공부도 하지 않는다. 항상 공상에 잠겨 있으며 단지 성적 흥미라는 환상에만 잠겨 있을 뿐이다.

이를 정신분열증과 같은 일종의 광기로 보기도 하지만 그런 현상을 단순한 광기로 간주하는 일은 명백한 잘못이다. 그런 청소년에게 용기를 주고, 그가 바른 길에 서 있지 않다는 점을 깨닫게 해 주며, 보다 나은 길을 제시해 주는 일이 올바른 사춘기의 교육 방법이다.

하지만 그것은 결코 쉬운 일이 아니다. 왜냐하면 생활 전체의 리듬과 훈련이 수정되지 않으면 안 되기 때문이다. 또한 과거, 현재, 미래의 의미가 개인적인 지성의 빛에 의해서가 아닌 과학적인 빛에 의해 조명되어야 하는 일이기 때문이다. 사춘기의 모든 위험은 인생의 3대 문제인 직업, 교제, 결혼을 향한 올바른 준비와 훈련이 부족했던 데에 그 원인이 있다. 만약 청소년들이 미래를 두려워하고 있다면 미래를 준비하는 데 최소한의 극히 작은 노력만을 기울일 것이 분명하다.

이러한 안이한 방법은 아무런 도움이 되지 않는다. 그런 청소년들은 명령받고 권고받고 비판을 받으면 받을수록 자신이 깊은 늪의 바로 앞에 서 있다는 불안감을 더욱더 강하게 느끼게 된다. 그런 아이는 강요를 하면 할수록 점점 더 풀이 죽는다. 우리가 그들에게 용기를 북돋워 주지 않는 한 그를 도우려는 노력은 모두 쓸모없게 되고 더욱 큰 상처만 주게 된다. 비관적으로 두려움에 떨고 있는 시기에는 스스로 노력하기가 힘들어진다.

이 시기에 그저 어린이인 채로 남아 있고 싶어 하는 청소년들도 있다. 그들은 자기보다 나이 어린 아이들과 놀거나 마치 영원히 어린아이로 남을 것처럼 행동한다.

그러나 대부분의 아이들은 기묘한 방법을 취하여 어른과 같은 행동을 하려고 한다. 그들에게 진정한 용기가 없을 때에는 '우스꽝스런 어른'을 연출해 보이기도 한다. 돈을 흥청망청 쓰거나 욕설을 퍼붓거나 연애 사건을 일으키는 등 어른의 행위를 모방하는 것이다. 소년들의 경우 인생의 전반적인 문제를 훈련하기 위한 자기 나름대로의 방법을 발견하지 못하게 되면 때때로 범죄의 길을 걷기도 한다. 만일 이전에 범한 범죄가 발각되지 않고 지나간 적이 있다면, 또는 발각되지 않고 무사히 해 나갈 만큼 머리가 좋다고 과신한다면 이런 현상이 일어나기는 더욱 쉬워진다.

사춘기에 범죄율이
증가하는 이유

범죄는 인생의 여러 문제 가운데 특히 생계의 부담으로부터 도피하기 위한 안이한 수단이다. 14세부터 20세 사이에서 범죄가 증가하는 현상은 그러한 사실과 관계가 있다. 이는 결코 새로운 상황이 아니다. 심각한 심적 부담이 유년기의 패턴 속에 이미 자리 잡고 있었다는 사실을 뚜렷하게 나타내 주는 현상이다.

그 부담감의 정도가 조금 낮다면 안이한 도피의 수단이 신경증으로 나타난다. 많은 아이들이 실제로 기능 질환이나 신경 질환에 시달리기 시작하는 때도 이 시기부터다. 신경증의 증후는 항상 우월감에 차 있으며 인생의 문제를 해결하기를 거부하려는 자신의 태도를 정당화시킨 결과다.

신경증은 사회적인 방법으로 해결할 만한 준비가 갖추어지지 않은 채 사회적 문제에 직면하게 되었을 때 나타난다. 신경증은 곤란하고도 크나큰 긴장을 초래한다. 사춘기에는 육체적인 조건이 긴장에 대해 특히 민감하게 반응하고 모든 기관이 자극을 받아 신경조직 전체가 영향을 받는다.

여러 기관에 대한 이러한 자극 또한 망설임이나 실패의 구실로써 신경증이 이용될 수 있다. 그러한 경우에 처해 있는 사람은 고통 때문에 자신의 일에 대해 충분히 책임지지 못한다는 변명을 하게 된다. 이렇게 하여 결국 신경증의 구조가 완성된다. 신경증 환자는 모두 자신이 선한 의도를 갖고 있다고 자부한다.

그는 사회 감정이 필요하다는 것도, 인생의 여러 문제에 직면할 필요가 있다는 것도 너무나 잘 알고 있다. 그러나 자신의 경우만은 이 보편적 요구에 있어서 예외라고 주장한다. 그의 변명은 두말할 필요도 없이 신경증이다. 그의 태도 전체가 그 사실을 말해 주고 있다. "나는 내 모든 문제를 스스로 해결하고 싶지만 불행하게도 방해받고 있다."라고 그는 주장한다.

이 점에 있어서 그는 범죄자와는 다르다. 범죄자는 종종 자신이 악한 의도를 갖고 있다고 공언하기를 꺼리지 않는다. 신경증 환자는 좋은 의도를 갖고는 있지만 그 행위는 자기의 의도와 정반대로 나타난다. 원한을 품고 자기중심적이며 주변 사람들의 협동을 방해라고 말하는 신경증 환자와, 사회 감정의 잔재를 억압하려고 애쓰는 범죄자 중 어느 쪽의 인간이 이 사회에 보다 큰 장애가 될지를 결정하기란 매우 어려운 일이다.

사춘기에 저지르는 실패의 대부분은 어린 시절 지나치게 귀여움을 받고 자라난 데 그 원인이 있다. 무엇이든 요구만 하면 다 자기 손에 들어왔던 아이들에게 무거운 책임을 짊어져야 할 어른의 시기가 다가오고 있다는 사실은 특별한 긴장을 초래한다. 그들은 더욱 어리광을 부리고 싶지만 점점 성장함에 따라 이미 주목받을 만한 상대가 아니라는 것을 깨닫게 된다.

그들은 인생이 자기를 배반하고 기만했다고 생각하며 그로 인해 인생을 비난한다. 그들은 인간적인 따뜻한 분위기 속에서 성장해 왔기 때문에 외부 세계의 공기를 가혹하고 차갑다고 느낀다. 이 시기에는 상황이 완전히 거꾸로 진행되는 현상을 많이 볼 수 있다.

지금까지 많은 기대를 받아 왔던 아이들이 공부나 일에 있어서 점점 뒤떨어지기 시작한다. 반면 그다지 재능이 있다고 생각되지 않았던 아이들이 전혀 예기치 못했던 능력을 발휘하기도 한다.

이것은 그때까지의 교육에 모순이 있었기 때문이 아니다. 대단히 전도가 유망했던 아이는 아마 기대에 부응해야만 한다는 사실에 대해 부담을 가지고 두려움을 느꼈을 것이다. 그 아이는 도움을 받거나 칭찬을 듣거나 상을 받는 동안에는 전진할 수 있었지만 그 시기가 지나면 한꺼번에 용기를 잃어버리게 된다.

한편 다른 아이들은 새로운 자유에 의해 자극을 받는다. 그들은 바로 눈앞에 나타난 자신들의 야심을 성취시킬 수 있는 길을 환히 내다보고 있다. 그들은 새로운 사고와 새로운 기획을 풍성하게 갖고 있다. 그들의 창조적인 생활은 더욱 강화되고 우리 인류의 역사 속에 나타난 모든 면에 대해 더욱 신선한 흥미를 갖게 되며 더욱 열성을 기울인다.

그들은 자신이 용기를 잃지 않았던 사람이라 믿고 있으며, 그들에게 있어서 독립이란 어려움이나 패배의 위험성을 의미하는 게 아니라고 생각한다. 오히려 이 시기는 그들이 업적을 세워서 타인에게 공헌하기 위한 보다 커다란 기회임을 수긍한다.

전에 자기가 경시되고 무시당했었다고 느꼈던 아이들은 친구들과 더욱 넓은 관계를 갖게 된 지금에 이르러 자신의 가치를 평가받을 수 있다는 희망을 갖게 된다. 그들 가운데 많은 수는 평가받고 싶다는 이 갈망에 완전히 매료된다.

만일 소년이 단지 상과 칭찬만을 추구하고 있다면 그것은 너무나 위험한 일이다. 소녀들은 종종 너무 자신이 없는 나머지 다른 사람들에게 칭찬받는 것만이 자기들의 가치를 증명하는 유일한 길이라고 생각한다. 그런 소녀들은 그녀들에게 아첨하는 방법을 이미 터득해 놓은 남자들에게 너무나 쉽게 잠식당해 버린다.

나는 종종 집에서 정당한 평가를 받지 못하고 있다고 느끼는 소녀들이 성관계를 갖기 시작하는 경우를 보아 왔다. 그녀들이 그러한 행동을 하는 이유는 어른이 되었음을 증명하기 위해서라기보다는 이러한 방법을 통해 자기 자신이 인정받고, 주목받는 대상이 되는 지위를 획득할 수 있다고 생각하기 때문이다.

하나의 예를 들어 보자. 집안이 매우 가난한 열다섯 살의 한 소녀가 있었다. 그녀에게는 오빠가 있었는데 그 오빠는 어렸을 때부터 줄곧 병을 앓고 있었다. 그리하여 어머니는 오빠에게 많은 정성을 쏟을 수밖에 없었다. 그녀가 태어났을 때에 어머니는 딸을 충분히 돌볼 수 없는 형편이었고, 게다가 그녀가 아주 어렸을 때 아버지도 심한 병에 걸려 있었다. 그런 이유들로 인해 소녀는 부모의 보살핌을 받을 기회가 전혀 없었다.

이 소녀는 보살핌을 받는다는 게 어떤 것인지 깊이 생각했고 또 그 점을 이해할 수 있었다. 그녀는 항상 누군가로부터 보살핌을 받고자 하는 마음이 간절했지만 집에서는 찾을 수가 없었다. 그즈음 여동생이 태어났다. 이 시기에 마침 아버지가 건강을 되찾았고 어머니도 자유로워져서 새로 태어난 아이에게는 온 힘을 기울일 수 있었다. 그 결과 우리들이 지금 고찰하고 있는 소녀는 오직 자기만이 애정도 호의도 받지 못했다고 생각하게 되었다.

그녀는 노력파였으며 집에서는 착한 딸이었고 학교에서는 1등을 하는 우등생이었다. 그녀는 성적이 우수했으므로 공부를 계속해야 한다는 권유를 받고 어느 고등학교에 진학했다. 그런데 그녀는 고등학교의 교육 방식을 이해하지 못했고 자연히 성적이 떨어지게 되었다. 새로운 학교에서 그녀를 아는 교사는 아무도 없었고, 교사가 그녀를 비난할수록 그녀는 더욱더 자신감을 잃어 갔다.

그녀는 하루빨리 인정받기 위해 너무나 초조해 있었지만 집에서도 학교에서도 인정받지 못했다. 그녀에게 과연 무엇이 남겨져 있었겠는가. 그녀는 자신을 평가해 줄 만한 남자를 찾았다. 그리고 성적인 체험 후에 가출을 해서 한 남자와 14일간 동거했다. 가족들은 걱정에 잠겨 그녀를 찾아내려고 무척 애를 썼다.

얼마 정도의 시간이 흐르자 그녀는 자신이 남자로부터 인정받았던 게 아니라는 진실을 깨닫고 일탈을 후회하기 시작했다. 그녀가 다음으로 생각했던 일은 자살이었다. 그녀는 "걱정하지 마세요. 나는 독약을 마셨습니다. 나는 너무나 행복합니다."라고 쓴 유언장을 집으로 보냈다. 하지만 실제로는 독약을 마시지 않았다.

물론 우리들은 그 이유를 이해할 수 있다. 그녀는 유언장을 보냄으로써 부모의 동정을 살필 수 있다고 생각했다. 어머니가 찾아와서 자신을 집으로 데려가 주기를 바라고 있었던 것이다.

이 소녀가 우리들이 알고 있는 바를 미리 알았더라면, 즉 모든 노력이 그녀가 인정받고 싶은 마음 때문이었다는 사실을 알고 있었더라면 이러한 문제들은 결코 일어나지 않았을 것이다. 만일 그 고등학교의 교사가 이러한 상황을 이해하고 있었다면 문제가 일어나기 전에 예방할 수 있었을 것이다. 그녀가 언제나 우등생이었고 대단히 민감하며 좀 더 주의 깊게 다루어 줄 필요가 있다는 사실을 교사가 인지하기만 했어도, 그녀가 그처럼 낙담스러운 일은 저지르지 않았을 것이다.

이번에는 조금 다른 사례를 들어 보려 한다. 양쪽 모두 약한 성격을 가진 부모로부터 한 여자아이가 태어났다. 어머니는 아들을 원하고 있었기 때문에 여자아이가 태어난 데 대해 무척 실망했다. 그녀는 여자의 역할을 낮게 평가하고 있었기 때문에 딸은 어머니의 생각을 피부로 느낄 수밖에 없었다.

그녀는 어머니가 아버지에게 "저 아이는 조금도 매력이 없어요. 이 다음에 커서 아무도 저 아이를 좋아하지 않을 거예요."라든가 "저 아이가 크면 어쩌면 좋을까요."라고 하는 말을 수없이 들으며 자랐다. 이러한 차디찬 분위기 속에서 10년이나 자란 그녀는 어느 날, 어머니의 친구로부터 온 편지를 발견했다. 거기엔 자기 어머니가 딸을 낳은 일을 위로하면서 아직 젊으니까 다시 남자아이를 낳을 수 있을 거라고 쓰여 있었다.

이 소녀가 얼마나 충격을 받았을지는 충분히 상상할 수 있다. 수개월

후 그녀는 시골에 있는 친척 집을 방문했다. 그녀는 거기에 있는 동안 한 소년과 만나서 친구가 되었다. 그는 그녀로부터 떠나갔지만 그녀의 남성 편력은 계속되었다. 내가 그녀를 만났을 때 그녀는 너무도 많은 애인을 갖고 있었다.

그럼에도 그녀는 자신이 진심으로 인정받고 있다고는 단 한순간도 느끼지 못했다. 그녀가 나를 찾아온 이유는 불안신경증에 시달리게 되어 혼자서는 외출도 할 수 없게 되었기 때문이었다. 그녀는 자신이 제대로 평가받기 위해서라면 한 가지 방법에 만족하지 않고 무엇이 되었든 다른 방법을 자꾸자꾸 시도했다.

그녀는 자신의 고통이나 번민을 갖고 가족을 괴롭히기 시작했다. 그 누구도 그녀가 허락하지 않는 한 아무것도 할 수 없었다. 그녀는 울부짖고 자살한다고 외치며 가족들 위에 폭군처럼 군림했다. 물론 그녀는 사춘기에 자신이 제대로 평가받지 못했다는 감정을 느껴 그로부터 벗어나고 싶었겠지만 그 점이 지나치게 강조되어 있는 상태였다. 그녀에게 그 부분을 납득시키고 자신의 입장을 이해시키기란 대단히 어려운 작업이었다.

사춘기의 성을
과대평가해선 안 된다

　사춘기의 청소년들은 성관계를 과대평가하고 또 과장한다. 그들은 자신이 어른임을 증명하고 싶어 하는데 종종 그 정도를 지나친다.

　예를 들어 어떤 소녀가 어머니와 사이가 좋지 않아서 항상 자신이 억압받는다고 느낀다고 치자. 그러면 그녀는 종종 반항의 표시로서 그녀가 만나는 모든 남자들과 성관계를 맺어 버리는 경우가 있다. 그녀는 어머니가 그 사실을 알든지 모르든지 개의치 않는다. 그녀는 단지 어머니에게 걱정을 끼칠 수만 있다면 정말 행복하다고 생각한다. 그런 이유에서 나는 소녀가 어머니와의 심한 말다툼 끝에 거리로 뛰쳐나와 맨 처음 발견한 남자와 관계를 맺어 버린 경우를 자주 보아 왔다.

　이러한 경우는 거의 언제나 착한 아이라고 여겨져 왔으며 가정교육도 잘 받아 왔고 그러한 행위를 했으리라고는 도저히 상상도 할 수 없는 소녀들이었다. 우리는 그 소녀들에게만 책임을 지울 수 없다는 사실을 안다. 그녀들은 잘못된 주의를 받아 왔을 뿐이다. 그녀들은 자신들이 열등한 상태에 놓여 있다고 느끼고 있었기 때문에 이러한 방법만이 보다 강한 입장을 획득할 수 있는 유일한 방법이었던 것이다.

지나치게 귀여움을 받고 자라난 소녀들은 여자 역할에 적응하는 일이 무척 어렵다고 여긴다. 아직 우리의 문화적 상황 속에서는 남자 쪽이 여자보다 우월하다는 편견이 있다. 그 결과 소녀들은 자기가 여성이라는 사실을 싫어하게 된다.

그녀들은 '남성적 저항masculine protest'이라고 부르는 행위를 나타낸다. 남성적 저항은 다양한 행동으로써 표현된다. 어떤 때에는 단지 남자를 혐오하고 피하는 행동으로 나타나고, 어떤 때에는 남자를 좋아하기는 하지만 함께 있으면 부끄러워하고 남자에게 이야기를 걸지도 못한다. 그래서 남자들이 출석한 모임에는 참가하는 일조차 꺼려하며 대개의 경우 성적 문제에 직면하게 되면 매우 당황하여 안절부절못한다. 그런 여자들은 좀 더 나이가 들어 결혼하게 되면 열심히 자기주장을 내세우게 될지는 몰라도 그 전에는 전혀 이성에게 접근하려 들지도 않고 친구가 되려고도 하지 않는다.

때때로 우리는 사춘기에 접어든 소녀들이 여성적 역할에 대한 혐오감을 더욱 적극적인 방법으로 표현하는 걸 볼 수 있다. 소녀들은 이전보다도 더욱 남자처럼 행동하며 소년들의 흉내를 내려고 한다. 담배를 피우고 술을 마시며 욕설을 퍼붓고 불량 조직에 가담하거나 아니면 성적 자유를 과시하는 식으로 소년들의 악행을 흉내 내기도 한다. 그녀들은 이처럼 유별난 행동을 해야 남자들이 자기에게 흥미를 나타내 보일 것이라고 생각한다.

여성의 역할에 대한 혐오감이 더욱 깊어지면 동성애나 성도착 및 매춘 현상이 나타나기도 한다. 모든 매춘부들은 아주 어렸을 때부터 아무도 자기를 좋아하지 않았다는 확신을 갖고 있다. 그녀들은 다른 사람보다 낮은 역할을 짊어지기 위하여 태어났으며 어떠한 남자로부터도 진정한 사랑이나 관심을 얻을 수 없다고 믿는다.

우리들은 그녀들이 이러한 상태 아래서 어떤 식으로 자기를 내팽개쳐 버리며, 어째서 자신들의 성적 역할을 비하하고 몸을 돈벌이의 수단으로밖에 보지 않게 되는가를 이해할 수 있다.

여성적 역할에 대한 혐오감은 사춘기에 갑자기 나타나는 것이 아니다. 우리들은 항상 이러한 유형의 여자들이 유아기 초기부터 자기가 여성임을 싫어하고 있었다는 사실을 발견하게 되는데, 다만 어린 시절에는 이 혐오감을 표현할 필요나 기회가 없었을 뿐이다.

'남성적 저항'으로 괴로움을 겪고 있는 것은 비단 소녀들뿐만 아니라 소년들에게도 종종 나타난다. 남성의 중요성을 과대평가하는 모든 아이들은 남자다움을 하나의 이상으로 보고 자신이 그 점을 달성하는가 하지 못하는가의 여부에 의해 평가받는다고 믿고 있다. 이렇게 해서 우리의 문화 속에 강조되고 있는 남성다움은 소녀들뿐만 아니라 소년들에게 있어서도 마찬가지의 문제를 야기한다.

특히 그들이 자신들의 성적 역할에 대해 완전히 확신을 갖고 있지 않은 경우에는 더욱 그러하다. 많은 아이들이 어른이 될 때까지도 언젠가는 그들의 성이 바뀔 수 있으리라는 기대를 어느 정도 갖고 성장한다. 그래서 아이가 두 살 정도 될 때부터는 자신이 남자인지 여자인지를 분명하게 알고 있어야 된다는 사실은 무척 중요하다. 특히 여자처럼 생긴 남자아이나 남자처럼 생긴 여자아이는 곤란한 경우가 생기게 된다. 다른 사람이 그의 성을 착각하는 수도 있고 가족이나 친구들조차 그에게 "너는 정말 여자였으면 좋았을걸.", "너는 왜 이렇게 하는 짓이 남자 같니?" 하는 말을 자주 듣게 된다. 그런 아이는 자라나면서 자신의 모습에 대해 비관하게 되고, 사랑과 결혼의 문제를 가혹한 시련처럼 생각하게 된다.

한편 자신이 성적 역할을 잘 감당해 낼 수 있다고 확신하지 못하는 소년은 흔히 사춘기에 소녀들의 흉내를 내고 여성스러워지려 하며 응석받이 소녀들의 행동을 모방하여 교태를 부리거나 감상주의에 빠지기가 쉽다. 여자에게 있어서는, 남자에 대해 어떠한 태도를 취하게 되는가 하는 문제가 인생의 초기 단계인 4, 5세가 될 무렵 이미 그 뿌리가 형성된다. 어린이의 성충동은 태어나서 채 몇 주일이 되지 않은 시기에도 명백하게 나타난다.

그렇지만 그 점을 적절하게 표현해도 좋은 연령이 되기까지는 그 어떤 행위도 허용되지 않는다. 너무 일찍 자극을 받지만 않으면 그 발현은 자연스러운 일이 되며 어떠한 놀라움도 일으키지 않는다. 예컨대 출생 후 1년이 지난 아기가 자기의 성기에 흥미를 나타낸다고 하더라도 결코 놀라거나 두려워할 필요는 없다. 부모는 그 아이와 협동하여 그가 자기 자신보다 주위 사람에게 관심을 갖도록 유도하면 된다.

부모의 노력에도 자기만족을 추구하는 아이의 시도가 멈춰지지 않는다면 좀 특별한 경우로 보아야 한다. 그럴 때는 아이가 스스로 어떠한 의도를 갖고 있다는 사실이 확실시 된다. 그 아이는 성충동의 희생자가 아니라 자기 자신의 목적을 위하여 그 충동을 사용하고 있는 것이다.

자녀의 성교육에
대한 오해

일반적으로 어린아이들의 모든 행위는 사람들의 주의를 집중시키는데 그 목적이 있다. 그들은 자기의 부모가 두려워하거나 놀라는 것을 느끼고 있으며 부모의 감정을 이용하는 방법을 잘 알고 있다. 만일 그들의 행위가 주의를 끌고자 하는 목적에 그다지 도움이 되지 않는다는 걸 깨닫게 되면 그들은 그러한 습관을 곧 포기하게 된다.

나는 앞에서 어린이들이 육체적으로 자극을 받아서는 안 된다는 사실을 서술했다. 부모들은 종종 자기 자녀들에게 대단한 애정을 나타내고 아이들도 마찬가지로 부모에게 사랑을 표현한다. 자녀들과의 사랑을 넓히기 위해 항상 끌어안거나 그들에게 입을 맞춘다. 그들은 이 표현이 올바른 방법이 아니라는 걸 알고 있다.

실제로 부모는 아이들의 애정을 그러한 식으로 자극해서는 안 된다. 또한 어린이들은 정신적으로도 자극을 받아서는 안 된다. 어린이들은—

어른들도 가끔 자신의 어린 시절을 회상하다가 떠올리게 되는 일이지만
—우연히 아버지의 책갈피 속에 끼어 있는 선정적인 사진을 보았을 때
혹은 그들이 본 어떤 영화로 인해 자극받은 감정에 대해 나에게 이야기
를 한다. 어린 시절에는 그러한 책이나 사진이나 영화는 보지 않는 편이
좋다. 어린이들에게 자극을 주는 것을 피할 수만 있다면 곤란한 문제는
전혀 일어나지 않는다.

　이미 언급한 사항이지만 또 한 가지 다른 형태의 자극은 아이들에게
전혀 불필요하고 부적합한 성의 정보를 주는 경우다. 대부분의 어른들은
성에 관한 정보를 제공하는 데 너무나 열성적인 것처럼 보인다. 그리고
아이들이 성에 대해 무지한 상태로 성장할까 봐 지나친 불안감을 느끼고
있는 듯하다. 그러나 자기나 남들의 어린 시절을 돌이켜 보면 그러한 걱
정은 쓸데없는 기우였음을 알 수 있다.

　성은 어린이 자신이 자연스럽게 호기심을 갖고 그에 대한 정보를 알고
자 할 때까지 기다리는 편이 훨씬 낫다. 부모가 자기 자녀에게 관심을 두
고 있다면, 설령 아이가 말로 표현하지 않더라도 아이의 호기심을 이해
할 수 있다. 만일 아이가 부모를 자신의 친구처럼 느끼고 있다면 자진해
서 질문을 해 올 것이고, 그에 대해 부모는 아이가 이해할 수 있고 그 정
보를 스스로 익힐 수 있는 방법으로 답변해야만 한다.

　또한 부모는 서로의 애정 표현을 자식들 앞에서는 삼가는 편이 좋다.
같은 이유로 가능한 한 어린이들을 부모와 같은 방에서 재워서는 안 된
다. 하물며 같은 침대에서 재워서는 더욱 안 될 것이다. 또한 여자아이와
남자아이를 같은 방에 재우는 것도 결코 바람직한 일이 못 된다.

부모는 자녀들의 성장에 항상 세심한 주의를 쏟아야 하며 자녀들을 기만해서는 안 된다. 만일 부모가 자녀들의 성격이나 개성을 잘 알고 있지 못하다면, 자녀들이 어떤 곳에서 어떠한 식으로 영향을 받는지 알 수가 없다.

흔히 사춘기는 대단히 특별하고도 기묘한 시기이자 보편적인 성징性徵이 나타나는 시기라고 생각한다. 일반적으로 인간의 발달 과정상의 각 시기에는 특별히 강조된 개별적인 의미가 부여되어 있고, 모든 사람은 그 발달을 마치 당연한 변화인 양 받아들인다.

대부분의 사람들은 갱년기에 대해서도 비슷한 태도를 취한다. 하지만 이들 인생의 각 국면은 결국 변화가 아닌 똑같은 생명의 연속에 지나지 않으며, 그 시기의 현상은 아무런 결정적인 중요성도 내포하고 있지 않다. 무엇보다 중요한 점은 각 개인이 그러한 국면을 맞이하면서 무엇을 기대하는가, 어떠한 의미를 부여하는가, 그 상황에 직면하기 위해 어떠한 방법으로 스스로를 훈련했는가 하는 점이다.

사람들은 종종 사춘기의 출현에 놀라워하고 마치 유령이라도 본 것처럼 법석을 떤다. 만일 우리들이 어떤 상태를 올바르게만 이해한다면 아이들이 사춘기의 여러 사실에 의해 전혀 자극받지 않는다는 걸 알 수 있다. 물론 사회적 조건들이 그들의 인생 방식에 새로운 적응을 요구하는 것은 별개의 문제다.

그런데 사람들은 종종 아이가 사춘기에 접어들면 만사가 끝난다고 생각하며, 그들의 가치와 존엄성도 잃어버리게 된다고 단정 짓는다. 사춘기 아이들은 남들과 협동하거나 사회에 공헌하는 일이 없으며, 누구도 그들을 원하지 않는다고 생각해 버리는 것이다.

사춘기의 모든 어려움은 바로 이와 같은 사고방식에서 생겨난다. 어린이가 자기 자신을 사회의 평등한 구성원으로 느끼고 타인에게 공헌한다는 과제를 이해하도록 교육받았다면, 특히 이성을 평등한 동료로서 생각하도록 배웠다면 사춘기는 인생의 여러 문제에 대해 창조적이고 자립적인 해결을 스스로 하기 시작하는 하나의 단계에 불과함을 알게 된다.

그러나 아이가 자신은 보통 사람들보다 낮은 수준에 있다고 느끼거나 자신의 환경에 관한 그릇된 견해로 인해 고통받고 있다면 사춘기에 주어지는 자유에 대처할 충분한 준비가 갖춰져 있지 않음을 증명해 주는 것이다.

만약 누군가가 그 아이 곁에 항상 붙어 있으면서 모든 상황에 대처하도록 보살펴 준다면 혹여 자신이 뜻하는 바를 성취할 수 있을지도 모르지만 아이 혼자서 모든 일을 하도록 내버려 둔다면, 그는 분명히 실패할 것이다. 보통 어린이들보다 지능이 낮은 어린이는 어린 시절처럼 예속되어 있는 상황에는 적합해도 자유가 부여된 사춘기 때에는 어찌할 바를 몰라 그저 두려워하고 당황하게 된다.

CHAPTER 7

잘못된 환경이
범죄자를
만든다

:: 범죄의 접근성

범죄자들은 생각하고 말하고 듣는 방식이 보통

사람들과 매우 다르다. 그들은 별도의 언어를

가지고 있으며 그들의 지성은 이 차이에 의해서

방해받고 있다. 우리들은 이야기할 때 모든 사람이

우리들을 이해해 줄 것을 믿어 의심치 않는다.

하지만 범죄자의 경우는 다르다. 그들은 물론

바보나 지적장애자는 아니지만 보편성을 띠지 않는

개인적인 논리와 지성을 갖고 있다.

범죄자는 우리와
비슷한 사람이다

우리는 개인심리학에 의해 다양한 유형의 인간들을 이해하기 시작했다. 이제 우리는 범죄자에 있어서도 문제아와 신경증 환자, 정신병 환자, 자살자, 알코올 중독자, 성도착자에게서 볼 수 있는 것과 같은 실패를 보게 된다.

그들은 인생의 여러 문제에 대한 접근에 있어서 실패하고 있는데 한 가지 주목할 만한 사실은 그들 모두 같은 방식으로 실패하고 있다는 점이다. 범죄자들은 한결같이 인생에 실패하며 사회적 관심으로부터 멀어지고 있다. 그들은 주변 사람들에게 관심을 갖고 있지 않은데, 그렇다고 해서 그들이 다른 사람들과 완전히 모순되어 있기 때문에 실패했다고 간주할 수는 없다.

그들의 실패는 모든 사람들에게 공통되는 실패가 단지 심각하게 나타난 정도라는 점을 알아야 한다. 범죄자를 이해하기 위해서는 실제로 그들이 우리와 비슷한 사람들이라는 인식이 전제된다.

우리는 누구나 여러 가지 난관을 잘 극복하기를 원한다. 또한 자신이 강한 사람이고 다른 사람에 비해 더 낫다고 생각하며 스스로를 완전하다고 느낌으로써 장래의 목표에 도달하려고 노력한다.

존 듀이 교수는 이러한 경향을 '지극히 정당한 노력'이라 부르고 있다. 다른 사람들은 그것을 '자기 보존을 위한 노력'이라고 부르기도 한다. 우리가 이를 뭐라 부르든 간에 인간의 내부에는 항상 이 선에 부합되는 장대한 활동이 진행되고 있다. 그 활동이란 열등의 지위에서 우월의 지위로, 패배에서 승리로, 하부에서 상부로 오르려 하는 노력을 말한다. 그 노력은 유아기 초기에서부터 시작하여 인생의 종말을 맞게 될 때까지 계속된다.

인간에게 있어 삶이란 이 지구상에서 여러 가지 장애를 넘고 수많은 어려움을 극복하며 살아가는 일을 의미한다. 그런 까닭에 우리 자신에게서 범죄자들과 확실히 일치되는 경향을 발견한다고 해서 놀랄 필요는 없다.

범죄자들 또한 우월함을 추구하기 위해 여러 가지 문제와 어려움을 해결하고 극복하기 위한 노력을 그의 행동을 통해 보여 준다. 그가 보통의 다른 사람들과 구별되는 점은 우월을 추구하는 방식으로 노력했기 때문이 아니라, 오히려 그의 노력으로 인해 얻게 된 목표 때문이라고 해야 한다. 범죄자들이 그런 목표를 갖게 된 이유는 사회생활의 여러 욕구를 이해하지 못했기 때문에, 인류에게 공헌할 마음을 갖지 못하고 있기 때문이다.

이러한 차이점을 이해하면 우리는 그의 행동을 충분히 이해할 수 있게 된다. 나는 이 점을 매우 강조하고 싶다. 왜냐하면 범죄자들에 대해 그런 식으로 생각하지 않는 사람들이 흔하기 때문이다. 그들은 범죄자를 인류의 예외적 존재로 여기며 보통 사람들과는 완전히 다르다고 생각한다. 가령 어느 학자는 범죄자들이 모두 지적장애자라고 주장한다. 또 어떤 사람들은 유전적인 면을 상당히 강조한다. 범죄자는 태어나면서부터 악인이어서 범죄자가 될 수밖에 없다고 믿고 있는 것이다.

특히 어떤 사람들은 범죄는 환경에 의해 바뀌지 않는 고정된 것이라고 주장한다. 한 번 범죄자는 언제까지나 범죄자가 된다는 것이다. 하지만 이와 같은 부정적인 의견들에 대해 근래에 와서는 반증들이 많이 거론되고 있다.

만일 우리들이 이런 의견을 수용한다면 범죄 문제를 해결하려는 희망을 빼앗겨 버리고 만다는 사실을 인식해야 한다. 역사를 통해서 볼 때 범죄는 항상 재난이었으나 '그 사건들은 모두 유전 탓이다. 그에 대해선 아무런 방법이 없다'라는 식으로 이 문제를 보류하는 데는 결코 찬성할 수 없다.

같은 환경이라 해도 강제적인 것은 없다. 같은 가정과 같은 환경 안에 있는 아이들도 각기 다른 식으로 성장한다. 때로는 흠잡을 데 없는 가정에서 갑자기 범죄자가 튀어나오기도 한다. 경우에 따라서는 형무소나 감화원에 갔다 온 경험이 있어야 정상일 듯한 환경의 가정에서 성격이나 행동이 올바른 아이가 나오기도 한다. 또 범죄자가 나중에 죄를 뉘우치고 새사람이 되어 잘 사는 사례도 있다.

범죄 심리학자들은 어떤 강도가 서른 살 된 뒤에 어떻게 해서 마음을 잡고 선량한 시민이 되었는지를 설명하는 데 곤혹을 치렀다. 만일 범죄가 타고난 결함이었거나 환경에 의해 바꿀 수 없이 고정된 것이라면 이런 사실은 이해하기가 어려워진다.

그러나 우리들의 견해에서 보면 충분히 납득할 수 있는 일이다. 아마 그 사람은 전보다 훨씬 마음에 드는 상황에 처해 있을 것이고 어떤 일에 대해서 예전만큼 무리하게 요구하지도 않을 것이다. 그렇다고 해서 인생 방식에 있어서의 차이가 겉으로 두드러지게 나타나 있지도 않을 것이다. 어쩌면 그는 자기가 갖고 싶어 했던 것을 이미 손에 넣었을지도 모른다. 점점 나이를 먹고 살이 쪄서 범죄에 적합하지 않게 되었을 수도 있다. 혹은 몸이 굳어져서 그전만큼 잘 기어오를 수 없게 되어 강도라는 일 자체가 너무 버거워졌을 수도 있다.

이야기가 더 비약되기 전에 나는 범죄자는 무조건 정신병자라는 생각을 배제하고 싶다. 물론 정신 질환자들 가운데 죄를 짓는 사람도 있기는 하다. 그들의 범죄는 그들을 이해하는 데 완전히 실패한 결과고 그들에 대한 훈련 방법이 잘못된 결과다. 마찬가지로 지적장애자의 범죄도 제외시켜야 한다. 그들의 범죄는 전혀 종류가 다르다. 사실 그들은 도구가 된 데 불과하다. 우리는 그들에게 책임이 있다고는 생각하지 않는다.

진짜 범죄자는 범죄를 계획하는 사람들이다. 그들은 멋진 건수가 있다고 떠벌이면서 지적장애자의 공상이나 야심을 부추긴다. 그리고 그들 자신은 배후에 숨어 있으면서 희생자들로 하여금 죄를 짓게 하여 벌을 받는 위험에 빠뜨린다. 오랜 경험을 쌓은 범죄자에 의해 순진한 젊은이들이 이용되는 경우도 이와 같다고 말할 수 있다. 범죄를 계획하는 일은 경험을 쌓은 범죄자들이 하고 젊은이들은 그 실행자가 되도록 기만당한다.

앞에서 언급했던 문제, 범죄자들은 물론 모든 평범한 사람들이 승리를 얻거나 높은 지위에 도달하기 위해 노력하고 있다는 점에 대해서 잠시 고찰해 보자. 이 목표들은 각양각색으로 다양하다. 또 우리는 범죄자의 목표가 항상 개인적인 방향에서 우월하려고 하는 것임을 발견한다. 그는 절대로 협동적인 사람이 아니다.

사회는 그 구성원을 필요로 한다. 우리들 모두는 서로를 필요로 하며 공동의 선을 위하여 협동하는 능력을 필요로 하고 있다. 반면 범죄자의 목표에는 사회에 대하여 유익할 것인가 하는 생각은 포함되어 있지 않다.

이야말로 모든 범죄적 경력에 있어 실로 중대한 국면이다. 이 일이 어떻게 해서 발생하는가에 대해서는 뒤에서 논하기로 한다. 여기서 나는 만약 우리가 범죄자를 이해하려고 한다면 어디에 주안점을 둬야 하는가에 대해 말하려 한다. 그것은 협동에 대한 성격과 실패의 정도에 달려 있다.

범죄자들은 협동하는 능력에 있어서 가지각색이다. 어떤 사람들은 다른 사람보다 그 실패도가 낮다. 어떤 사람들은 스스로를 사소한 범죄에 한정해 두고 그 한계를 넘지 않으며, 어떤 사람들은 대형 범죄를 좋아한다. 또 어떤 사람은 우두머리고 어떤 사람은 추종자다.

범죄자의 다양한 경력을 이해하기 위해서 우리들은 더욱더 개개인의 인생 방식을 연구해야 한다. 각 개인에 있어서 전형적인 인생 방식은 유년 시절 초기에 형성된다. 우리들은 이 주된 특징을 4~5세 단계에서 발견할 수 있다. 따라서 그 방식을 바꾸기란 간단한 일이 아니다. 인생 방식이 이미 성격으로 굳어졌으므로 우리가 그를 변화시키기 위해서는 인생 방식을 형성하는 과정에서 그가 어떤 잘못을 범했는지를 이해함으로써만 가능하다.

그 일들을 이해할 때 어째서 대부분의 범죄자들이 몇 번이나 죄를 지어 굴욕을 받고 사회에서 받을 수 있는 이득을 모두 빼앗기면서도, 여전히 개선하지 못하고 같은 범죄를 되풀이하는지 이해하게 된다. 그들을 범죄에 빠지도록 강요한 요인은 경제적 어려움만은 아닌 것이다.

범죄자들의
사고방식

　흔히 시대가 어수선하고 사람들이 심적 부담을 많이 지게 되면 범죄가
한층 늘어난다고 하는데 확실히 그 말이 맞다. 통계에 의하면 때에 따라
범죄의 수는 곡물값의 상승에 의해서도 증대했다.

　물론 그렇다고 해서 경제상태가 범죄를 야기한다는 뜻은 아니다. 그
런 상황은 오히려 많은 사람들이 스스로의 행동에 있어서 제한받고 있
다는 표시다. 이러한 상황에서는 인간들의 협동 능력이 한계에 부딪치게
되며, 이러한 한계에 도달하면 사람들은 다른 이들에게 공헌하지 못하게
된다. 협동의 마지막 잔재를 잃고 범죄에 끌리게 되는 것이다.

　개인심리학에 있어서 많은 사례들을 연구한 끝에 우리는 마침내 단순
한 사실 한 가지를 발견할 수 있었다. 그것은 범죄자들이 거의 타인에게
흥미를 가지고 있지 않다는 점이다. 물론 그도 어느 정도까지는 협동할
수 있다. 그러나 일정 선을 넘어 버리면 범죄에 직면하고 만다. 이처럼 한

계를 넘는 일은 그가 매우 심각한 문제에 직면했을 때 발생한다. 평범한 사람이라면 직면하게 되는 인생의 여러 문제들이 있는데, 범죄자들은 그중 몇 가지를 이해하지 못한다. 개인심리학은 인생의 여러 문제를 세 가지 주요 영역으로 나누고 있다.

첫 번째 문제는 동료들과의 관계에 있어서 우정의 문제를 들 수 있다.

범죄자들도 때로 친구를 가지긴 하지만 그것은 동류일 때뿐이다. 그들은 지하 조직을 형성하여 서로 간의 충성심을 나타내기도 한다. 여기서 우리들은 바로 그들이 활동 영역을 어떻게 축소시켰는가를 보게 된다. 그들은 보통 사람들과 평화롭게 잘 지내는 방법을 모르며, 따라서 다른 사람들과 친구가 될 수 없다. 그들은 자신들을 일단 도망자로 보는 것이다.

인생에 있어 두 번째 문제는 직업과 관련된다.

범죄자들 대부분은 직업 문제에 대해 질문을 받으면 이렇게 대답한다. "당신네들은 노동이라는 두려운 상태를 모르는 것입니다."

그들은 일이 두렵다고 생각한다. 그들은 다른 사람들처럼 직업에 몰두하려고 하지 않는다. 유익한 직업은 다른 사람들에게 관심을 갖고 다른 사람들의 복리에 공헌하는 것인데, 범죄자들에게서는 특히 그러한 사고 방식을 찾아볼 수 없다. 앞서 말한 바와 같이 이 협동 정신의 결여는 인생의 매우 이른 시기에 나타나며, 그렇기 때문에 대개의 범죄자는 직업 문제에 직면할 준비가 되어 있지 않은 것이다.

대부분의 범죄자는 훈련되지 않고 미숙한 노동자다. 그들의 경력을 더듬어 올라가 보면 학창 시절이나 그 훨씬 이전에 이미 직업에 대한 흥미를 잃어버리게 한 요인이 있었음을 알게 된다. 그들은 협동을 배운 적이 없다.

협동은 배우고 훈련받아야만 하는 것인데, 범죄자들은 협동에 대해서 잘 훈련되어 있지 않은 것이다. 따라서 그들이 직업 문제에 실패했다고 해서 그들에게만 책임을 돌릴 수는 없다. 그것은 마치 지리학을 공부한 적이 없는 사람에게 지리 시험을 치르게 하는 것과 같다. 그들은 틀린 답을 쓰든가 아니면 전혀 답을 쓰지 않든가 할 것이다.

세 번째 문제는 사랑에 관한 것이다.

좋은 애정 생활도 다른 사람에 대한 관심과 협동을 요구한다. 감화원에 보내지는 범죄자들의 반 정도가 입소할 때에 성병에 걸려 있다고 하는 사실은 주목할 만하다. 이것은 그들이 애정 문제로부터 값싼 도피를 해왔음을 가리킨다. 그들은 상대방을 단순히 하나의 소유물로 간주하며, 돈이면 사랑도 살 수 있다는 생각을 갖고 있다. 이런 사람들에게 있어서 성생활이란 다만 정복과 획득의 문제일 뿐이다. 사랑의 대상은 인생의 동반자로서가 아니라, 하나의 소유물에 지나지 않는다. 대부분의 범죄자들은 이렇게 말한다.

"만일 내가 갖고 싶은 것 모두가 어차피 주어질 수 없는 것이라면, 인생 같은 게 무슨 소용이 있단 말인가."

우리는 이제 범죄자들을 대할 때 어디에서부터 시작해야 할지를 이해할 수 있다. 우리는 그들이 협동적이 되도록 훈련시키지 않으면 안 된다. 그들을 감화원에 밀어 넣는 것만으로는 아무것도 이루어지지 않는다. 그들을 방치해 둔다면 사회로서도 매우 위험한 일이다.

물론 그것만이 전부는 아니다. 우리는 또한 사회생활을 할 만한 준비가 되어 있지 않은 사람들을 어떻게 하면 개선시킬 수 있을지에 대해서도 생각해야 한다. 삶의 모든 문제에 있어서 협동 정신이 빠져 있는 것은 결코 작은 결함이라고 볼 수 없다. 우리들은 일상의 모든 순간에 협동을 필요로 한다. 그리고 우리들의 협동 능력은 생각하고 말하고 듣는 법을 통해서 자연스럽게 나타난다.

범죄자들은 생각하고 말하고 듣는 방식이 보통 사람들과 매우 다르다. 그들은 별도의 언어를 가지고 있으며 그들의 지성은 이 차이에 의해서 방해받고 있다.

우리들은 이야기할 때 모든 사람이 우리들을 이해해 줄 것을 믿어 의심치 않는다. 이해라고 하는 것 자체가 하나의 사회적 요인이다. 우리들은 여러 가지 말에 공통된 해석을 부여한다. 우리들은 다른 누구라도 이해할 수 있는 동일한 방법으로 이해하는 데 길들어 있다.

하지만 범죄자의 경우는 다르다. 그들은 물론 바보나 지적장애자는 아니지만 보편성을 띠지 않는 개인적인 논리와 지성을 갖고 있다. 우리들은 이러한 사실을 그들이 자신의 범죄를 설명하는 방식을 통해 관찰할 수 있다.

우리가 허구적인 개인적 우월이라는 그들의 목표를 인정한다면 대개 그들은 그 목표에 부합하는 올바른 결론을 이끌어 낸다. 범죄자는 말할 것이다.

"나는 멋진 바지를 가지고 있는 남자를 보았다. 나는 가지고 있지 않았다. 그렇기 때문에 나는 그를 죽이지 않으면 안 되었다."

만일 그의 욕망이 세상에서 가장 중요한 것이며 또 그가 올바르게 생계를 유지할 수 있는 방법이 전혀 없다고 가정한다면 그의 결론은 맞는 것처럼 들릴지도 모른다. 그러나 그 주장은 상식적이지 않다.

헝가리에서 어떤 살인 사건에 대한 재판이 있었다. 많은 부인들이 독약으로 여러 사람을 죽이는 죄를 범했다. 그들 가운데 한 명이 투옥되었을 때 그녀는 이렇게 진술했다.

"내 아들은 병에 걸려 있어서 밥만 축내는 밥벌레였어요. 나는 그 애에게 독약을 먹이지 않으면 안 되었습니다."

협동이라는 것을 받아들이고 있지 않은 상태에서 과연 그녀가 달리 어떤 일을 할 수 있었을까. 그녀는 머리가 비상했지만, 보통과는 다른 견해와 다른 통각 체계를 가지고 있었던 것이다. 우리는 범죄자들이 갖고 싶은 것을 보고서 그것을 손쉬운 방법으로 손에 넣고 싶다고 생각할 경우, 어떤 식으로 이 적대적인 사회로부터 그것들을 빼앗으려는 결심을 하게 되는가를 이해할 수 있다.

그들은 세계에 대하여 잘못된 견해를 갖고 있다. 그들 자신의 중요성과 다른 사람의 중요성에 관하여 잘못된 평가를 내리고 있는 것이다. 그렇지만 이 부분이 그들에게 협동심이 결여되어 있다는 사실에 있어서 가장 주목할 만한 문제점은 결코 아니다.

사실 범죄자는 모두 겁쟁이들이다. 그들은 자신이 일을 해결하는 데 필요한 만큼 강하지 못하다고 느끼는 문제를 회피하고 있다. 우리는 그들이 겁이 많다는 사실을, 그들이 저지른 범죄와는 별도로 그들이 인생에 직면하는 방법을 통해서 볼 수 있다. 물론 그들이 범하는 범죄 속에서도 볼 수 있다.

그들은 자신을 비밀이나 고립에 의해서 지키려 하고, 누군가에게 불의로 들이닥쳐서 상대가 방어하기 전에 먼저 무기를 이용해 습격한다. 범죄자들은 자신의 행동을 용기 있는 자의 행동이라고 생각한다. 하지만 범죄는 겁쟁이가 저지르는 영웅주의에 대한 흉내에 불과하다. 그들은 개인적 우월이라는 허구의 목표를 향해 노력하고 있으며 자신을 영웅이라고 믿고 싶어 한다. 그렇지만 그런 의지 또한 잘못 수용된 커다란 착오다.

만약 우리가 그들을 겁쟁이라고 생각하고 있다는 사실을 그들이 알게 된다면 커다란 충격이 될 것이다. 그들은 자신들이 경찰을 따돌렸다고 생각하거나 '결코 발견되지 않는다'라고 장담하지만 결국 허영심과 자만을 부풀린 것뿐이다.

그런데 불행하게도 모든 범죄의 경력을 주의 깊게 살펴본다면 세상에 알려지지 않은 범죄도 분명 있으리라고 나는 생각한다. 이는 대단히 곤란한 사실이다. 그들은 붙잡혔을 때 '이번에는 충분히 잘 해치우지 못했지만 다음에는 동료를 빼고 해야겠다'라고 생각한다. 그들은 이런 일이 뜻대로 이루어졌을 때 자신의 목표를 달성했다고 여긴다.

물론 우리들은 범죄자들이 스스로 우월감을 느끼고 동료들로부터 칭찬받고 인정받는 상황을 높게 평가하지 않는다. 그러면 우리는 언제 어디서 그들의 협동 능력을 배양해야 할까? 그것은 가정이나 학교나 감화원이 될 것이다.

재능을 활용하는 방법을 배우지 못한 아이

자녀 교육에 있어서 부모의 책임은 매우 크다. 어머니는 자녀가 협동하도록 만드는 데 있어서 충분히 능숙하지 않을 수도 있다. 아이의 어머니가 너무나 완벽했기 때문에 누구도 그녀를 도와줄 수 없었는지도 모른다. 아니면 그녀 자신이 협동을 하기에 불가능했을지도 모른다.

이혼 가정을 살펴보면 협동 정신이 올바로 발휘되지 않았다는 사실이 쉽게 확인된다. 어린이의 최초의 인연은 어머니다. 그런데 어머니가 아이의 사회적 관심이 넓어져서 아버지나 다른 어른이나 친구들이 아이의 관심 영역에 포함되는 일을 바라지 않았을 수도 있다.

혹은 아이가 자신이 가족의 우두머리라고 느꼈을 수도 있다. 맏이일 경우 3~4세 무렵에는 동생이 태어남으로 인해 변화된 상황에 괴로워하고 자신이 내버려졌다고 생각해서 어머니와 동생과 협동하기를 거부해왔을 수도 있다.

이 모두가 고려되어야 할 요인이다. 범죄자의 생애를 더듬어 보면 거의 모든 문제가 어린 시절 가정생활의 경험 속에서 시작되었음을 발견하게 된다. 중요한 점은 환경 자체가 아니라 아이의 입장을 이해하고 곁에서 설명해 준 사람이 아무도 없었다는 사실이다.

가족 가운데 어느 한 아이가 특별히 두드러진 재능을 갖고 있다면, 다른 아이들에게는 항상 불만의 요인으로 작용한다. 그런 아이는 거의 모든 사람들의 이목을 집중시키기 때문에 나머지 아이들은 기가 꺾여서 자신들은 아무 쓸모없는 존재라고 느끼기가 쉽다. 그렇게 되면 남은 아이들은 협동하려고 들지 않는다.

경쟁하고 싶어도 자신이 없기 때문이다. 이런 식으로 자신의 존재를 비하시켜서 자기 자신의 여러 능력을 훌륭하게 활용하는 방법을 배우지 못한 아이들이 불행하게 되는 결과를 우리는 자주 보게 된다. 이러한 사람들 사이에서 범죄자나 신경증 환자나 자살자가 흔히 나타난다.

협동 정신이 결여된 아이가 학교에 다니기 시작하면 입학 첫날부터 아이의 행동에서 그러한 기미를 발견할 수 있다. 그런 아이는 친구를 사귀지 못한다. 그 아이는 선생님을 좋아하지 않으며 수업 시간에 주의를 기울이지도 않고 듣지도 않는다.

이해심을 갖고 다루지 않으면 그 아이는 새로운 좌절로 괴로워한다. 그런 아이가 협동하는 용기를 배우는 대신 비난받고 야단맞는다면 수업 받기를 더욱 더 거부하게 됨은 당연한 이치이다. 계속해서 공격받는다면 그 아이는 학교생활에 흥미를 잃고 만다.

어떤 범죄자의 경력을 살펴보니, 그가 열세 살이었을 때 겨우 4학년이었다는 이유로 바보스럽다는 비난을 받았다는 사실이 발견됐다. 그 이후의 생애 전체가 자주 이런 식으로 위험하게 폭로되었다. 그는 다른 사람에 대한 관심을 점점 더 잃어 갔고 그의 목표는 점점 무익한 측면으로만 향하게 되었다.

빈곤 또한 인생에 관해서 잘못된 해석을 하는 계기가 될 수 있다. 빈곤한 가정의 아이는 집 바깥에서 사회적인 편견과 맞부딪히기가 쉽다. 그 아이는 자신이 많은 걸 빼앗겼다는 사실에 괴로워하며 많은 시련과 슬픔을 겪는다. 아이도 어렸을 때부터 부모님을 돕기 위해 돈을 벌지 않으면 안 되었을지도 모른다. 아이가 자란 뒤 그는 안락한 생활을 누리며 갖고 싶은 건 무엇이든 살 수 있는 부자들을 만나게 된다. 그는 부자들이라고 해서 자기보다 안락하게 생활할 권리 따위는 없다고 느낀다.

빈곤과 사치라는 매우 두드러지는 극단의 현상이 많이 나타나는 대도시에 범죄자의 숫자가 훨씬 많은 이유를 이해하기란 그리 어렵지 않다.

시샘과 질투 속에서는 유익한 목표가 생기지 않는다. 이런 상황 속에 있는 아이는 그릇된 해석을 하기 쉽다. 그는 우월해지기 위해서 열심히 일하는 대신 쉽게 돈을 얻는 것이 우월해지는 길이라고 생각하기 쉽다.

열등감은 신체 기관의 장애로 인해 발생하기도 한다. 이것은 내가 발견한 사실이다. 이 점에 대해서 나는 신경병 및 정신병학에 있어서 유전 학설을 준비한 데 약간의 책임이 있다. 그러나 나는 신체 기관의 열등과 그들의 정신적 보상에 대한 책을 썼던 초기에 이미 그러한 위험성을 알아차리고 있었다. 비난받아야 하는 것은 어린이가 아니라 교육 방법이다.

우리들이 올바른 방법을 사용했다면, 신체 기관에 결함이 있는 아이도 자신에 대해서나 타인에 대해서 흥미를 갖게 되었을 것이다. 불완전한 기관을 가지고 있는 아이의 곁에 있으면서 타인에게 관심을 가지라고 강요한다면, 그 아이는 더더욱 자기 자신에게만 흥미를 가지게 된다.

우리 주변에는 내분비 장애로 괴로워하고 있는 사람이 많은데, 내분비샘의 정상 기능이 어떠한 것인가를 한마디로 딱 잘라서 말하기는 힘들다. 내분비샘의 기능은 상당히 복잡하지만 그렇다고 해서 성격상 반드시 유해하다고 말할 수는 없다. 때문에 이 요인은 제외되어야 한다. 아이들이 타인에게 관심을 갖는 바람직한 사람이 되도록 올바른 방법을 찾으려 한다면 특히 더욱 그렇다.

한편 범죄자 가운데는 고아의 비율이 상당히 높다. 나는 아이들 사이에서 협동 정신을 확립하지 못함은 우리 문화의 수치라고 생각한다. 또한 많은 사생아들이 있다. 그들은 스스로 원해서 태어난 것도 아닌 데다가, 아무도 자기들을 원하지 않는다는 생각이 들면 범죄 행위를 하고 만다.

범죄자들 중에는 못생긴 사람도 많이 있다. 일반적으로 범죄자는 기형적인 손이라든가 언청이라든가 하는 열성적인 유전 특징을 지니고 태어난 희생자라고 간주하기도 한다. 생김새에 관한 사실은 유전의 중요한 증거로써 사용되어 왔다. 그런데 우리는 못생긴 아이라는 사실이 어떤 느낌일지를 생각해 볼 필요가 있다. 못생긴 아이는 매우 불리하다. 매력적인 모습을 내보이지 못한다는 사실은 그 아이의 전 생애에 있어서 무거운 짐이 된다. 그 아이는 우리들이 모두 갈망하는 매력과 신선함을 가지고 있지 않다. 사회적 편견을 받는 혼혈아 역시 마찬가지다. 하지만 이 아이들이 모두 올바르게 다루어진다면 사회적인 관심을 발달시킬 수 있을 것이다.

　그런가 하면 범죄자 가운데 뛰어나게 잘생긴 사람들도 많이 볼 수 있다. 잘생긴 범죄자들에 대해서는 어떻게 설명해야 좋을 것인가. 사실 그들도 사회적 관심을 발달시키기가 어려운 상황 속에서 성장한 것이다. 그들은 응석받이로 자란 아이들이었다.

협력을 배워 보지 못한
겁쟁이

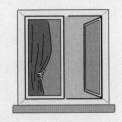

범죄자는 두 가지 유형으로 나누어진다. 하나는 이 세상에 우정과 사랑이 있다는 것을 모르고 한 번도 그런 감정을 경험한 적이 없는 사람들이다. 그러한 범죄자는 다른 사람들에 대해 적대적인 태도를 취한다. 그들의 눈은 적의에 차 있고 모든 사람을 적으로 보며, 감사의 마음이란 전혀 발견할 수가 없다.

또 하나의 유형은 응석받이로 자란 아이다. 우리는 범죄자가 불평을 늘어놓으면서 "내가 범행을 거듭해 온 이유는 어머니가 나를 너무 제멋대로 하게 내버려 두었기 때문이다."라고 주장하는 것을 듣는다.

이 점에 대해서는 나중에 상세하게 서술하기로 하겠다. 여기서는 다만 범죄자들이 여러 가지 면에서 협동하는 일을 훈련받았던 적도 교육받았던 적도 없었다는 점을 강조해 둔다.

부모들은 자녀를 훌륭한 사람으로 키우고 싶어 하지만 대부분 방법을 알지 못한다. 만일 그들이 강압적이고 억압된 교육을 지향했다면 자녀들이 성공할 확률은 거의 희박하다.

또 만일 그들이 자녀를 마음대로 하게끔 내버려 두고 항상 무대 중심에 서는 것처럼 추켜세웠다면, 그 아이는 자기 혼자만 존재하는 것처럼 여기면서 동료로부터 좋은 평판을 받을 만한 긍정적인 노력을 하지 않는다. 오로지 자기 자신만을 중요한 인물로 생각하도록 길들여졌기 때문에 노력하는 능력을 잃어버리고 만다. 그들은 항상 사람들에게 주목받고 싶어 하고 언제나 뭔가를 기대하게 된다. 그들은 자신이 원하는 만족을 쉽게 얻을 수 없으면 환경을 비난한다. 위의 사실과 관련된 몇 가지 경우를 예로 들어 보겠다.

첫 번째로 '비정한 존'의 경우다. 이 소년은 자신의 범죄 경력이 어떻게 시작되었는지를 다음과 같이 설명하고 있다.

"나는 무엇이든 내가 하고 싶은 대로 하겠다고 생각한 적은 없다. 열다섯, 열여섯 살 때까지는 정말 다른 아이들과 비슷했다. 운동을 좋아해 운동부에 가입하기도 했다. 도서관에서 책을 빌려 읽었으며 집에도 일찍 귀가했다. 그 외에 다른 여러 가지 유익한 행동도 했다. 그런데 부모님은 나를 학교에서 빼내어 일을 시키면서 매주 50센트를 제외한 나머지 돈을 빼앗아 갔다."

그는 부모를 비난하고 있다. 만일 우리가 그와 부모와의 관계에 대해 질문할 수 있다면 그리고 가족들의 상황 전체를 볼 수 있다면, 그가 정말로 어떤 경험을 했는가를 발견하게 될 것이다. 하지만 현 시점에서는 그의 부모가 협동적이지 않았다는 정도로만 이해해 두어야 한다.

"나는 거의 1년간 일했다. 그러다 어떤 소녀와 사귀기 시작했는데, 그녀는 즐겁게 시간 보내는 것을 좋아했다."

우리들은 범죄자의 경력 속에서 자주 이런 일을 발견한다. 그들은 즐겁게 놀고 싶어 하는 소녀에게 애착을 느낀다. 여기서 내가 앞에서 언급했던 바를 상기해 주었으면 한다. 이것은 하나의 문제고 협동의 정도를 테스트해 보는 척도가 된다. 그는 즐겁게 놀고 싶어 하는 소녀와 사귀고 있었으며 1주일에 50센트밖에 가지고 있지 못했다.

물론 이를 애정 문제의 진정한 해결 방법이라고 볼 수 없다. 이런 사정 아래에서는 '그녀가 즐겁게 지내고 싶다면 그녀는 나를 위한 사람이 아니다'라고 풀이해야 한다. 이는 인생에 있어서 무엇이 중요한가에 관한 그릇된 평가의 문제다. 이어지는 문장을 보자.

"그 무렵에는 일주일에 50센트라는 돈을 가지고 소녀를 즐겁게 해 줄 수가 없었다. 부모는 내게 그 이상은 주려고 하지 않았다. 슬펐다. 그래서 어떻게 하면 돈을 마련할 수 있을지를 생각했다."

내면의 소리는 말할 것이다. '아마 네가 다른 일을 찾으면 좀 더 벌 수 있을 거야'라고 말이다. 그런데 그는 안이한 방법을 찾고 싶어 한다. 그리고 그가 소녀를 탐한다고 해도 그것은 자기 자신의 즐거움 때문이지 그이상의 아무 의미도 없다.

"어느 날 내가 알고 있던 남자가 다가왔다. 그는 아주 적당한, 즉 솜씨 좋은 도둑으로서 머리가 비상하고 유능했다. 그 남자는 내게 다가와 '몫을 나누어 주되 야비한 일은 시키지 않겠다'라고 말했다. 우리들은 그 도시에서 많은 건수를 실수 없이 잘 해치웠고 붙잡히지도 않았다. 그래서 나는 쭉 그런 생활을 해 왔다."

누군가가 다가온 일은 그런 그에게 있어서 또 하나의 테스트다. 협동할 수 있는 소년은 결코 유혹되지 않는다. 그러나 이 소년은 유혹당할 만한 길을 걷고 있었다.

그의 아버지는 공장에서 직공으로 일하고 있었고 가족은 빠듯한 수입으로 간신히 생계를 유지해 나가고 있다. 이 소년은 3남매 중의 한 명으로, 그가 비행을 저지르기까지 가족 중의 누구도 죄를 지은 적이 없었다. 나는 유전설을 주장하는 과학자가 이 경우를 어떻게 설명할지 들어 보고 싶다.

그 소년은 열다섯 살 때 최초로 이성 경험을 가졌던 사실을 인정하고 있다. 어떤 사람들은 분명히 그가 성욕 과잉이라고 말할 것이다. 그런데 이 소년은 여자에게는 아무런 흥미도 없으며 단지 쾌락을 즐기고 있을 뿐이다. 어떤 사람이라 할지라도 자신을 성욕 과잉으로 만들 수 있다. 거기에는 아무런 어려움이 없다.

그는 성적인 영웅이 되고 싶었다. 그는 열여섯 살에는 친구와 함께 가택침입, 절도, 강도 등의 혐의로 체포되기도 했다. 그 밖의 다른 여러 가지 비행들이 계속되면서 우리들이 서술한 바를 확증하고 있다. 그는 외형적인 정복자가 되어 소녀들의 주의를 끌고 돈으로 매수하며 그녀들을 손에 넣고 싶다고 생각한다. 그는 자신이 챙이 넓은 모자를 쓰고 빨간 손수건을 가슴에 꽂고 권총이 붙은 벨트를 맨 서부의 무법자인 양 거리를 활보하며 사람들을 위협하고 영웅 흉내를 내고 싶어 한다.

그는 자신이 기어코 '아주 큰일'을 이루어 냈다고 자랑스러워한다. 그는 소유권 같은 것은 전혀 신경 쓰지 않는다. 그는 인생은 살 만한 가치가 없는 것이라고 생각한다. 인류 전체에 대해서는 오로지 모멸감밖에 느끼지 않는다.

이 모든 생각들은 사실 무의식적이다. 그는 자신의 생각들을 이해하지 못하고 그 생각들이 상호 관련 속에서 무엇을 의미하는지를 알지 못한다. 그는 인생을 무거운 짐이라고 느끼며, 왜 자신의 용기가 꺾여 버렸는지 이해하지 못하고 있다.

"나는 사람을 믿어서는 안 된다는 걸 배웠다. 사람들은 도둑이 서로 신뢰하고 있는 줄 알지만 그렇지 않다. 나는 동료를 믿었지만 결국 그는 나를 배신했다. 만일 내가 가지고 싶은 만큼의 돈을 갖고 있었다면 나는 다른 사람들과 마찬가지로 정직해졌을 것이다. 일하지 않고 하고 싶은 걸 할 수 있을 정도로 충분한 돈을 가지고 있을 때는 일에 대해 생각조차 하지 않았다. 나는 일 같은 건 진절머리가 나고 또 결코 할 생각도 없다."

이 얘기의 끝부분은 다음과 같이 해석할 수 있다. '내 범죄에 책임이 있다는 것은 잘못된 판단이다. 나는 여러 가지 욕구들을 억압하도록 강요당했다. 그렇기 때문에 지금 범죄자가 된 것이다'라고 말이다. 우리는 이 말을 의미심장하게 생각해 볼 필요가 있다.

"나는 죄를 짓기 위한 목적으로 범죄를 저지른 적은 한 번도 없다. 물론 나는 모든 행동을 완벽하게 해치웠고 도망치는 행위 속에는 일종의 스릴이 있었다."

위의 문장에서 알 수 있듯이 그는 범죄를 영웅적 행위라고 믿고 있다. 겁쟁이 같은 행위임을 결코 깨닫지 못하는 것이다.

"이전에 한번 붙잡혔던 적이 있다. 14,000달러짜리 보석을 가지고 있을 때였는데, 당시 나는 그녀와 만나야 한다는 것 말고는 아무 생각도 못하고 있었다. 그래서 그녀의 집에 갈 수 있을 만큼의 현금으로 바꾸다가 체포되었다."

이런 사람들은 대개 여자에게 돈을 쥐어 주고 안이한 승리를 손에 넣는다. 그들은 그것만이 진정한 승리라고 굳게 믿고 있다.

"일당들은 감옥 안에 학교를 설치해 두고 있다. 나는 가능한 한 교육을 받을 예정이다. 그러나 나 자신을 개선하기 위해서라기보다는 나 자신을 좀 더 위험한 사람으로 만들기 위해서다."

이는 인류에 대한 매우 심각한 태도의 표현이다. 그들은 거듭 말한다.

"만일 내게 아들이 있다면 목을 졸라 죽일 것이다. 왜냐하면 이 세상에 인간을 혼자 내보낸 데 대한 책임을 지고 싶기 때문이다."

이러한 사람을 어떤 방법으로 개선시킬 수 있을까. 그의 협동 능력을 개선하고 그의 인생 평가가 어디에서부터 잘못되어 왔는가를 가르쳐 주는 것 외에는 다른 방법이 없다. 어린 시절의 어떤 부분에서부터 잘못된 판단이 시작됐는지 거슬러 올라가야만 그를 설득할 수 있다.

나는 그를 이 정도로까지 인류의 적으로 만들어 버린 어떤 요인이 그의 어린 시절에 발생했으리라고 본다. 나의 견해로 상상해 본다면 그는 장남이었고 대개의 장남이 그렇듯이 어린 시절에 무척이나 응석을 부리며 자랐을 것으로 추측된다. 나중에 동생이 태어났을 때 그는 자신이 왕좌에서 끌어 내려졌다고 느꼈을 것이다. 만일 나의 추정이 옳다면 그러한 작은 사건도 협동 정신의 발달을 방해한다는 점을 분명히 알 수 있을 것이다.

소년은 특히 그가 들어간 실업학교에서 난폭한 취급을 받았으며 그 결과 사회에 대한 강렬한 혐오감을 갖고 학교를 떠났다고 말하였다. 그렇게 그의 범죄는 시작되었다. 나는 이 점에 대해서 다음과 같이 말하고 싶다.

심리학자의 견지에서 본다면 감옥에서의 거친 취급은 모두 도발이다. 그것은 힘의 시련이다. 마찬가지로 범죄자들은 '이 범죄의 물결을 멈추지 않으면 안 된다'라는 말을 들을 때, 도발이라고 받아들인다. 그들은 영웅이 되고 싶어 하며 그들이 즉각 실행할 수 있다는 점을 기쁘게 생각한다. 그들은 범죄를 일종의 스포츠로 받아들인다. 사회가 그들에게 도전하고 있다고 느낌으로써 점점 비뚤어지는 것이다. 어떤 남자가 전 세계와 '싸우고' 있다고 생각하고 있을 경우, 그에게 싸움을 거는 일만큼 '기운'을 북돋아 주는 요소가 또 있을까.

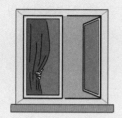

문제아를 지도하는
가장 어리석은 행위

흔히 문제아를 교육하는 사람들은 마치 누가 더 강한지, 누가 더 오래 버틸 수 있는지 보자는 듯이 팽팽한 신경전을 벌인다. 문제아들에게 도전하는 것은 가장 어리석은 행위다. 그들은 범죄자들과 마찬가지로 자기들이 강하다는 생각에 빠져 있다. 그들은 자기가 머리만 잘 쓴다면 충분히 빠져나갈 수 있다는 자신감을 갖고 있다. 감화원 등에서는 범죄자들이 자주 도전받는 일이 생기는데 이는 대단히 나쁜 상황이다.

여기 교수형에 처해진 한 살인범의 일기를 소개하려고 한다. 그는 두 사람을 잔혹한 방법으로 살해했는데, 범행 전에 자신의 계획을 미리 써두었다. 이는 그 범죄자의 마음에 어떤 종류의 의도가 떠올랐던가를 알게 하는 기회를 제공한다.

어떤 사람이라도 미리 계획하지 않고는 범행을 저지를 수 없다. 그리고 그 계획 안에는 항상 그 행위에 대한 정당화가 들어 있다. 나는 모든 범죄자들의 범죄 계획 속에서 범죄가 극히 간단명료하게 서술되어져 있는 것을 본 적이 없다. 또 범죄자가 자기 자신을 정당화하려 들지 않은 예도 발견한 적이 없다.

우리는 여기에서 사회 감정의 중요성을 볼 수 있다. 범죄자야말로 자기 자신과 사회 감정을 화합시키려고 하지 않으면 안 된다. 이 말은 동시에 그가 범행을 저지르기 전에 자신의 사회 감정을 죽이고 사회적 관심의 벽을 빠져나가는 각오를 스스로 했음을 뜻한다.

그러한 이유 때문에 도스토옙스키의 소설에 나오는 라스콜니코프는 2개월간이나 침대에 누워 범행을 실행에 옮겨야 하는지의 여부를 생각했다. 그는 '나는 나폴레옹인가, 그렇지 않으면 한 마리의 벼룩인가'라는 생각으로 자기 자신을 몰아세운다. 범죄자들은 그러한 생각으로 자기 자신을 속여 스스로 박차를 가한다.

실제로 모든 범죄자들은 자신이 인생의 유익한 쪽에 속해 있지 않다는 사실을 알고 있으며, 또 어떻게 해야 유익한 쪽이 되는가를 알고 있다. 그렇지만 겁이 많기 때문에 사실을 인정하기를 거부한다. 자신과 세상에 유익한 일은 협동을 필요로 하는 문제다. 그런데 그는 협동이라는 것을 훈련받아 본 적이 없다.

범죄자들은 나중에야 자신들의 무거운 짐에서 해방되고 싶어 한다. 우리들이 이미 보아 왔듯이 그들은 자기 자신을 정당화하려 하며 사정을 참작해 달라고 호소한다. 다음 기록은 그런 범죄자의 일기에서 간추린 내용이다.

"나는 우리 집 사람들에게 인정받지 못했다. 코에 병이 있어서 추하고 혐오스럽기 때문이다. 비참하다. 게다가 위마저 나쁘다. 위는 내 뜻대로 설득되지 않는다. 그래서 거의 파멸당한 듯하다. 나를 만류하는 것은 아무것도 없다. 이렇게 버림받은 상태로 내팽개쳐질 것인가."

그는 다른 사람들이 동정할 만한 사정을 창조해 낸다. '자기는 환자며 사람들에게 받아들여지지 않아 원하는 일을 할 수 없었다' 등의 이야기 말이다. 그가 기록한 다음의 말을 보자.

"나는 교수대에서 죽게 될 것이다. 굶어 죽는 것과 교수대에서 죽는 것이 어떻게 다른 일인가 하는 생각이 떠오른다."

이 발언은 다음과 같은 일화와 관련되어 있다. 어떤 어머니가 아이에게 "언젠가 너는 꼭 내 목을 조르게 될 거다."라고 예언했다. 그 아이는 열일곱 살이 되었을 때 자기의 숙모를 목 졸라 죽였다. 이처럼 예언과 도전은 같은 방법으로 작용한다. 다시 본래의 사례로 돌아와 세 번째 문장을 확인해 보자.

"나는 어떤 결과가 될까 하고 신경 쓰고 있지는 않다. 어차피 죽지 않으면 안 되는 것이다. 나는 아무것도 아니다. 아무도 나와는 관계없다. 내가 좋아하는 소녀는 나를 피하고 있다."

그는 어떤 소녀를 유혹하려 했지만 그에게는 멋있는 옷도 돈도 없다. 그는 소녀를 하나의 소유물로 간주했는데, 사랑과 결혼이라는 문제에 관한 그의 생각이 그러했다.

"모두 똑같다. 나는 구제를 손에 넣었는가, 파멸을 손에 넣었는가."

이런 사람들은 모두 극심한 모순과 대립을 즐긴다. 그들은 마치 어린 아이들과 같다. '모든 것'이 아니면 '아무것도 아닌 것'이다. '굶어 죽든지 교수형에 처해지든지', '구제되든지 파멸되든지'라고 극단적으로 생각해 버리는 것이다. 이런 사람들이 영웅주의에 빠지기 쉽다는 것은 놀랄 만한 일이 아니다.

"만사는 목요일을 위해서 계획되고 있다. 나는 기회를 기다릴 뿐이다. 기회가 찾아왔을 때 아무나 할 수 없는 일을 과감히 해치우는 것이다."

그는 자기 자신에 대해 영웅인 체한다. '그것은 대단한 일이다. 아무나 할 수 있는 일이 아니다'라고 생각하며 환상에 빠진다. 그는 칼을 이용해서 불시에 어떤 남자를 살해했다. 정말 그런 일은 아무나 할 수 없다.

"양을 사육하는 일이 곧 양을 몰아내는 것과 같듯이 위胃가 사람을 최악의 범죄로 몰아세운다. 아마 내일을 보지 못하게 될 테지만 그런 건 아무래도 좋다. 허기로 괴로움을 당하는 건 최악의 상황이다. 나는 불치병에 걸려 불행하다. 법정에 서면 내 고민도 마지막이 된다. 사람은 자신이 저지른 죄의 대가를 치러야 한다는데, 굶어 죽는 것보다는 차라리 그게 나은 방법이다. 만일 내가 굶어 죽어 버리면 아무도 내 범죄를 알지 못할 것이다. …(중략)… 그런데 얼마만큼의 사람들이 법정에 모이게 될까? 그 안에 나를 불쌍하게 생각하는 사람도 있을까. 나는 내가 계획한 일을 실행할 작정이다. 그러나 오늘 밤 내가 무서워하는 만큼 두려움을 느껴 본 사람은 아마 없을 것이다."

그는 결국 자기가 생각하고 있는 대로의 영웅은 아니었다. 반대신문을 받았을 때 그는 이렇게 말했다.

"나는 급소를 찌르지 않았는데도 살인을 하게 됐습니다. 물론 나는 교수형에 처해지겠지요……. 그런데 그 남자는 너무도 멋진 옷을 입고 있었습니다. 나는 그런 옷을 입을 수 없다는 걸 알고 있었습니다."

그는 허기 때문이라고 말하지 않는다. 지금에 와서는 의복 때문이라는 것이다. 그는 자신이 무슨 짓을 하고 있는지 몰랐다고 호소한다. 이런 일은 흔히 볼 수 있다. 범죄자들은 자주 범행 전에 술을 마신다. 마치 그것으로 책임이 없어지기라도 한다는 듯이 말이다. 이러한 행동들은 사회적 관심이라는 벽을 빠져나가기 위해서 그들이 얼마나 열심히 애쓰지 않으면 안 되는가를 보여 준다.

범죄자에 대한 기록들을 보면 지금까지 내가 밝혀 온 사례가 사실이라는 점이 증명될 것이다. 이제 우리는 '그렇다면 어떻게 해야 되는가'라는 문제에 직면하게 된다. 범죄자의 경력을 통해 볼 때 그들이 항상 사회적 관심이 결여되어 있고 협동 훈련을 받은 적이 없다는 점, 그들에게서 허구적이고 개인적인 우월성을 추구하려는 노력이 발견되었다는 나의 견해가 옳다면 과연 우리들은 어떻게 해야 되는가.

신경증 환자와 마찬가지로 범죄자들에게도 사회 속에서 협동의 중요성과 그 실천에 대해 설득해 내지 못한다면 아무런 진전도 볼 수 없을 것이다. 이 점은 아무리 강조해도 지나치지 않다. 우리가 만약 범죄자의 관심을 인류의 복리로 향하도록 설득할 수 있다면, 그의 관심을 다른 사람들을 위한 행위로 돌려놓을 수 있다면, 그를 협동적인 사람으로 훈련시킬 수 있다면, 인생의 여러 문제를 긍정적인 수단으로 해결하는 길에 그를 세울 수 있다면 우리 모두는 안심하게 될 것이다.

그러나 만일 우리가 이 일에 실패한다면 우리는 아무것도 할 수가 없다. 이 일은 생각보다 그리 간단하지 않다. 그 점을 위해서 일을 쉽게 해

주거나 어렵게 하는 것으로는 그를 설득해 내지 못한다. 그가 잘못 생각하고 있는 바를 지적해 주거나 혹은 그에 대해 논의한다고 해도 그를 설득해 내지 못한다. 그의 마음은 이미 굳어져 있다. 그는 세상을 오랫동안 고정된 자기 식대로 보아 왔다.

우리가 그의 마음을 돌리고 싶다면 우리들은 그만의 인생 방식을 먼저 찾아내야만 한다. 우리는 그의 잘못이 어디에서부터 처음 시작되었는지, 어떤 사정이 그런 일을 일어나게 했는지를 찾아내야 한다.

살인범이 가진 성격의 주된 특징은 5~6세 때 이미 결정되어 있었다. 그때 벌써 그는 자기 자신과 세상에 대한 평가에 있어서 그의 범죄 경력에 나타나 있는 바와 동일한 잘못을 범하고 있었다. 우리들이 이해하고 시정해 주지 않으면 안 될 점은 바로 이 원초적인 잘못이다.

우리는 그의 잘못된 태도가 최초로 전개되었던 때를 찾아야 한다. 나중에 그는 자신의 행위를 정당화하기 위해 자신이 경험하는 모든 상황을 왜곡한다. 그리고 자신의 여러 경험이 자기가 의도한 대로 들어맞지 않으면 여러모로 생각해서 좀 더 받아들이기 쉬운 논리가 될 때까지 지혜를 짜낸다.

어떤 사람이 '다른 사람들은 나를 괴롭히고 바보로 취급했다'라는 생각을 갖고 있다면 그 점을 확증하는 증거를 찾기 위해 벼를 것이다. 그는 오직 그런 증거만 찾고 있어서 반대 증거에는 마음이 미치지 못한다. 범죄자는 자기 자신과 자신의 의견에만 흥미를 갖는다.

범죄자는 자기의 독자적인 견해와 청취 능력을 갖고 있어서 자신의 인생 해석과 일치되지 않는 일에는 전혀 주의를 기울이지 않는 경향이 있다. 따라서 우리는 삶에 대한 그의 해석이나 견해에 따른 표면상의 행위에만 집중해서는 안 된다.

　이는 체벌이 왜 쓸모없는가 하는 이유 중의 하나다. 체벌은 범죄자에게 사회가 적대적이며 사회와 협동하는 게 불리한 일이라는 확증을 주게 된다. 그는 협동하도록 훈련받지 못했기 때문에 성적도 나쁘고 행실도 나빴을 것이다. 그는 수없이 비난과 벌을 받아 왔다. 그런 일이 과연 그로 하여금 협동에 대해 용기를 갖도록 했을까. 오히려 그는 상황이 점점 절망적이라고 느끼게 되었을 것이다. 그는 주위 사람들이 자신에게 적대적이라고 느낀다. 비난당하거나 벌 받을 일밖에 기대할 수 없는 장소를 과연 어느 누가 좋아하겠는가. 아이는 남아 있던 얼마 안 되는 자신감마저 잃어버리고 학교 공부는 물론 선생님과 친구들에게도 흥미를 상실하고 만다.

　꾀를 부려 결석하기 시작하고 눈에 띄지 않는 장소로 숨는다. 이런 장소에서 그는 비슷한 경험을 하고 같은 길을 걸어온 다른 소년들과 만나게 된다. 그들은 그의 행동을 이해하고 비난 따위는 하지 않는다. 오히려 그를 부추기고 그의 야심을 기회로 삼아서 모든 사람을 이길 수 있다는, 전혀 도움이 되지 않는 희망을 제공한다. 그는 사회적인 요구에 흥미를 가지고 있지 않으므로 그들을 자기의 친구로 받아들이고 다른 사람들은 자신의 적이라고 간주한다. 그의 동료들은 그를 좋아하고, 그는 그들 사이에 있으면 기분이 매우 좋다. 이런 방법으로 수천 명의 아이들이 범죄의 온상인 지하조직에 가입하게 된다.

　그런 아이가 인생의 여러 문제에 대해 완전히 절망적이 되지 말란 법이 있을까. 우리는 그가 희망을 잃게 내버려 두어서는 안 된다. 그런 아이들이 자신감과 용기를 가질 수 있도록 학교 체제를 편성한다면 아주 쉽게 방지할 수 있는 일이다. 이 제안에 대해서는 뒤에 가서 충분히 논할 예정이다. 지금은 다만 어떤 경우에 범죄자가 체벌이라는 것을 사회가 자신을 적대하고 있는 증거로써 해석하는가를 살펴보고자 한다.

체벌이 소용없다는 데는 또 다른 이유가 있다. 많은 범죄자들은 자신들의 생활에 만족하고 있지 않다. 그들 중에는 인생의 어느 순간에 자살까지 생각한 사람도 있다. 체벌은 그들을 두렵게 만들지 못한다. 그들은 체벌 같은 것을 아프다고 생각하지 않는다.

한편 그들은 경찰을 따돌리고 싶다는 희망을 갖고 있는데, 이는 그들이 도전이라고 생각하고 있는 것에 대한 일종의 응답이다. 수감된 곳 등에서 거친 대접을 받게 되면 그들에게 저항할 마음이 생긴다. 이는 그들이 경찰보다 머리가 좋다는 자신들의 확신을 증대시킨다. 그들은 만사를 이런 식으로만 해석한다.

그들은 사회와의 접촉을 일종의 영속적인 투쟁으로 간주하고 그 안에서 승리를 얻으려고 하는 것이다. 따라서 우리가 그들과 똑같이 반응한다면 그들이 바라던 대로 이루어지게 된다. 이런 의미에서는 전기의자조차도 하나의 도전으로 받아들여질 수 있다. 범죄자는 승산이 없어도 자신의 행동을 계속 해낼 수 있는 사람으로 스스로를 생각하고 있으며, 벌금이 높으면 높을수록 고도의 꾀를 보여 주고 싶다는 욕망도 더욱 커진다.

많은 범죄자들이 자신의 범죄를 이런 식으로밖에 생각하고 있지 않다는 사실을 증명하는 일은 어렵지 않다. 전기의자에서의 형벌을 선고받는 범죄자는 자신에게 남겨진 시간을 오로지 '어떤 식으로 했어야 발각되지 않았을까', '안경을 남겨 두고 오지만 않았더라면 좋았을걸' 하는 생각으로 보내는 경우가 많다.

범죄자에 대한 유일한 치료법은 그가 어린 시절에 어떻게 해서 협동할 마음을 갖지 못하게 되었는지 그 이유를 찾아내는 일이다. 이 점에 있어서 개인심리학은 우리에게 암흑에 싸여 있던 영역을 열어 보여 주었다. 우리는 이제 훨씬 뚜렷하게 볼 수 있다. 어린아이의 정신은 다섯 살 무렵까지 하나의 단위가 된다. 그 아이의 정신을 이루는 여러 요인들이 모이고 조화를 이루어 하나의 성격을 형성하는 것이다.

사랑받지 못한다는
생각에서 오는 분노

유전과 환경은 아이의 발달에 어느 정도 영향을 준다. 하지만 우리가 보다 큰 관심을 갖는 바는 아이가 선천적 혹은 후천적으로 다양한 경험을 하면서 그 경험을 어떻게 극복하고 이용하는가, 그것을 통해서 무엇을 이루는가 하는 문제다.

유전된 능력이 있는지 없는지에 대해서는 우리가 알 수 없기 때문에 이 경험을 이해하는 것은 반드시 필요한 일이다. 다만 좀 더 깊이 생각해야 할 것은 그 아이의 상황에서 나타나는 여러 가능성들을 아이가 어느 정도까지 충분히 활용했는가 하는 점이다.

범죄자들에게 있어서 참작할 사정은 그들이 어느 정도의 협동 정신은 갖고 있지만, 정상적인 사회생활에 필요한 만큼 충분하지 않다는 점이다.

그에 대한 최초의 책임은 어머니에게 있다. 어머니는 아이가 관심의

Chapter 7 >> 잘못된 환경이 범죄자를 만든다

영역을 어떻게 해서 넓혀 가는가, 자신에 대한 관심이 다른 사람들에게 어떻게 확산되어 가는가를 이해해야 한다. 어머니는 아이가 전 인류와 자신의 미래 생활 전체에 관심을 가질 수 있도록 훈련시켜야 한다.

그런데 어머니가 자신의 자식이 다른 사람에게 관심 갖는 것을 좋아하지 않는 경우도 있다. 자신의 결혼 생활이 불행해서일 수도 있고, 부부의 의견이 서로 달라서일 수도 있으며, 심지어 이혼을 생각하고 있거나 서로 미워하고 있을지도 모른다.

그럴 때 어머니는 아이를 곁에 두고 싶은 욕심에 응석받이로 키움으로써 자신에 대한 의존도를 점점 키워 가고, 결코 자신으로부터 독립시키지 않으려고 한다. 그러한 상황이라면 협동 정신의 발달이 얼마만큼 방해받을지 따로 설명할 필요가 없을 정도다.

사회적 관심의 발달에 있어서는 다른 아이들에 대한 관심도 매우 중요하다. 자녀들 가운데 한 아이를 어머니가 특별히 마음에 들어 하면, 다른 아이들은 그 아이를 배척하거나 자기들의 흥미 있는 놀이에 동참시켜 주지 않게 된다. 이런 상황이 오해로 쌓이면 범죄의 출발점이 될 수 있다.

또 자녀 가운데 뛰어난 재능을 가진 아이가 있으면 그 다음 아이는 대개 문제아가 된다. 예를 들어 둘째 아이가 사교적이고 매력적이라면 맏이는 애정을 빼앗겨 버렸다고 느낀다. 아이는 자기가 무시당한다고 오해하기 쉽다. 그는 부모와 동생을 비난하며, 자신의 감정이 옳다는 점을 증명할 만한 증거를 찾으려 한다.

아이의 행동은 점점 나빠지고 그에 따라 부모도 아이를 심하게 다루게 된다. 이렇게 하여 아이는 정말로 자신이 방해되는 존재고 무시당한다는 확증을 찾아내게 된다. 이제 그는 자신이 무언가를 빼앗기고 있다고 느끼므로 도둑질을 하기 시작한다. 그러다가 붙잡혀서 벌을 받게 되면 또다시 자기가 사랑받지 못하고 있으며 다른 사람들은 모두 적이라는 한층 더 확실한 증거를 찾아냈다고 생각한다. 여기에 더해 부모가 친척이나 이웃 사람들에 대해 항상 비판하거나 악감정이나 편견을 나타낸다면 아이의 사회적 관심은 당연히 발달하지 못하게 된다.

그런 경우 아이가 인간에 대해 비뚤어진 견해를 갖고 성장한다거나, 커서 부모에게 반항하게 되었다 해도 전혀 놀랍거나 이상한 일이 아니다. 사회적 관심이 방해받으면 이기적인 태도만이 남게 된다. 아이는 '어째서 다른 사람을 위해 무엇인가 해야 하는가?'라고 느끼게 된다.

이런 사고방식으로는 인생의 문제를 해결할 수 없으므로 아이는 망설이고 도피하려 들며, 쉽게 빠져나갈 길을 모색하게 된다. 그는 노력하는 일이 너무 어렵다고 생각하며, 다른 사람에게 상처를 입혀도 무감각하게 된다. 그것은 투쟁이다. 그는 투쟁에 의해 모든 것이 공평해진다고 생각하는 것이다.

우리는 아이들의 발달에 있어서 특히 위태롭게 될 만한 여러 상황에 대해서 고찰해 왔다. 나는 여기서 그 점을 다시 한 번 간단히 상기시키고 싶다. 우리가 그 상황들을 강조해야 하는 이유는 만일 개인심리학의 소견이 옳다면, 범죄자가 사물을 보는 견해에 미칠 영향을 이해해야만 그를 협동적인 사람이 되도록 도울 수 있기 때문이다. 특별한 어려움을 가진 아이들의 세 가지 주요한 유형은 다음과 같다.

첫째, 불완전한 신체 기관을 가진 아이들로서 그들은 태어날 때부터 권리를 빼앗겼다고 느끼고 있다.

그들은 다른 사람에 대한 관심을 가지도록 특별히 훈련받지 않는 한, 지나칠 만큼 자기 자신에게만 관심을 갖는 경향이 있다. 그들은 다른 사람을 지배할 기회를 노린다. 그런 소년들 중에는 자기가 구애한 소녀에게 거절당하자 모욕 받았다고 느껴, 자기보다 나이가 어린 소년과 공모하여 그 소녀를 살해한 예도 있다.

둘째, 응석받이로 자란 아이들이다.

그들은 커서도 자기들을 응석받이로 키운 부모에게 매달려 있다. 그들은 세상의 다른 일로 관심을 넓힐 수가 없다.

셋째, 무시당한 아이들이다.

사실 어떤 아이라도 완전히 무시당하는 일은 없다. 무시당한 아이들이라고 부를 수 있는 아이들은 고아, 사생아, 원하지 않았던 아이, 미움받는 아이, 기형아 등등이라 하겠다. 특히 범죄자들 가운데는 앞의 두 가지 주요한 유형인 못생겨서 무시당한 사람과 잘생기고 응석받이로 자란 사람들이 자주 발견된다.

나는 그동안 만났던 범죄자들 그리고 책이나 신문에서 읽은 범죄 기록을 연구하여 범죄적 성격의 구조를 발견하려고 노력해 왔다. 이런 아이들이 어떤 식으로 범죄자의 길에 접어들게 되는지 개인심리학이라는 열쇠를 통해 각 상황들을 이해할 수 있는 몇 가지 예를 들어 보려 한다.

형을 경쟁자로 여기는 차남

어느 가정의 차남이 문제아였다. 우리가 관찰한 바로는 그는 매우 건강했으며 유전적인 장애 같은 것은 전혀 보이지 않았다. 그런데 차남은 항상 경주에 나가 앞에 달리는 사람을 따라잡으려고 하는 사람처럼 만사에 형을 이기려고 애쓰고 있었다. 형은 학교에서 반의 수석이었지만 그는 꼴찌였다. 부모가 이런 장남을 마음에 들어 했기에, 그는 형을 치열한 라이벌로 생각했다.

그는 어머니에게 너무 의지하면서 어머니에게서 얻을 수 있는 모든 것을 손에 넣고 싶어 했다. 당연히 차남의 사회적 관심은 제대로 발달되기 힘든 형편이었다. 그의 지배욕은 매우 분명하게 나타났다. 그는 집의 나이 든 가정부에게 명령하여 부엌 안을 행진토록 하며 군대식 훈련을 시켰다. 가정부는 그를 귀애했기 때문에 그가 20세가 되었을 때도 여전히 장군처럼 행세하게 해 주었다.

그는 이처럼 제멋대로 행동하면서도 한편으로는 항상 자기가 해야 할 일에 대해서 걱정을 했다. 또 자신이 하는 일의 결과에 지나친 기대를 걸면서도 끝까지 해내는 일이라곤 없었다. 그가 잘못했을 때는 그 행위 때문에 비난받고 비판당하기는 했지만, 어머니에게서 계속해 돈을 받을 수는 있었다.

그런 그가 급작스레 결혼하여 자기의 상황을 어렵게 만들었다. 결혼은 무슨 일이 됐든 형보다 먼저 하고 싶다는 승부욕의 발상이었고, 그는 이를 위대한 승리라고 생각하였다. 하지만 결혼 뒤 그는 아내와 항상 싸움을 해댔다. 어머니가 이전만큼 그를 도와줄 수 없게 되었는데도, 그는 몇 대나 되는 피아노를 주문했다가 그 값을 지불하지도 않고 전부 다른 곳으로 팔아 버렸다. 이 사건으로 그는 형사 입건되었다.

이 사례에서 우리는 그의 범죄 경력의 근원이 유아기에 있음을 찾아볼 수 있다. 그는 커다란 나무 그늘에 있는 작은 나무처럼 형의 그늘 밑에서 자랐다. 뛰어난 형과 비교되면서 자신이 무시당한다는 인상을 받았던 것이다.

💬 동생을 적대시하는 소녀

열두 살짜리 소녀가 있었다. 부모에 의해 응석받이로 자라난 그녀는 대단히 야심적이었다. 그녀에게는 동생이 하나 있었는데, 동생을 매우 질투하고 있어서 그 적대감은 집에서고 학교에서고 도드라졌다.

그녀는 항상 동생 쪽이 잘못을 저지르고 있으며 사랑이나 돈을 더 받고 있다는 근거를 찾아내려 했다. 그런 그녀가 어느 날은 반 친구의 주머니에서 돈을 훔치다가 발각되어 벌을 받게 되었다. 다행히 나는 소녀와 상담하면서 그녀가 처해 있는 상황 전체를 이해시킬 수가 있었고, 더 이상 동생과 경쟁할 필요가 없음을 납득시켜 그녀를 마음의 고통으로부터 해방시켜 줄 수 있었다.

그런 뒤에 나는 그녀의 가족에게 상황을 설명해 주었다. 부모는 물론 그 두 사람의 경쟁을 그만두게 하기 위해 동생 쪽을 더 사랑하고 있다는 인상을 주지 않을 방법을 연구했다. 이는 벌써 20년 전의 일이다. 그 소녀는 매우 정직한 여성으로 성장하고 결혼해서 자녀를 두고 있으며, 그때 이후로는 두 번 다시 커다란 잘못을 저지르지 않았다.

타인의 도움을 받아 아버지를 살해한 아들

아버지는 아들을 무시했고 잔혹하게 다루었으며 가족 전체를 학대했다. 아버지에게 폭력을 당하던 그 소년이 어느 날 아버지를 밀어 버리자 아버지는 아들을 법정으로 끌고 갔다. 재판관은 아들에게 말했다.

"너에게는 성질이 나쁘고 싸움을 좋아하는 아버지가 있다. 어쩔 도리가 없구나."

이 말에서 우리는 재판관이 소년에게 어떤 구실을 주었는지 알 수 있다. 가족은 집안의 분쟁을 어떻게든 해결하려고 노력했지만 소용없었다. 그들은 난처한 상황에 직면하여 절망하였다. 아버지는 평판이 나쁜 여자를 집에 데려와 함께 살며 아내와 자식을 집에서 쫓아냈다.

소년은 어떤 날품팔이 노동자와 알고 지냈는데, 이 남자는 암탉의 달걀을 도려내는 일에 매력을 느끼고 있었다. 그 남자가 소년에게 아버지를 살해하도록 유도했다. 소년은 어머니 때문에 주저했지만 사정은 점점 더 나빠지고 있었다. 오랫동안 생각한 끝에 아들은 동의했고 그 노동자의 도움을 빌려 아버지를 살해했다.

여기에서 우리는 아들이 어떻게 해서 그의 사회적 관심을 아버지에게

조차 넓힐 수 없었는가를 보게 된다. 그는 어머니와는 깊은 관계를 맺고 있었으며 그녀의 말을 깊이 신뢰하고 있었다. 그에게는 자신의 남은 사회 감정을 잃어버리기 전에 참작이 될 만한 사정이 암시될 필요가 있었다. 그가 그 범죄를 저지르는 데 몰두할 수 있었던 이유는 단지 잔혹한 일에 열성적이었던 날품팔이 노동자의 부추김 때문이었다.

 ## 사람들의 주목을 끄는 데 열중한 독살자

그녀는 고아원에서 자란 아이로 기형아였다. 그렇기 때문에 개인심리학에서 말한 바와 같이 허영심이 강했고 사람들의 주목을 끄는 데 열중했다. 그녀는 비굴할 정도로 예의가 깍듯했다.

그녀는 자신을 거의 절망으로 이끌어 간 사건들을 겪으며 세 번이나 다른 여자들을 독살하려고 시도했다. 그녀들의 남편을 차지하기 위해 저지른 일이었다. 남자를 빼앗겼다고 느낀 그녀는 달리 보복할 방법을 생각하지 못했다.

그녀는 임신한 척하면서 그 남자들을 자기 쪽으로 이끌기 위해 자살을 시도했다. 그녀는 자신의 자서전 속에서—실제로 많은 범죄자들이 자서전 쓰기를 좋아한다—이렇게 말하였다.

"나는 뭔가 나쁜 짓을 했을 때는 언제나 '아무도 내 행동을 불쌍하게 생각해 주지 않는다. 내가 다른 사람들에게 폐를 끼쳤다고 해서 왜 그것을 마음에 두고 걱정해야 하는가'라고 생각했다."

이 말 속에서 우리는 어떤 이유 때문에 그녀가 범죄를 계획해 자신을 몰아세우고, 정상이 참작될 만한 상황을 준비해 가는가를 보게 된다. 내가 협동이나 타인에 대한 관심을 강조할 때 대부분의 사람들은 "그렇지만 다른 사람들은 나에게 아무런 흥미도 갖고 있지 않잖아요." 하고 반박한다. 나는 그에 대해 항상 다음과 같이 대답한다.

"누군가가 먼저 시작하지 않으면 안 됩니다. 다른 사람들이 비협동적이라고 해도 그것은 당신의 문제가 아니에요. 다른 사람이 협동적인지 아닌지 따위에 마음을 쓸 필요 없이 당신이 먼저 시작해야 합니다."

 자유롭게 자라난 장남의 범죄

그는 장남으로 자유롭게 자라났으며 한쪽 다리가 불편한 동생에 대해서는 아버지 노릇을 해 왔다. 하지만 그것은 유익한 측면에서의 동생에 대한 유대감이 아니라 일종의 자랑이며 과시하고 싶은 욕구였을 것이다.

나중에 그는 어머니를 집에서 쫓아내며 걸식을 시켰는데, 그때 그는 "나가, 이 짐승!" 하고 소리 질렀다. 우리는 이 소년을 불쌍하게 여긴다. 그는 자기 어머니에게조차 관심이 없는 것이다.

그는 오랫동안 일을 하지 않았기에 돈이 없었고 게다가 성병에 걸려 있었다. 어느 날 그는 일자리를 찾으러 갔다가 생각대로 되지 않자 집으로 돌아오는 도중에 동생을 살해해 버렸다. 동생의 얼마 안 되는 수입을 자기 것으로 하기 위해서였다.

우리는 여기에서 그의 협동의 한계를 볼 수 있다. 일자리가 없다, 돈이 없다, 성병에 걸렸다는 것은 최악의 상태라 할 만하다. 한 개인에게 있어서 더 이상 앞으로 나아갈 수 없다고 느껴지는 한계가 인간에게는 많이 있는 법이다. 이때 세상과 협동하는 방법을 알지 못하는 사람은 이와 같은 길로 빠지고 만다.

💬 어려서 고아가 된 아이

고아가 된 한 아이가 양부모에게 맡겨졌는데 양어머니는 믿을 수 없을 정도로 그 아이를 응석받이로 키웠다. 그는 거만한 아이가 되었고 점점 나쁜 성질을 갖게 되었다.

그는 누구에게나 자신의 인상을 깊이 남기고 언제나 사람들 눈에 띄고 싶어 했다. 그의 양부모는 무조건 그를 부추기며 그가 하는 행동을 사랑했다. 그는 거짓말쟁이가 되고 사기꾼이 되어 가능한 한 어디에서든지 사기를 치고 돈을 벌었다. 그의 양부모는 중류층에 속해 있었는데, 그는 귀족 흉내를 내어 부모의 돈을 모두 낭비해 버린 뒤 그들을 집에서 쫓아내 버렸다.

잘못된 교육 방법과 응석받이로 키운 것이, 그를 성실하고 정직한 일에 대해서는 불가능한 사람으로 만들고 말았다. 그는 거짓말과 속임수로써만 자신의 인생에서 승리할 수 있다고 생각했다. 그런 인생 방식은 결국 모든 사람을 적으로 만드는 결과를 가져왔다.

그의 양모는 자기 친자식이나 남편보다도 입양한 아이 쪽을 더 사랑했다. 그로 인해 아이는 자신이 모든 것을 차지할 권리가 있는 것으로 착각했다. 그럼에도 불구하고 그가 스스로를 낮게 평가하고 있었다는 사실은, 자신이 보통의 수단으로는 성공할 수 없다고 생각했던 데서 곧 드러난다.

우리는 앞서 어떤 아이도 깊은 좌절감 혹은 협동해도 소용없다는 깊은 열등감으로 괴로워할 필요가 없음을 지적했다. 어느 누구도 인생의 여러 문제에 직면해서 패배로 떨어질 필요는 없다. 범죄자는 단지 잘못된 수단을 골랐을 뿐이다. 우리는 그들이 부정한 수단을 어디서 왜 어떻게 선택하게 됐는지 알아내고, 그들이 다른 사람에게 흥미를 갖고 협동할 용기를 갖도록 훈련시켜야 한다.

만일 범죄가 모든 면에서 용기 있는 행위가 아니라 비겁한 행위라는 사실이 그들에게 충분히 인식된다면, 범죄자들이 최대의 강점으로 이용하는 자기 정당화를 없애 버릴 수 있을 것이다. 그 결과 어떤 아이라도 장래 범죄자가 될 원인을 학습하게 되는 일 따위는 없게 되리라고 나는 믿고 있다.

모든 범죄자들에게서 어린 시절의 잘못된 인생 방식과 협동 능력의 결여를 나타내는 경향을 볼 수 있다. 이 협동 능력이야말로 반드시 훈련받아야만 하는 것이라고 나는 말하고 싶다. 그 능력이 유전적이라는 사실은 의심할 바 없다. 협동을 위한 잠재력이라는 것이 있으며 이는 타고난다. 그 잠재력은 모든 인간에게 공통되지만, 그 능력을 발달시키기 위해서는 훈련받고 연습해야만 한다. 그 밖의 범죄에 관한 다른 모든 견해는 불필요하게 생각된다.

협동하는 일에 대해 훈련을 받아도 여전히 범죄자가 되는 사람들을 우리가 만들어 낼 수 있다면 물론 이야기는 달라질 테지만 나는 그런 사람을 만난 적이 없으며 그와 관련된 이야기도 들어 본 적이 없다. 범죄에 대한 올바른 예방은 올바로 협동하는 훈련이다. 이 점을 인정하지 않는다면 범죄라는 불행은 피하지 못한다. 협동이란 진리를 가르치는 일과 같이 '가르칠' 수 있는 것이다.

왜냐하면 그것은 진리이기 때문이며, 우리들은 항상 진리를 가르칠 수 있기 때문이다. 아이든 어른이든 지리 시험을 치를 때 충분한 지식의 준비가 되어 있지 않으면 실패한다. 마찬가지로 모든 사람들은 협동에 대한 지식이 필요한 상황에서 제대로 준비가 되어 있지 않으면 실패하게 된다. 우리가 가진 모든 인생 문제는 결국 협동에 대한 지식을 필요로 하는 것이다.

이제 범죄 문제에 관한 우리의 과학적 연구가 귀착점에 도달했다. 인류는 몇 천 년, 몇 만 년이라는 세월을 지나온 현재까지도 이 문제를 해결할 올바른 방법을 찾아내지 못하고 있다. 아직까지 우리들 사이에 많은 불상사가 내재해 있는 것을 보면 지금까지의 수단들은 별로 도움이 되지 못했던 듯하다.

우리의 연구는 그에 대한 이유를 알려 준다. 범죄자의 인생관 자체를 바꾸어 그릇된 인생 방식이 진전되지 않도록 올바른 방도를 취해야 하는데 그러지 못했기 때문이다. 이 점을 소홀히 하면 어떠한 수단도 유효할 수 없게 된다.

이제 우리는 결론을 내릴 수 있다. 범죄자들은 인류에 있어서 예외적 존재가 아니다. 범죄자들도 다른 사람과 똑같은 인간이며 그의 행동은 뒤틀리긴 했어도 인간적인 측면에서 충분히 이해가 가능한 것이다. 이 점은 상당히 중요한 결론이다.

만일 우리가 범죄가 그 자체로 독립된 것이 아니라 잠재된 인생 방식 이 나타나는 것임을 이해하고 그런 태도가 왜 일어났는가를 이해하게 된 다면, 그때 우리는 해결 불가능한 문제를 눈앞에 두고 있는 게 아니라 범 죄 예방에 대한 확신을 가지고 연구를 시작할 수 있는 것이다.

우리가 발견한 대로 범죄자는 오랫동안 비협동적인 사고와 행동으로 자신을 훈련해 왔으며, 그 원인은 어린 시절의 초기인 5~6세까지 거슬 러 올라간다. 이 무렵에 다른 사람에 대한 관심이 발달되는 일을 방해받 은 것이다.

우리는 이러한 '방해'가 부모와 친구, 주위의 사회적 편견, 환경의 여 러 가지 어려움들과 어떻게 관련되는가를 서술해 왔다. 또한 대부분의 범죄자를 비롯한 모든 종류의 실패자들 사이의 공통분모를 찾아냈다. 바 로 협동 능력이 부족하다는 것, 그리고 타인에 대한 관심이나 인류의 복 리에 대한 관심이 결여되어 있다는 것이다.

그런 까닭에 아이들을 위해 가장 중요한 교육은 협동 능력을 훈련하고 가르치는 일이다. 좋은 결과를 낳기 위해 이보다 더 좋은 방법은 없다. 모 든 것이 결국 이 단 하나의 인자, 즉 협동하는 능력에 달려 있다.

범죄자들은 다른 실패한 사람들에 비해 구분되는 점을 갖고 있다. 그것은 범죄자들이 협동에 반대하는 의식적인 훈련을 오랫동안 지속함으로써 인생을 살아가면서 느끼게 되는 성공에의 희망을 잃어버렸다는 점이다.

또 다른 원인으로 범죄자들은 아직 일정한 정도의 활동력을 유지하고 있으며 이 남는 활동력을 인생의 무익한 측면에 사용한다는 점이다. 그는 무익한 측면에서는 충분히 활동하며 어떤 점에서 자신과 같은 유형의 다른 범죄자들과는 잘 협동하기도 한다. 이런 부분에서 범죄자들은 신경증 환자나 자살자, 알코올 중독자와 구별된다. 그러나 그의 활동 영역은 상당히 한정되어 있어서 때로는 범죄의 가능성밖에 남아 있지 않다. 더구나 범죄의 모든 영역도 아니고 단 한 종류의 범죄를 되풀이하여 계속 저지른다. 그의 활동 영역은 이른바 '좁은 마구간' 안에 감금당해 있기 때문이다.

이런 여러 측면들을 보면 우리는 범죄자들이 얼마나 진정한 용기가 결여된 사람인가를 알 수 있다. 그들에게는 용기가 없을 수밖에 없다. 왜냐하면 용기란 협동할 수 있는 능력의 일부기 때문이다.

범죄자는 언제나 자기의 생각이나 감정을 주로 범죄를 수행하기 위해 준비하고 있다. 그는 자기에게 남은 마지막 사회적 관심을 누르려고 낮동안은 계획을 짜고 밤에는 꿈을 꾼다. 그는 항상 발뺌하기 위해 스스로를 정당화하고, 정상을 참작받을 만한 사정이나 범죄자가 될 수밖에 없도록 '강요당하는 이유'를 찾는다. 범죄를 저지르기 위해서는 사회 감정의 벽을 무너뜨려야 하는데 이는 쉬운 일이 아니다. 그 벽은 커다란 저항을 가리킨다. 만일 그가 범죄를 저지르기 위해 이 방해자를 배제할 방법을 찾는다면, 자신의 잘못을 정당화하든지 혹은 술에 취하는 방법을 구해야 한다.

이는 우리로 하여금 어째서 그가 끊임없이 자기의 행위를 뒷받침해 주는 상황 해석을 하고 있는가를 이해하게 해 준다. 또 왜 그와 논의해서는 아무 일도 달성되지 않는가도 알게 된다. 그는 세계를 자기의 독자적인 눈으로 보고 있어서 평생이라도 논의할 준비가 되어 있다. 그의 태도가 어떻게 해서 몸에 익었는가를 발견해 내지 못한다면 그의 길을 바꿀 가망은 없다.

범죄자는 곤경에 처하게 되면 협동적인 방법으로는 그 어려움에 직면할 용기를 내지 못한다. 그래서 안이한 해결을 추구하게 되어 범죄를 계획하고 준비한다. 예를 들면, 그가 돈을 구해야 할 필요성에 처했을 때 범죄의 우려가 커진다.

다른 사람들과 마찬가지로 그도 안전과 우월이라는 목표를 추구하고 있다. 그 역시 여러 가지 어려움을 해결하고 여러 장애를 극복하기를 바라고 있다. 그러나 그의 노력은 사회의 테두리 바깥에 있다. 그의 목표는 공상적인 개인의 우월이라는 목표고 더구나 그는 그 일을 자신이 경찰과 법률과 사회 조직의 정복자라고 느낌으로써 달성하려고 한다. 이를테면 그는 독극물의 사용을 위대한 개인적 승리라고 믿으면서 자기 자신을 기만하고 도취할 것이다.

법률을 어기고 도망 다니거나 아무에게도 발각되지 않을 정도로 기민하게 행동하는 것은 자기 자신에게 필요한 일종의 게임과 같다. 범죄자들은 대개 처음 체포되기 전까지 몇 번 정도는 도주에 성공한다. 그래서 자신이 발각되었을 때에는 조금만 더 잘했으면 도망칠 수 있었을 거라고 생각하게 된다.

이 모든 상황 속에서 우리는 그의 열등감을 엿볼 수 있다. 그는 노동의 여러 조건으로부터 그리고 다른 사람과 계속 교류해야 할 인생의 여러 문제로부터 도망치려 하고 있다. 그는 자신이 평범한 방법으로는 성공할 수 없다고 느낀다. 그는 자신이 용감하고 특출한 사람이라고 생각하지만 인생의 최전선으로부터의 도망자를 영웅이라고 부를 수 있을까. 범죄자는 실제로 자기의 인생을 꿈속에서 보내고 있는 것이나 마찬가지다.

그는 현실을 알지 못하며 현실을 아는 일에 대해 저항한다. 그렇지 않으면 그는 자신이 하고 있는 일을 포기하지 않을 수 없게 되기 때문이다. 그렇기에 그는 '나는 발각되지 않고 범죄를 저지를 수 있다. 따라서 나는 누구보다도 머리가 좋다'라고 생각하게 된다. 타인과 협동하지 않고 도망치려고 하는 그의 방식 자체가 그의 어려움을 증대시키는데도 말이다. 많은 범죄자들은 대개 이와 같은 미숙련 노동자이다.

범죄자와 달리 평범한 사람들이 갖는 이점이 하나 있다. 그것은 다른 사람에 대한 관심이다. 그 관심이 우리로 하여금 그들을 도울 진정한 방법을 찾아내도록 해 줄 것이다.

교사는 사회 진보에 도움을 줄 수 있다

우리는 앞에서 범죄적 패턴의 근원을 밝혀냈다. 어째서 범죄자들이 인생 초기에 과중한 짐을 지게 된 아이들이나 혹은 응석받이로 자라나 거만해진 아이들 가운데에서 많이 나오는가를 알아낸 것이다.

신체적인 장애가 있어서 고민하는 아이들의 관심을 다른 사람에게로 돌리기 위해서는 특별한 주의를 필요로 한다. 그렇지 않으면 그들은 자기 자신의 일에만 흥미를 갖게 되어 올바른 방법으로 발달할 수 없게 되어 버린다.

무시당하거나 필요 없게 된 아이들 혹은 제대로 평가받지 못했거나 사람들의 미움을 받고 있는 아이들은 범죄자가 되기 쉬운 상황에 처하게 된다. 그들은 다른 사람과의 협동이라는 것을 경험한 적이 없고, 사랑과 관심과 협동으로 문제를 해결하는 일이 가능하다는 사실조차 배운 적이 없다.

응석받이로 자란 아이들은 자기 자신의 노력으로 물건을 손에 넣을 수 있다는 사실을 배운 적이 없다. 그들은 자기가 뭔가를 갖고 싶어 하면 세상이 그 욕구를 즉각 만족시켜 주리라고 기대하게 된다. 그리하여 자기가 원하는 모두가 주어지지 않으면 불공평한 대접을 받는다고 느끼면서 협동하기를 거부한다.

모든 범죄자들의 경력을 살펴보면 이런 종류의 개인사가 발견될 것이다. 그들은 협동하도록 훈련되어 있지 않으며 여전히 그 일을 할 수 없다. 따라서 여러 가지 문제에 직면하면 어떻게 대처해야 하는지를 모른다.

때문에 그들에게 무엇을 가르쳐야 하는지가 정확해진다. 우리는 그들을 협동할 수 있는 사람으로 훈련시켜야 하는 것이다. 우리는 그에 대한 지식을 갖고 있으며 지금까지 충분한 경험을 축적해 왔다. 나는 개인심리학이 모든 범죄자를 변화시킬 수 있는 방법을 우리에게 가르쳐 준다고 확신한다. 그렇지만 모든 범죄자를 받아들여 그의 인생관이 변화되도록 훈련시키는 일이 과연 가능할까?

불행하게도 우리 사회의 전체적인 협동 능력은 사람들이 겪는 여러 어려움의 정도가 일정한 한계를 넘으면 소모되어 버린다. 그래서 불황일 때는 범죄자의 수가 비례적으로 증대한다.

만일 우리가 이런 방법으로 범죄를 없앨 수 있다고 확신한다면 우리는 인류의 대부분을 치료해야 한다. 게다가 모든 범죄자(혹은 잠재적 범죄자)들을 친구로 만드는 것을 직접적인 목표로 삼는 일이 현실적으로 가능한지는 결코 확신할 수 없다. 그럼에도 우리들이 할 수 있는 일은 많이 있다. 우리가 모든 범죄자를 변화시킬 수는 없다 해도 그들의 무거운 짐을 어느 정도는 덜어줄 수 있을 것이다.

예를 들어 사회는 일하고 싶어 하는 사람에게는 누구에게라도 일할 수 있는 터전을 마련해 주어야 한다. 이는 범죄자들로 하여금 마지막 남은 협동 능력을 잃어버리는 일이 없도록 인류가 사회생활의 여러 가지 요구를 낮추는 유일한 방법이다. 이 일이 행해진다면 범죄자의 수가 확실히 감소되리라는 사실은 의심할 여지가 없다. 우리 시대가 경제적인 여건상 이러한 구제를 해 줄 수 있을지 어떨지는 알 수 없지만 우리가 이 변화를 위해 노력해야 하는 것만은 자명한 사실이다.

또한 우리는 아이들의 장래 직업을 위해 보다 좋은 교육을 시켜야 한다. 그들이 인생의 여러 문제에 슬기롭게 직면하여 보다 넓은 영역에서 활동할 수 있도록 하기 위해서다. 어느 정도까지는 이미 실천되고 있지만 이 시점에서 더더욱 우리의 노력을 증대시킨다면 훨씬 바람직한 성과를 이룰 수 있을 것이다.

모든 범죄자에게 개인적인 치료를 행할 수는 없겠지만 집단치료에 의해서도 큰 성과를 이룰 수 있다. 나는 우리가 여기서 다뤄 온 사회적인 문제에 대해서 많은 범죄자들과 논의해야 한다고 생각한다. 우리는 그들에게 질문하고 그들로 하여금 대답하게 해야 한다. 우리는 그들의 마음을 일깨우고 그들을 오랜 꿈에서 깨어나게 해야 한다. 우리는 세계에 관한 그들의 독단적인 해석 및 자신의 여러 능력에 대한 과소평가에 취해 있는 상황에서 그들을 해방시켜야 한다.

우리는 그들에게 자기 자신에 대한 한계를 두지 않도록 가르치고, 그들이 직면하지 않으면 안 될 여러 상황이나 문제에 대한 그들의 공포감을 감소시켜 주어야 한다. 나는 그러한 집단치료에서 커다란 결실이 맺어지리라고 확신하고 있다.

뿐만 아니라 사회생활에 있어서 범죄자나 가난한 사람들에 대해 도전적으로 작용할 소지가 있는 일들을 피해야 한다. 빈부의 차가 극심하면 가난한 사람들은 초조해 하고 많은 부담을 받게 된다. 그렇기 때문에 부를 과시할 때에도 신중하게 하지 않으면 안 된다.

엄청난 재산을 가지고 있는 사람이라도 그 사실을 항상 과시할 필요는 없다. 우리는 경험을 통해서 뒤떨어져 있는 아이나 문제아들을 치료할 때 그들의 힘을 시험하는 일이 전혀 무익하다는 사실을 알았다. 그들이 그런 태도를 고집하는 이유는 자기가 환경과 싸우고 있다고 믿기 때문이다. 범죄자도 이와 마찬가지로 말할 수 있다. 사실 경찰관이나 재판관, 게다가 인류가 만드는 법률조차 끊임없이 범죄자들에게 도전하고 그들을 분개시키는 사례를 보게 된다.

특히 협박 같은 것은 완전히 무익하다. 엄하게 하거나 부드럽게 대하는 방식으로는 범죄자를 변화시킬 수 없다. 그가 변화되는 순간은 자기 자신의 상황을 보다 긍정적으로 이해했을 때뿐이다. 우리는 보다 인간적이어야 한다. 범죄자들에게 형벌로써 위협할 수 있다고 생각해서는 안 된다. 앞에서 고찰해 본 바와 같이 형벌은 일종의 게임 과정에서의 자극 정도로 생각될 뿐이며 범죄자들은 전기의자에서 고문당할 때조차도 자신들이 체포되었던 이유만을 생각하고 있다.

범죄자들을 색출하려는 노력이 조금만 더 이루어진다면 범죄 예방에 도움이 되리라 생각한다. 내 생각으로는 적어도 범죄자의 40% 이상이 범죄를 저지르고도 발각되지 않는다. 이 사실이 항상 범죄자의 그릇된 생각의 배후에 있다. 거의 모든 범죄자가 범행을 저지르고도 발각되지 않은 경우를 경험했다고 해도 과언이 아니다.

한편 범죄자들이 감옥에 있을 때나 출옥 후에도 경멸을 받거나 외면당하지 않아야 된다는 사실도 중요하다. 보호관찰관의 수가 늘어나는 것은 바람직한 일이다. 무엇보다 보호관찰관 자신이 사회의 여러 문제 및 협동의 중요성에 대해 인식하고 있어야 한다.

이런 방법으로 우리들은 상당히 많은 성과를 거둘 수 있다. 그래도 역시 우리가 바라는 만큼 범죄자의 수를 줄이지는 못할 것이다. 다행스럽게도 우리는 별도의 수단을 가지고 있고 그 방법은 대단히 실천적이고 매우 성공 가능성이 높다. 만일 우리가 아이들에게 진지한 협동 능력을 몸에 익히게 하고 그들의 사회적 관심을 높여 줄 수 있다면 범죄자의 수는 현격히 감소하여 가까운 장래에 엄청난 차이로 나타날 것이다.

그렇게 되면 아이들은 꾐에 빠지거나 유혹당하는 일도 없어질 것이다. 또 인생에 있어서 어떠한 어려움에 직면하더라도 타인에 대한 그들의 관심이 완전히 파괴되는 일도 없을 것이다. 그들의 협동 능력과 인생의 여러 문제들을 충분히 해결할 수 있는 능력은 훨씬 높아질 것이다. 적극적이고 낙천적이며 자유롭고 생동적인 아이들은 그들의 부모에게도 도움이 되고 위안이 된다. 협동 정신은 순식간에 전 세계에 널리 퍼질 것이며 인류의 사회적인 환경은 훨씬 더 높은 수준으로 진화할 것이다. 그것은 아이들은 물론 부모나 교사들에게도 영향을 주게 된다.

범죄자들 대다수는 보통 사춘기에 범죄 행동이 시작되며 15~28세 사이에 범죄의 빈도가 가장 높다. 그렇기 때문에 우리들 노력의 결과도 매우 빨리 볼 수 있게 될 것이다. 그뿐만이 아니다. 아이들에게 올바른 교육이 이루어지지 않는다면 그들의 행동은 분명히 가정생활 전체에 영향을 미치게 된다.

이제 남아 있는 유일한 문제는 어떻게 해서 가장 좋은 해결점을 찾아내는가, 아이들이 성인이 되었을 때 인생의 여러 문제에 슬기롭게 맞설 수 있도록 하기 위해서 과연 어떤 방법을 찾아내는가 하는 점이다.

가령 모든 부모를 훈련시키는 일은 어떨까. 그러나 그것은 불가능한 일이다. 그런 가정은 별로 희망적이지 않다. 부모들을 훈련시키는 일은 어려우며 아이러니하게도 훈련을 가장 필요로 하는 부모는 우리를 절대로 찾아오지 않는 사람들이다. 우리의 손은 그들에게 닿지 않는다. 그래서 우리는 다른 길을 모색하지 않으면 안 된다. 그렇다면 모든 아이를 붙잡아 가둬 놓고 보호관찰 아래에 두면서 감시를 하면 어떨까. 이 제안은 앞서의 제안보다 더 비현실적이다.

실천 가능하고 현실적인 해결을 약속하는 한 가지 방법은 바로 교사들을 사회적 진보에 도움이 되는 사람으로 훈련시키는 일이다. 그렇게 교사들을 통해서 아이들이 가정에서 범하는 과실을 시정하고 타인에 대한 관심을 넓히도록 도울 수 있다. 이렇게 되는 것이 자연스러운 학교의 발전상이다. 본래 학교는 가정에서 충분히 교육하기가 힘들기 때문에 아이들이 장래의 문제에 잘 대처할 수 있도록 가정의 연장된 기구로서 설립되었다.

우리 인류를 보다 사회적이고 보다 협동적이며 인간의 복리에 보다 많은 관심을 갖도록 하기 위해서 학교를 이용하는 것은 어떨까. 우리의 활동은 다음과 같은 생각에 의거한다.

현재 우리가 누리고 있는 모든 혜택은 인류의 문화에 공헌해 온 사람들의 노력에 의해 가능하게 되었다. 모든 개인들이 비협동적으로 다른 사람에게 관심을 갖지 않고 인류 전체에 대해 아무런 공헌도 하지 않았다면 어떻게 되었을까. 그들의 전 생애는 점차 무익하게 소멸되어 나중에는 아무런 발자취도 남기지 않았을 것이다.

그렇지만 지금 인류의 정신은 계속 살아 있고 영원하다. 이렇게 살아 있는 정신을 우리가 교육의 기초로 삼는다면 그들은 자연스럽게 협동적인 일을 좋아하도록 훈련받게 될 것이다. 이런 교육을 통해 사람들은 어떠한 위기나 곤경에 빠져도 힘을 잃지 않고, 최악의 사태와 맞닥뜨려도 이겨낼 수 있을 것이다. 또한 아무리 힘든 고난도 극복할 정도로 충분히 강한 사람이 되며, 인류 공동의 이익을 위해서라면 열정을 다해 공헌할 수 있게 될 것이다.

천재들의
어린 시절을
읽어라

:: 협력과 공헌

천재라고 인정받는 사람들을 보면 항상 매우 어렸을
때부터 훈련을 시작했음을 알 수 있다. 그래서
나는 천재들의 케이스가 초기 교육의 문제에 빛을
던져 주리라고 믿고 있다. 인류는 공동의 복리를
위해 많은 공헌을 한 사람들만을 천재라고 부른다.
인류를 위해서 아무런 이익도 남기지 않은 천재란
상상할 수도 없다. 예술은 특히 협동적인 사람들의
산물이다. 인류의 위대한 천재들은 우리 문화 전체의
수준을 향상시켜 왔다.

직업, 친구,
이성의 인연

세상을 살아가면서 모든 사람이 맺고 있는 세 가지 인연이 있다. 이 세 가지 인연의 문제들 중 어느 것 하나도 분리되어서는 안 되며, 각각의 문제는 반드시 다른 일들과 맞물려지게 되어 있다.

제1의 인연은 우리 삶의 터전인 지구와의 인연으로서 이는 직업이라는 문제를 제기한다.

우리는 지구라는 혹성의 표면에 살고 있다. 이 혹성에는 여러 가지 자원과 기름진 대지, 다양한 광물, 알맞은 기후, 적당한 공기가 주어져 있다. 이 여러 조건들이 우리에게 부과하는 문제의 올바른 해답을 찾아내는 일은 언제나 인류의 과제였다.

오늘날까지도 우리는 만족할 만한 답을 찾아냈다고 말할 수는 없다. 인류는 모든 시대에 있어서 이 문제를 어느 정도 해결해 왔다고 하지만 그에 만족하지 않고 끊임없이 개선을 위한 노력이 요구돼 왔다. 우리 앞에 놓인 이 문제를 해결하기 위한 가장 좋은 방법은 선결적 문제를 해결하는 데서 얻을 수 있다.

인간이 맺고 있는 제2의 인연은 함께 어우러져 살아가고 있는 인류와의 인연으로서 친구의 문제를 제기한다.

만일 인간이 혼자서 이 지상에 산다면 인간의 태도는 전혀 달라졌을 것이다. 우리는 늘 다른 사람을 고려하면서 스스로가 다른 사람에게 적합하도록 훈련하며, 다른 사람들에게 관심을 갖는다. 이 문제는 우정, 사회 감정, 협동으로 해결하는 것이 가장 좋다.

분업이라는 위대한 발견을 이룰 수 있었던 이유는 오직 인간이 협동하는 법을 배웠기 때문이다. 협동의 발견은 인간의 복리를 위한 주된 버팀목이다. 만일 각 개인이 아무런 협동 없이 또 과거의 협동으로부터 얻어진 성과물 없이 독자적으로 살아가야 한다면 생존하기조차 힘들 게 분명하다. 분업으로 인해 우리는 협동의 성과물들을 사용할 수 있고 다른 능력들을 조직화할 수 있다.

그 결과 모든 인간이 공동의 복리에 공헌할 수 있으며 상부상조의 협동 정신으로 사회 구성원 모두가 발전할 수 있는 기회를 증대시키게 된다. 따라서 우리는 모든 일을 완수했다고 자만해서는 안 되며, 분업이 사회를 위해 기적적인 발달을 이루어 놓았다고 자만해서도 안 된다.

직업 문제는 이러한 분업의 개념과 나의 일이 타인들에게도 도움이 되어야 한다는 협동적 노력의 틀 속에서 해결되어야 한다. 간혹 어떤 사람들은 직업의 문제로부터 도피하면서 일도 하지 않고 인간의 공통된 관심사에서 벗어난 일에만 몰두하려고 한다. 그렇지만 그들이 직업 문제를 회피할 경우 실제로는 언제나 동료들로부터의 지지를 요구하고 있는 게 아니라는 걸 알 수 있다.

그들은 스스로는 아무런 공헌도 하지 않으면서 다른 사람의 노동을 희생물로 해서 살아가는 것이다. 이는 응석받이로 자란 아이의 인생 방식과 같다. 어떤 문제에 직면하면 언제나 타인의 노력으로 그것이 해결되기를 바라는 비겁한 태도다. 인류의 협동을 정체시킬 뿐 아니라 인생의 여러 문제를 해결하는 일에 종사하고 있는 사람들에게 불공정한 무거운 짐을 떠맡기는 자들은 주로 응석받이로 자란 사람들이다.

제3의 인연은 이성 문제다.

인간은 반드시 남자거나 여자 가운데 한쪽이며 그 밖의 다른 성이 될 수 없다. 인류의 존속은 남자와 여자의 성적 역할에 의존한다. 이 두 가지 성 사이의 관계도 문제를 제기한다. 이 또한 다른 두 가지 문제와 분리되어서는 해결될 수 없다.

사랑과 결혼이라는 문제를 해결하기 위해서는 직업 그리고 다른 사람들과의 좋은 관계가 함께 필요하다. 이제껏 보아 왔듯이 현대사회에서 이 문제 해결을 위한 최고의 방법은 사회와 분업에 있어서 여러 가지 요구에 가장 적합한 일부일처제라고 할 수 있다. 이 문제에 대해 대답하는 방식을 보면 그 사람의 협동 능력을 알게 된다.

이 세 가지 문제는 결코 분리되어 해결되지 않는다. 그들은 서로 다른 각도에서 해결 방안을 제시하고 있지만 한 가지 문제의 해결은 다른 문제의 해결에 도움이 된다. 실제로 우리 인류는 본질적으로는 같은 상황과 같은 문제를 가지고 고민하면서도 한편으로 개인적인 국면에 처해 있다. 사람들은 각기 독특한 환경 속에서 생명을 유지해 갈 필요성을 갖게 된다.

여기서 우리는 인류의 생명에 공헌하는 여성이 어머니라는 역할로 인해, 인간의 분업에 있어서 다른 어떠한 사람에게도 뒤지지 않는 높은 지위를 차지하고 있다는 점을 강조해 두고 싶다. 그녀의 임무가 아이들의 관심을 세상으로 확대시키고 아이들을 타인과 함께 협동할 수 있는 사람으로 기르는 것이라면 그 자체만으로 충분히 가치 있는 일이다.

오랫동안 어머니의 역할은 과소평가되어 왔고 그다지 매력적이지 않은 일로 간주되고 있다. 어머니의 역할을 자신의 주된 일로 삼는 여성은 대개 경제적으로 의존 상태에 놓이게 된다는 점도 이런 인식에 한몫을 더했다. 그러나 한 가족의 성공은 어머니와 아버지의 역할이 얼마나 조화롭게 잘 어우러지는가에 달려 있다. 어머니는 물론 가정을 혼자 도맡아 이끌어가는 것도 아니고 독립적으로 일하는 것도 아니지만 방패만큼이나 중요한 역할을 하고 있다.

어머니는 자녀가 직업에 대한 관심을 갖는 데 있어 최초로 영향을 주는 사람이다. 인생의 최초 4~5년 동안에 겪게 되는 일들은 아이가 성인이 되어 생활하는 데 있어서 결정적인 영향을 미친다.

취업 지도 요청을 받는 일이 있으면 나는 항상 그 사람이 어떤 식으로 생활을 시작했는지, 사회생활을 처음 시작했을 때 어떤 일에 흥미를 가지고 있었는지를 묻는다. 이 시기에 그 사람의 기억은 그가 무엇에 가장 지속적으로 자신을 훈련해 왔는가를 확실하게 가르쳐 준다. 그 기억들은 그 사람의 정신의 근원에 있는 통각 체계를 밝혀 주는 것이다.

훈련을 위한 다음 단계는 학교에서 이루어진다. 그래서 학교는 아이들의 장래 직업, 그들의 손·귀·눈, 그밖에 여러 가지 능력이나 기능을 훈련하는 데 보다 많은 주의를 기울인다. 물론 직업과 직접적인 관련이 없어 보일지라도 특별한 여러 교과를 가르치는 것 또한 직업을 위한 아이들의 발달에 있어서 대단히 중요하다는 점을 잊어서는 안 된다. 많은 사람들이 성인이 된 뒤에 학교에서 배운 라틴어나 프랑스어를 잊어버리지만, 이 과목들은 넓은 의미에서 인류의 발전에 기여하고 있다.

다양한 과목들을 배우는 것이 정신의 모든 기능을 훈련시키기 위한 훌륭한 기회임을 우리는 이미 과거의 공통된 경험을 통해 알고 있다. 공예나 수예 등에 집중적으로 주의를 기울인 근대적인 학교도 있었는데, 그런 방법에 의해서도 아이들의 경험을 증대시키고 자신감을 높여 줄 수 있다.

만약 아이가 어렸을 때부터 장래 어떤 일에 종사하고 싶은지를 알고 있다면 아이의 성장은 좀 더 수월해진다. 물론 아이들에게 장래 희망을 물으면 대개의 아이들은 쉽게 답변한다. 하지만 그들의 대답은 신중한 게 아니다. 비행사나 기관사가 되고 싶다고 할 때에도 그들은 자기가 왜 그런 직업을 선택하는가를 정확히 알지 못한다. 그들이 주는 대답은 자신들 입장에서 우월하다고 생각되는 것들을 대표하는 단지 한 종류의 직업일 뿐이다.

단, 우리는 이 대답에서 그들이 자기의 목표를 어떻게 달성하려 하는가를 발견할 수 있다. 때문에 그들 마음의 밑바닥에 있는 동기를 인식하고 그들이 노력하는 방법을 보며 무엇이 그들을 이끌고 있는지, 그들의 우월 목표가 무엇인지, 어떤 방법으로 그 희망들을 구체화시킬 수 있을지 찾아내는 일이 바로 개인심리학의 과제다.

12~13세 정도의 아이는 자기가 종사하고 싶은 직업에 대해 더 구체적인 부분들을 알아야 한다. 나는 이 연령의 아이가 장래 무엇이 되고 싶은지 모르겠다고 하면 매우 유감스럽게 생각한다.

현재 야심이 부족한 듯이 보이는 아이라 해도 실제로 전혀 흥미가 없다는 뜻은 아니다. 어쩌면 그 아이는 너무나 야심만만하여 자신의 야심을 말할 만큼 용기가 없는 것일 수도 있다. 그런 경우에는 그 아이의 주된 관심사나 흥미를 찾아내기 위해 힘써야 한다. 어떤 아이들은 16세가 되어 고등학교를 졸업해도 장래의 직업에 대해서 결정하지 못하기도 한다.

어떤 아이들은 매우 우수한데도 자신들의 생활이 어떤 식으로 지속되어 가는가에 대해서 아무것도 생각하지 못하고 있다. 그래서 이런 아이들은 매우 야심적이기는 하지만 사실은 협동적이지 못한 것으로 간주된다. 그들은 사회의 분업 안에 자리가 없다고 느껴 자신들의 야심을 성취시킬 구체적인 방법을 찾아내는 데 어려움을 겪는다.

따라서 되도록 빠른 시기에 아이들에게 장래의 직업관에 대해 묻고 인식시키는 편이 좋다. 나는 학교에서 이 질문을 하도록 권유한다. 그것은 아이들로 하여금 장래 직업에 대해 생각할 기회를 주어 그 문제를 잊거나 대답을 회피하지 못하도록 하기 위해서다.

아이들이 원하는 직업을 말할 때 왜 그 일을 선택하고 싶은지 물어보면 그 대답으로부터 매우 계시적인 설명을 들을 수 있다. 아이가 선택하려는 직업을 통해서 이미 그 아이의 인생관 전체를 관찰할 수 있는 것이다. 아이의 장래 희망은 우리에게 그의 인생의 주된 방향 그리고 가장 가치 있게 여기는 것이 무엇인지를 시사해 준다.

어린 시절의 훈련이
직업에 영향을 준다

아이가 어떤 직업을 선택하느냐를 가지고 그 아이의 전부를 평가해서는 안 된다. 우리에게는 어느 직업이 더 귀하고 어느 직업이 더 천하다고 말할 자격이 없다. 만일 아이가 천해 보이는 직업을 가진다 할지라도 정말로 자기 일에 심혈을 기울이고 다른 사람을 위해 공헌한다면, 그는 다른 어떤 사람과도 동등하고 유익한 수준에 있는 것이다. 그의 유일한 과제는 자기 자신을 훈련하고 지탱하려 하며 자신의 관심을 분업의 테두리 안에 두는 것이다.

그런 한편 어떤 직업이든 선택할 수 있는데도 불구하고 결코 한 가지 일에 만족하지 않는 사람들이 있다. 그들이 원하는 바는 직업이 아니라 편한 방법으로 우월한 지위를 누리려 하는 것이다. 그들은 인생의 여러 가지 어려움에 직면하고 싶어 하지 않는다. 왜냐하면 애당초 자신들에게 주어진 인생 자체를 불공평하다고 느끼기 때문이다. 이런 사람들은 대개 다른 사람들에 의해 보호받고 싶어 하는 응석받이로 자란 아이들이다.

대부분의 사람들은 4~5세까지 몸에 익혀 온 것들에 흥미를 가지고 있어서 그때의 흥미를 유지하고 싶어 한다. 그런데 경제적인 이유라든가 부모의 압력에 의해 흥미가 없는 다른 직업에 종사하게 되었다고 느껴 왔을 것이다. 이는 어린 시절 훈련의 중요성을 가리키는 또 하나의 증거다. 아이의 최초의 기억 속에서 사물에 대한 흥미가 가시적으로 나타난다면 그 아이는 눈을 사용하는 직업에 적합하다고 결론을 내릴 수 있다.

직업 지도에 있어서 유아기 초기의 기억은 대단히 중요하다. 어떤 아이는 누군가가 자기에게 말을 걸었다든지 바람 소리나 벨 소리에 대한 인상을 이야기할 수도 있다. 그때 우리는 그 아이가 청각적인 유형임을 쉽게 알 수 있고 음악에 관련된 직업에 적당하다고 추측할 수 있다. 다른 아이의 기억 속에서는 운동에 관한 인상을 볼 수도 있다. 이런 사람들은 좀 더 활동을 요구하는 사람들이다. 아마 그들은 바깥에서의 일이라든가 좀 더 활동적인 직업에 흥미를 가질 것이다.

아이들의 모습 가운데 가장 흔히 보이는 것 중의 하나는 가족의 다른 구성원, 특히 아버지나 어머니보다도 월등하게 앞서려고 하는 시도다. 이는 상당히 가치 있는 노력이 될 수 있다. 나이 어린 세대의 지위가 향상되어 가는 것을 보는 일은 기쁘다. 만약 아이가 아버지의 직업을 좇아 업적을 따라잡으려고 욕심을 낸다면 일정한 정도까지는 아버지의 경험이 아이에게 멋진 출발을 가능하게 만들기도 한다.

아버지가 경찰관인 가정에서 태어난 아이는 종종 변호사나 재판관이 되겠다는 야심을 가진다. 아버지가 의사에게 고용되어 있는 직원이라면 아이는 의사가 되고 싶다고 생각한다. 아버지가 중등학교의 교사이면 아이는 대학교수가 되고 싶어 한다.

아이들을 관찰하고 있으면 종종 그들이 성인이 된 후의 직업을 위해서 훈련하고 있다는 사실을 알게 된다. 아이들의 놀이는 우리에게 그들의 흥미에 관한 힌트를 준다. 예를 들어, 교사가 되고 싶어 하는 아이는 어린 아이들을 모아 놓고 학교 놀이를 한다. 어머니가 되고 싶어 하는 여자아이는 인형을 가지고 놀며 이는 자연스럽게 아기에 대한 흥미를 기르는 훈련이 된다. 이러한 관심은 격려받아 마땅하며 여자아이들이 인형 갖고 노는 일을 염려할 필요가 없다.

어떤 사람들은 만일 여자아이들에게 인형을 주면 그녀들을 현실에서 갈라놓고 마는 것이 아닌가 하고 우려한다. 실제로는 여자아이들이 그런 빠른 시기에 훈련을 시작하는 것은 가치 있는 일이다. 너무 늦게 훈련을 시작하면 그녀들의 관심은 이미 고정화되어 변화시키기가 어렵기 때문이다.

많은 아이들은 기계나 기술적인 일에 커다란 흥미를 나타내는데, 이들이 만일 하고 싶은 바를 이룰 수만 있다면 그 흥미는 장래의 성공적인 직업을 약속해 준다.

간혹 지도적 입장에는 결코 놓이기 싫어하는 아이들이 있다. 그런 아이들의 주된 관심은 자기들이 올려다보아야 하는 지도자, 즉 쉽게 따라잡지 못할 다른 아이 혹은 어른에게만 국한되어 있다. 이런 일은 그다지 바람직하지 못하다. 그러한 종속적인 경향을 감소시킬 수 없다면, 그런 아이는 장래에 지도적인 위치에 서지 못하고 자진해서 말단 공무원과 같은 지위를 선택하게 된다. 그런 위치에서 할 수 있는 일은 한계가 있으며 자업자득의 결과라고 해야 할 것이다.

병이나 죽음의 문제에 아무런 준비 없이 부딪혀야 했던 아이들은 충격 때문에 그런 일들에 대해서 계속 관심을 갖게 된다. 그들은 종종 의사나 간호사, 화학자가 되고 싶어 한다. 그들의 노력은 격려할 만하다. 그런 충격에 자극받아 의사가 된 아이들 대부분은 빠른 시기에 직업에 관한 훈련을 시작하며 자신의 일에 대단히 만족한다.

때로는 죽음에 대한 경험이 다른 방법으로 보상되기도 한다. 죽음의 경험을 한 아이는 그 일을 예술적 또는 문학적 창작으로 승화시키려 할 수도 있다. 혹은 숭고한 종교적인 심성을 키울 수도 있다.

마음이 정해지지 않았거나 나태하다든가 해서 계속 직업을 기피하는 그릇된 태도도 인생의 초기에 시작된다. 그런 아이가 나중에 곤경에 빠지게 된다면 우리는 과학적인 방법으로 잘못의 원인을 찾아내어 바로잡아 주어야 한다.

천재들의
유년기를 보라

만일 일하지 않고도 필요한 것들을 모두 얻을 수 있는 별에 산다면, 어쩌면 나태한 게 미덕이 되고 근면이 악덕이 될지도 모른다. 그러나 지구에 살고 있는 한, 직업이라는 문제에 대한 상식적이고도 유일한 답변은 우리가 사회 속에서 일해야 되고 협동하여 다른 사람들에게 공헌해야 한다는 사실이다. 인류는 직관적으로 이 점을 알고 있었으며, 이제 우리는 그 필요성을 과학적인 각도에서 이해할 수 있다.

천재라고 인정받는 사람들을 보면 항상 매우 어렸을 때부터 훈련을 시작했음을 알 수 있다. 그래서 나는 천재들의 케이스가 초기 교육의 문제에 빛을 던져 주리라고 믿고 있다. 인류는 공동의 복리를 위해 많은 공헌을 한 사람들만을 천재라고 부른다. 인류를 위해서 아무런 이익도 남기지 않은 천재란 상상할 수도 없다. 예술은 특히 협동적인 사람들의 산물이다. 인류의 위대한 천재들은 우리 문화 전체의 수준을 향상시켜 왔다.

Chapter 8 >> 천재들의 어린 시절을 읽어라

호메로스는 그의 시 속에서 단 세 가지 색에 대해 언급하고 있으며, 이 세 가지 색이 모든 것을 구별하는 데 도움이 될 거라고 말하고 있다. 물론 당시 사람들도 더 많은 색의 차이를 구별하고 있었겠지만 그 색들의 차이가 크게 문제시되지 않았기 때문에 각 색깔에 이름을 붙일 필요를 느끼지 않았는지도 모른다. 오늘날 우리가 구분할 수 있는 색깔의 이름은 분명히 누가 가르쳐 주었을 텐데, 그것은 예술가나 화가의 역할 때문이다.

또한 작곡가들은 우리가 음을 듣고 이해할 수 있는 힘을 고양시키고 세련되게 만들어 주었다. 우리가 현재 원시적인 조잡한 음 대신에 조화로운 음에 대해서 이야기할 수 있는 것은 순전히 음악가들의 덕택이다. 음악가들은 우리의 정신세계를 풍요롭게 하고 여러 가지 음악적 기능을 훈련하도록 가르쳐 주었다.

그러면 감정의 깊이를 폭넓게 해 주고 우리가 좀 더 잘 이야기하고 좀 더 훌륭히 이해할 수 있도록 가르쳐 준 사람은 누구일까? 그것은 시인들이었다. 그들은 삶을 위한 우리의 언어를 보다 풍성하게 하고, 보다 유연하며 적절한 표현을 만들어 주었다.

천재들이 모든 인간들 중에서 가장 협동적이었다는 사실에 대해서는 아무런 이의도 없다. 물론 어떤 특정 상황 속에서는 그들의 협동 능력을 잘 볼 수 없었을 것이다. 하지만 우리는 그들의 전체 인생 방식 속에서 그 점을 파악할 수 있다.

그들에게 있어서 협동은 다른 사람들에 비해 어려운 일이었다. 그들은 힘겨운 일을 헤쳐 나가면서 많은 장애와 싸워야 했다. 어떤 사람들은 태어나면서부터 중대한 신체적 결함을 갖고 있었다. 거의 모든 천재적인 사람들에게서 뭔가 신체적 기관의 불완전함이 발견된다. 그래서 우리는 그들이 인생 초기에 심한 어려움에 직면했음에도 불구하고 불굴의 의지로써 곤란을 극복했으리라는 사실을 추측한다.

그들은 일찍부터 관심 분야에 집중하고 어린 시절부터 자기 자신을 훈련했다. 그들은 자기의 여러 감각을 예민하게 훈련하고 발달시킴으로써 인류의 여러 문제에 접하고 이해하는 경지에 이르게 되었다.

그들이 인생 초기에 얼마나 피나는 맹훈련을 했을지 미루어 짐작하면서 우리는 그들의 예술이나 천재성이 자연과 유전에 의한 선천적인 산물이 아니라, 그들 자신이 창출해 낸 위대한 창조물이라는 결론을 내리게 된다. 그들의 피나는 노력 덕택에 오늘의 우리가 축복을 받고 있는 것이다.

인생 초기의 노력이 훗날의 성공을 위한 가장 좋은 밑거름이 된다. 서너 살 된 여자아이가 인형에게 씌워 줄 모자를 만들고 있는 모습을 상상해 보자. 아이가 일하는 걸 보고 우리는 매우 멋진 모자라고 칭찬하면서 어떻게 하면 더 잘 만들 수 있는지를 암시해 준다. 그 아이는 용기를 얻고 자극을 받는다. 결국 자신의 노력을 증대시키고 기술을 닦아 나간다.

그런데 만일 우리가 다음과 같이 말했다면 어떻게 될까?

"그 바늘을 아래쪽으로 해야지! 흠집을 내잖아. 뭐하러 이런 모자를 만들고 있니? 외출해서 훨씬 더 좋은 것으로 사면 되는데."

아마도 아이는 즉각 자신의 노력을 포기해 버릴 것이다. 전자와 같은 상황 아래에서라면 아이는 예술적인 취향을 발달시켜 일을 하는 데 흥미를 가지게 되었을 테지만, 반면 후자와 같이 되었다면 성장해서도 자기 일을 어떻게 하면 좋을지 몰라 당황해하고 자기가 뭔가를 만들기보다는 그냥 좋은 제품을 사는 편이 낫다고 생각하게 될 것이다.

직업 선택과 공동의 복리가
분리된 경우

 가정에서 돈의 가치가 지나치게 강조되면 아이들은 직업 문제를 단지 돈을 버는 수단으로만 생각하게 된다. 이는 크나큰 잘못이다. 그런 아이는 인류에 공헌하는 문제에 있어서는 도통 관심을 보이지 않게 될 것이기 때문이다. 사람이 돈을 벌어서 자기의 생계를 유지해야 한다는 점은 명백하다. 그리고 이 점을 무시하는 사람들이 다른 사람들에게 무거운 짐이 되는 것도 사실이다. 그렇지만 아이가 오직 돈을 번다는 사실에만 흥미를 가진다면 그 아이는 쉽게 협동의 길을 잃고 자신의 이익만을 추구하고 만다.

 '돈을 버는 일'이 유일한 목표며 게다가 사회적 관심이 전혀 없다면, 아이는 도둑질을 하거나 다른 사람을 속여서 돈을 모으는 게 왜 안 되는 일인지 그 이유를 발견하지 못하게 된다. 그만큼 극단적이지는 않더라도 단지 미미한 사회적 관심만이 목표에 결부되어 있다면 그 사람은 막대한 돈을 모을지는 몰라도 그의 활동이 인류에게 큰 이익이 되지는 않을 것이다. 지금과 같은 복잡한 시대에는 이런 사고방식으로도 성공해서 부자가 될 수는 있다. 설령 잘못된 길이라도 때로는 어느 면에서는 성공한 듯이 보인다. 그 관점은 놀랄 만한 일은 아니다.

우리는 올바른 태도로 인생을 살아가는 사람이 반드시 성공한다고 보장하지 못한다. 그러나 그런 사람이 자신감을 잃지 않고 계속 용기를 가진다면 장래의 성공은 약속할 수 있다.

직업은 때에 따라 사회와 애정 문제를 회피하기 위해 이용되기도 한다. 종종 직업이 지나치게 강조되고 과장되면 사랑과 결혼 문제를 회피하기 위한 수단으로 선택될 수도 있고, 어떨 때에는 그 일이 실패에 대한 좋은 구실로 이용되기도 한다. 어떤 남자는 무섭게 일에 헌신하면서 이렇게 생각한다. '내게는 결혼 생활에 할애할 시간이 없다. 그러니까 그 불행에 대해서 책임이 없다'라고.

특히 신경증 환자들에게서 사회와 사랑이라는 문제를 회피하려는 경향이 발견된다. 그들은 이성에게 전혀 가까이 가려고 하지 않든가, 아니면 접근한다 해도 잘못된 방식으로 접근하게 된다. 그들에게는 친구가 없으며 다른 사람에게 관심도 갖지 않는다. 밤이나 낮이나 오직 자기 일에만 몰두해 있는 것이다. 낮에는 일을 생각하며 밤에는 일에 대한 꿈을 꾼다. 그들은 스스로를 팽팽한 긴장 속에 내던지고 그 긴장 속에서 위장병이나 신경증적 특징을 나타낸다. 신경증 환자들은 위胃의 통증이 사회와 사랑 문제에 직면하는 일로부터 자신들을 벗어나게 해 준다고 느낀다. 그렇지 않다면 그들은 자신의 직업을 계속 바꾸어 나가기도 한다. 그는 항상 자신에게 좀 더 적당한 직업에 대해 생각하고 그로 인해 어느 한 군데에 정착하지 못하게 된다.

문제아를 대할 때 우리가 반드시 알아내야 할 것은 그들의 주된 흥미가 무엇인가 하는 점이다. 이 결과에 따라 그들에게 용기를 주는 일이 보다 쉬워진다. 한 가지 직업에 정착하지 못하는 젊은이나 직업에 실패한 나이 많은 사람들의 경우, 올바른 방법으로 그들의 참다운 흥미를 찾아내어 지도해 주고 일자리를 찾을 수 있도록 도와야 한다. 이 일은 실제로는 대단히 어려운 작업이다.

문제아들이 처한 상황은 사람들의 협동을 증대시켜야 하는 현 시대에 있어서 바람직한 현상이 아니다. 그래서 나는 더더욱 협동의 중요성을 인식한 모든 사람들이 실업자에게 일자리를 제공할 수 있도록 계속 노력해야 한다고 믿는다. 그 방편으로서 우리는 기술학교라든가 그 밖에 전문교육을 실시할 수 있는 기관의 설립을 촉진시키는 운동을 전개해야 할 것이다. 대다수의 실업자는 훈련을 받지 않았으므로 특별한 기술을 갖고 있지 않다. 그들 중의 어떤 사람은 아마 사회생활에 전혀 흥미를 갖고 있지 않을 것이다. 사회생활에 훈련되어 있지 않은 구성원 또는 공동의 복리에 전혀 관심이 없는 구성원은 인류 발전에 있어서 상당한 저해 요소가 된다. 그들 또한 자신들이 뒤처져 있으며 불이익을 받고 있다고 느끼고 있다. 범죄자나 신경증 환자, 자살자들 대부분이 인생의 훈련이 되어 있지 않고 기술을 갖지 못한 사람들로 이루어져 있음에 유의해야 한다. 그들은 인류의 한쪽 끝에서 우물쭈물하고 있다.

CHAPTER 9

이웃에 대한
관심이
세상을 이끈다

:: 관심의 인류애

종교에 의해 부과되었던 가장 중요한 문제는
언제나 '너의 이웃을 사랑하라"였다. 여기서 또한
우리는 비록 형태는 달라도 동료에 대한 관심을
고양시키려는 똑같은 의지를 볼 수 있다.
인생을 살아가면서 큰 어려움에 부딪히고 다른
사람에게 최대의 해를 끼치는 사람은 바로 남들에게
전혀 흥미를 갖고 있지 않은 사람들이다. 인간의
모든 실패는 그런 인물들로부터 파생된다. 그래서
많은 종교와 종파들이 각각의 독자적인 방법으로
협동 정신을 증대시키려 노력하는 것이다.

"내 이웃은 나를
사랑하고 있나요?"

지금까지 인류가 해 온 가장 오래된 노력 가운데 하나는 동료들과 좋은 관계를 유지하는 것이었다. 우리 인류는 인간에 대한 관심에 의해서 진보해 왔다. 가정은 타인에 대한 관심이 가장 본질적인 형태로 이루어진 제도다. 역사를 거슬러 올라가면 무리를 지어 가정을 이룬 인간에게서 이러한 경향을 발견할 수 있다. 원시적인 부족은 공통된 목적에 따라 자신들을 결부시키고 있었다. 그들의 목적은 동료들과 협동하고 결합하는 일이었다.

가장 단순한 원시적 종교는 어떤 동물이나 식물을 신성시하는 토테미즘이다. 어떤 집단은 도마뱀을 숭배하고 또 다른 집단은 소나 돼지를 숭배하였다. 같은 토템을 숭배한 사람들은 협동하여 함께 생활했으며 그무리의 구성원들끼리는 서로를 형제자매라고 생각했다. 이 원시적인 관습은 고정적이고 안정적으로 협동 체제를 유지하기 위한 인류 최대의 업적 중의 하나였다. 이런 원시종교 사회에서는 제사 때가 되면 같은 토템을 숭배하는 사람끼리 모두 친구가 되어 곡식의 수확이라든가, 어떻게 하면 야수나 기후로부터 자신들을 지킬 수 있는가에 대해 논의했다.

결혼은 무리 전체의 관심이 일치되는 최대의 문제였다. 같은 토템을 숭배하는 형제는 사회적 규정에 따라 자기 무리 바깥에서 배우자를 찾아야 했다. 특히 사랑과 결혼은 개인적인 문제가 아니라 인류 전체가 마음과 영혼으로 참가해야 할 공동의 과제라는 사실로 인식되었다. 결혼은 사회 전체에 의해 기대되고 있는 과제였기 때문에 그에 부과되는 책임이 있었다. 사회는 건강한 아이들이 태어나고 그들이 협동 능력을 훈련받으며 길러지는 사실에 관심을 가지고 있다. 그렇기 때문에 전 인류는 결혼에 기꺼이 협력해야 하는 것이다.

원시사회의 생활 방식과 그들의 토템, 결혼을 통제하는 복잡한 체계들이 오늘날의 우리에게는 어리석게 생각될지도 모른다. 그러나 그들 시대에 있어서 체계의 중요성은 아무리 높이 평가해도 지나치지 않은 것이었다. 그들의 목적은 오로지 인간의 협동을 증대시키는 일이었기 때문이다.

종교에 의해 부과되었던 가장 중요한 문제는 언제나 '너의 이웃을 사랑하라'였다. 여기서 또한 우리는 비록 형태는 달라도 동료에 대한 관심을 고양시키려는 똑같은 의지를 볼 수 있다. 이 노력의 가치를 과학적 견지에서 확인할 수 있다는 사실은 매우 흥미롭다. 응석받이로 자란 아이들은 우리에게 "왜 나는 이웃을 사랑해야 하는 건가요? 내 이웃은 나를 사랑하고 있나요?" 하고 묻는다.

인생을 살아가면서 큰 어려움에 부딪히고 다른 사람에게 최대의 해를 끼치는 사람은 바로 남들에게 전혀 흥미를 갖고 있지 않은 사람들이다. 인간의 모든 실패는 그런 인물들로부터 파생된다. 그래서 많은 종교와 종파들이 각각의 독자적인 방법으로 협동 정신을 증대시키려 노력하는 것이다.

나는 협동을 최종 목표로 인정하는 모든 인간의 노력에 찬성하고 싶다. 싸우거나 비판하거나 과소평가할 필요가 전혀 없다. 우리는 협동이라는 최종 목표로 이끄는 많은 방법을 갖고 있다.

정치에 있어서는 가장 좋은 수단조차도 남용될 가능성이 더 크다는 사실을 우리는 알고 있지만 아무도 협동하지 않는다면 정치에 의해서 달성할 수 있는 일은 아무것도 없다. 모든 정치가는 인류의 개선을 자신의 최종 목표로 삼아야 한다. 인류의 개선은 항상 보다 높은 정도의 협동을 의미한다.

그러나 실제로 우리들은 어느 정당이나 정치가가 인류를 정말 올바르게 이끌 수 있을지를 판단하는 데 충분한 준비가 되어 있지 못하다. 사람들은 제각기 자신의 인생관에 맞추어 판단한다. 그렇지만 만약 정당이 자신들의 영역 안에서 동료를 만든다면 우리가 그 활동에 반발할 이유는 없다.

민족 운동에 대해서도 이와 마찬가지로 말할 수 있다. 거기에 종사하고 있는 사람들의 목표가 아이들을 진정한 인간으로 훈련시켜서 사회 감정을 증대시키는 일이라면 자신들의 전통에 따라 진행해도 상관없으며 민족성을 숭상해도 좋을 것이다. 우리는 그들의 노력에 이의를 제기할 수 없다. 계급 운동 또한 협동의 한 양상이다. 그 목표가 진정으로 인류의 개선에 있다면 우리는 편견을 버려야 한다. 그런 까닭에 모든 운동은 인류에 대한 관심을 증대시키는 그들의 능력에 입각해서만 판단되어야 한다.

우리는 협동을 증대시키는 데 도움이 되는 길이 많이 있다는 사실을 발견하게 된다. 인간은 이렇게 협동하는 과정에서 보다 좋은 방법도, 때로는 별로 효과적이지 못한 방법도 발견하게 된다. 그러므로 어떤 한 가지 방법을 두고 가장 좋은 방법이 아니라고 하면서 공격하는 일은 무익하다.

우리는 사람들이 단지 자신에게 주어져 있는 것만을 추구하며 사적인 이익만을 따라 움직이는 인생관을 배격해야 한다. 이는 개인과 인류 공통의 진보에 대한 최대의 장애다. 인간의 모든 능력은 이웃에 대한 관심에 의해서만 발전할 수 있다.

이야기하는 것, 읽고 쓰는 것, 이 모든 것들은 다른 사람들과의 교제를 전제로 하고 있다. 언어 자체가 인류 공동의 창조물이며 사회적 관심의 결과이다. 이해하는 일은 개인의 정신적인 기능이 아니라 하나의 공통된 문제. 이해하는 일은 우리가 기대하는 바와 같이 모든 사람들이 공통적으로 마땅히 이해해야 하는 것을 말한다. 관심은 우리들 자신이 공통된 의미로서 다른 사람들과 결부되는 것이며, 전 인류의 상식에 의해 이해되는 것이다.

물론 자기 자신의 흥미와 개인적인 우월만을 추구하는 듯한 사람들도 있다. 그들은 인생에 오로지 사적인 의미만을 부여하며 인생은 단지 자기 자신만을 위해서 존재하는 것이라고 생각한다. 그것은 잘못된 생각이다. 그런 견해는 이 넓은 세상 속에서 그 누구와도 나눠 가질 수 없는 아집이다. 우리는 그런 사람들이 자기 자신을 다른 사람들과 결부시키지 못한다는 것을 안다. 자기 자신에게만 관심을 갖도록 훈련되어 온 아이들의 얼굴에서 우리는 비굴하거나 얼빠진 표정을 보게 된다.

이와 유사한 표정은 범죄자나 정신 장애인의 얼굴 속에서도 발견된다. 그들은 자신들의 눈을 다른 사람을 쳐다보기 위해 사용하지 않는다. 그들은 같은 방향을 보고 있지 않다. 때때로 그런 사람들은 자신의 동료들조차 쳐다보지 않는다. 그들은 눈을 돌려 엉뚱한 곳을 바라본다.

신경증적 특징 속에서도 관계의 결여를 볼 수 있다. 예를 들면 강박적 사고와 강박적 행동의 불안 증세, 말더듬이, 성적 불능, 조루 등의 현상에 명료하게 나타난다. 이 모든 증상들은 다른 사람과 어울릴 수 없다는 무능력을 단적으로 표현하고 있다. 따라서 타인에 대한 관심을 불러일으키게 되면 치유가 가능하다.

그런 증상은 자살을 제외한 다른 어떤 표현보다도 가장 확실하게 동료와의 거리감을 드러낸다. 그 증세를 치료하기는 쉽지 않다. 우리는 환자를 설득해서 어떻게든 협동의 방향으로 이끌어야 한다. 그 일을 가능하게 하는 것은 인내와 친절 그리고 우정 어린 행동 외에는 없다.

인간의 관심으로부터
멀어진 소녀

어느 날 나는 정신분열증에 걸린 소녀를 치료해 달라는 부탁을 받았다. 그녀는 8년이나 병에 시달리며 마지막 2년간은 정신병원에서 치료를 받고 있었다. 그녀는 개처럼 짖고 침을 흘리며 옷을 잡아 뜯고 손수건을 먹으려 했다.

나는 그 소녀가 인간에 대한 관심에서 얼마만큼 멀리 떨어져 있는지를 볼 수 있었다. 그녀는 개의 역할을 하고 싶어 했는데, 알고 보니 엄마가 자기를 개처럼 다룬다고 느끼고 있었다. 아마 그녀는 '나는 인간을 보면 볼수록 점점 개가 되고 싶어진다'라고까지 얘기하고 싶었을 것이다. 나는 8일 동안 계속해서 그녀에게 말을 걸어 보았지만 그녀는 한마디도 대답하려 들지 않았다.

그로부터 20일 정도를 계속 노력한 결과 그녀는 납득하기 어려운 방법으로 이야기하기 시작했다. 그녀가 나를 친구로 받아들였고 다시금 용기를 얻었기 때문이다. 하지만 이런 유형의 환자가 용기를 얻었다고 해도 대개 어떻게 하면 좋을지 전혀 모르고 있기 마련이다.

동료에 대한 그 환자의 저항은 상당히 강했다. 아직 협동적이기를 기대할 수 없으나 어느 정도 용기는 돌아왔을 경우, 우리는 그 사람이 어떠한 행동을 하게 될지 예측할 수 있다.

이때의 그는 문제의 해결을 방해하려 한다. 닥치는 대로 물건을 부수거나 곁에서 시중드는 사람을 때리기도 한다. 내가 그 소녀에게 이야기를 걸었을 때도 그녀는 나를 때렸다. 나는 어떻게 해야 할지 생각해야만 했다. 그녀를 놀라게 할 유일한 수단은 아무런 저항도 하지 않는 것이었다.

그녀는 육체적으로 힘이 센 소녀가 아니었다. 나는 그녀가 나를 때린 상태 그대로 놔둔 채 계속 상냥한 얼굴을 하고 있었다. 물론 그녀는 이런 상황을 전혀 예측하지 못했고 다시 되살아난 자신의 용기를 어떻게 하면 좋을지 몰랐기에 부엌문을 부수더니 유리로 자신의 손을 베어 버렸다. 나는 그녀를 비난하지 않고 정성스레 붕대를 감아 주었다.

보통 환자가 폭력적으로 행동하면 그를 방에 가두고 문을 잠그는 조치를 취하는데 이는 매우 잘못된 방법이다. 이런 소녀를 설득하기 위해서는 다른 식으로 행동해야만 한다. 거의 모두가 정신 장애인이 보통 사람처럼 응답하지 않는다는 이유로 난처해하고 애를 태우며 정상인과 같은 행동을 하기를 기대하는데 이는 최대의 잘못이다.

그 후 소녀는 회복되었다. 1년이 지난 뒤부터는 완전히 건강을 되찾아 가고 있었다. 어느 날 나는 그녀가 이전에 감금당했던 정신병원을 방문하는 길에 그녀를 만나, 그녀가 있었던 정신병원에 같이 갈 것을 제안했다. 우리는 함께 병원으로 가서 그녀를 치료했던 의사를 찾았다. 나는 다른 환자를 진찰하는 사이에 그 의사가 그녀와 이야기를 하도록 제안했다. 내가 돌아왔을 때 의사는 매우 화가 나 있었다. 그는 이렇게 말했다.

"그녀는 완전히 정상이군요. 그러나 마음에 들지 않는 점이 딱 하나 있습니다. 그녀가 내 이야기에 흥미를 갖지 않는다는 겁니다."

나는 지금도 종종 그녀와 만나는데 그녀는 10년간이나 쭉 건강하게 지내고 있다. 그녀는 스스로의 힘으로 생계를 꾸려 나가고 있으며 동료들과도 화해했다. 그녀와 만난 사람들은 어느 누구도 예전에 그녀가 광기로 괴로움을 당했었다는 사실을 믿지 않는다.

소외는 인류에 대한
증오심을 낳는다

다른 사람들로부터 소외되었다는 점을 특히 명확하게 나타내는 두 가지 상태는 편집증과 우울증이다. 편집증 환자는 전 인류에 증오심을 가지고 있다. 그는 동료들이 조직적으로 그에게 대항하는 음모를 꾸미고 있다고 생각한다. 한편 우울증 환자는 자기 자신을 증오한다. '내게는 가족 모두가 소용없다'라든가 '나는 돈을 모두 잃어버렸다. 나와 아이들은 굶어 죽을 게 틀림없다'라고 생각한다.

하지만 어떤 사람이 자기 자신을 증오하고 있다면 그것은 다만 겉으로 드러난 허위에 불과하다. 그는 실제로 다른 사람을 증오하고 있는 것이다. 한 예를 들어 보겠다.

대단한 영향력을 지니고 있던 저명한 부인이 사고를 당해 더 이상 사회 활동을 계속할 수 없게 되었다. 그녀에게는 3명의 딸이 있었는데 모두 결혼을 한 상태였고, 이번엔 남편마저 세상을 떠나 버렸다.

이전의 그녀는 누구에게나 관심의 대상이었으나 이제는 쓸쓸한 일상만이 남았다. 그녀는 자신이 잃어버렸다고 생각하는 것을 되찾기 위해 노력했다. 그녀는 유럽으로 여행을 떠났지만 이전처럼 자신이 중요한 인물이라고 느낄 수 없었다. 유럽에 체류하는 동안에도 그녀는 우울증으로 인해 고통을 느꼈다. 그녀와 친밀했던 사람들은 모두 그녀를 떠나 버렸다.

우울증이란 그 당사자에게는 무척 견디기 힘든 병이다. 그녀가 딸들에게 자신을 방문해 달라고 얘기를 했음에도 딸들은 핑계를 대면서 오지 않았다. 다시 집으로 돌아왔을 때 그녀가 가장 자주 했던 말은 "내 딸들은 무척 친절하게 대해 주었어."였다. 그녀의 딸들은 그녀를 혼자 내버려 두고 간호사에게 시중을 맡겨 버렸는데도 말이다. 그녀가 돌아온 이후에도 딸들은 어머니를 거의 방문하는 일이 없었다.

물론 그녀의 진술을 액면 그대로 받아들일 수는 없다. 그 말들은 한결같이 증오심에 불타고 있었고 사정을 잘 알고 있는 사람은 누구나 그 사실을 알고 있었다.

우울증은 다른 사람에 대한 오랜 시일에 걸친 노여움과 증오 같은 것이다. 우울증 환자는 관심이나 동정심을 얻기 위해 자기 자신의 죄책감에 대해 실망하고 있는 것처럼 보인다. 우울증 환자의 최초 기억은 일반적으로 다음과 같다.

"나는 긴 의자 위에 눕고 싶었는데 거기에 형이 누워 있었다. 내가 막 울었기 때문에 형은 거기에서 일어나야만 했다."

종종 우울증 환자들은 자살에 의해 자기 자신에게 복수하려는 경향이 있다. 그러므로 처음에 의사가 주의해야 할 점은 그들에게 자살의 구실을 주지 않도록 하는 일이다. 나는 치료의 제1원칙으로 그들에게 '어떤 일이라도 자신이 하고 싶지 않으면 하지 말라'고 해서 전체적인 긴장감을 유발시키지 않도록 하고 있다. 이는 얼핏 사소한 문제처럼 보일지도 모르지만 나는 그것이 문제 전체의 핵심을 이루고 있다고 생각한다.

만약 우울증 환자가 자신이 하고 싶은 일만 할 수 있다면 과연 누구를 증오할 필요가 있을까. 무엇 때문에 그가 자신에게 복수해야 한다고 생각하겠는가. 나는 그에게 이렇게 말한다.

"만약 당신이 극장에 가고 싶거나 휴가를 얻고 싶다면 그렇게 하세요. 중간에 싫어지면 그만두시고요."

그것은 어떤 사람에게 있어서든 가장 좋은 치료 방법이다. 그 일은 우월성을 추구하는 그의 노력에 만족을 준다. 그는 무엇이든 자기가 원하는 대로 하는 신과 같은 존재이고 싶은 것이다. 물론 그런 원망願望은 그렇게 간단하게 이루어지지 않는다. 그는 다른 사람을 지배하고 싶어 하지만 다른 사람이 허락하지 않으면 그들을 지배할 방법이 없다. 따라서 내가 환자들에게 말하는 법칙은 대단한 해방이다. 지금까지 내 환자 가운데 자살자가 나온 적이 없다는 사실이 확실히 증명해 준다.

물론 누군가가 환자를 지켜 주면 가장 좋을 것이다. 지켜보는 사람이 있는 한은 아무런 위험도 없다. 그렇지만 환자 중의 어떤 사람들은 내가 바라는 만큼 주의 깊게 지켜봐 주는 보호자가 없었다. 앞서와 같이 말하면 종종 환자들은 이렇게 말한다.

"나는 하고 싶은 일이 아무것도 없습니다."

나는 그런 말을 너무나 자주 들어왔으므로 언제나 준비된 대답이 있다.

"그렇다면 당신이 싫어하는 일은 아무것도 하지 않도록 하세요."

때로 어떤 환자는 하루 종일 자고 싶다고 말한다. 내가 허락하는 순간 이미 환자가 그 일을 하고 싶어 하지 않으리라는 사실을 잘 알고 있다. 그리고 만약 내가 그를 방해한다면 그가 투쟁하기 시작할 것임도 잘 알고 있다. 그래서 나는 언제나 그들의 말에 동의한다.

또 하나의 다른 법칙은 그들의 인생 방식을 더욱더 직접적으로 공격하는 것이다. 나는 그들에게 "당신이 만일 이 규칙에 따른다면 2주 안에 완치될 것입니다. 매일 어떻게 하면 누군가를 기쁘게 할 수 있을까를 생각해 보십시오."라고 말한다.

이 말이 그들에게 있어서 무엇을 의미하는지 이해할 수 있으리라. 그들의 머리는 '어떻게 하면 누군가에게 걱정을 끼칠 수 있을까' 하는 생각으로 가득 차 있기 때문이다. 그들의 대답은 대단히 흥미롭다. 어떤 사람들은 "그런 일은 내게는 아주 간단해요. 태어나면서부터 쭉 해 온 일이니까요."라고 말한다. 사실 그들은 그런 일을 한 번도 한 적이 없다.

내가 그들에게 생각을 바꾸어 보도록 권유해도 그들은 생각을 고치지 않는다. 나는 그들에게 "잠들려고 애쓰는 동안 어떻게 하면 누군가를 기쁘게 할 수 있나 생각해 보세요. 그것이 당신을 건강으로 이끌어 주는 첫걸음이 될 겁니다."라고 말한다. 그리고 다음날 그들을 만나면 "내가 권한 일을 생각해 보았습니까?" 하고 묻는다. 그들은 "어젯밤은 잠자리에 들자마자 곧 잠이 들어 버렸어요."라고 대답한다.

물론 이 모든 일은 침착하고 부드러운 방법으로 우월성을 암시하면서 이루어져야 한다. 어떤 사람들은 이렇게 한탄한다.

"나는 그런 일은 할 수 없을 거예요. 매우 걱정스럽습니다."

나는 그런 사람에게는 "걱정까지 할 필요는 없어요. 그러나 때때로 다른 사람에 대한 생각도 하도록 노력해 보세요."라고 말한다. "나는 당신이 권해 준 것을 신중히 생각해 보았습니다." 하고 대답하는 환자는 극히 드물다.

나는 그들의 흥미를 항상 그들의 동료 쪽으로 돌려 주는 게 좋다고 생각한다. 많은 사람들은 "어째서 내가 다른 사람들을 기쁘게 하지 않으면 안 됩니까? 다른 사람들은 나를 기쁘게 하려고도 하지 않는데."라고 반박한다. 그러면 나는 "당신은 자신의 건강에 대해 생각해야 합니다. 다른 사람들 일은 나중에 고심하십시오." 하고 대답한다.

나의 모든 노력은 환자의 사회적 관심을 증대시키는 일에 집중되어 있다. 나는 환자의 근본적인 병의 원인이 협동 정신의 결여라는 것을 알고 있으며, 환자가 그 사실을 깨닫게 되기를 희망한다. 환자가 주위 사람들과 평등하고 협동적인 입장에서 관계를 맺어 나갈 수 있을 때 그들의 병이 고쳐지기 때문이다.

무의식에 숨어 있는
고의성

    사회적 관심의 결여에 관한 또 하나의 예는 이른바 '범죄적 과실'이다. 가령 담배를 피우다가 실수로 떨어뜨려 산에 화재를 일으키는 경우가 있다. 혹은 어느 전기공이 전선을 늘어뜨린 채로 놔두고 집에 가는 바람에 그 길을 지나가던 버스가 감전돼 타고 있던 승객 전부가 죽어 버린 사례도 있다.

    두 경우 모두 다른 사람에게 고의적으로 위험을 가하려고 의도했던 것은 아니다. 도덕적인 측면에서 보면 이들에게 재해에 대한 책임이 있다고 할 수 없다. 그런 사람들은 다른 사람 생각도 해야 한다는 사실을 훈련받지 못했던 것이며, 다른 사람의 안전을 위해 자발적으로 주의하지 않았던 것이다. 난폭한 아이라든가, 타인의 발을 밟는 사람, 그릇이나 접시를 깨뜨리는 사람, 난로 선반의 장식물을 떨어뜨리는 사람들에게서 볼 수 있는 바와 마찬가지로 협동 정신이 결여되어 있는 것이다.

주위 사람들에 대한 관심은 가정과 학교에서 훈련되어진다. 그리고 우리는 이미 어린아이의 발달 과정에 어떠한 장애가 놓일 수 있는지에 대해서 고찰해 보았다. 사회 감정 자체는 유전되는 것이 아니지만 사회 감정을 위한 잠재 능력은 유전된다. 이 잠재 능력은 아이에 대한 어머니의 관심의 정도에 따라, 또 자신의 환경에 대한 아이의 판단에 근거해서 발달된다.

만약 아이가 다른 사람들을 적대시하여 자기는 적에게 둘러싸여 있으며 막다른 곳까지 몰려 있다고 느낀다면, 그 아이가 친구를 사귀거나 스스로 다른 사람의 친구가 될 확률은 거의 희박하다고 볼 수 있다. 또한 아이가 다른 사람이 모두 자신의 노예가 되어야 한다고 생각한다면, 그 아이는 다른 사람에게 공헌하기보다는 다른 사람을 지배하기 위해 주력할 것이다. 한편 스스로의 감정이나 육체적인 자극에만 흥미를 가지고 있다면 그는 사회로부터 차단되고 말 것이다.

아이에게 있어서 자기가 가족의 평등한 구성원이라고 느끼는 일, 가족의 다른 구성원들에게 관심을 갖는 일이 얼마나 중요한지에 대해서는 앞서 살펴본 바와 같다. 또 아이의 입장에서 부모의 사이가 서로 좋아야 하고, 외부 세계에서 좋은 친구를 가져야 하는 이유도 살펴보았다. 또 학교에서 자기가 학급의 일원인 동시에 다른 아이들의 친구라는 사실을 알아야 하고 친구들과의 우정을 신뢰할 수 있어야 한다는 것도 이미 언급했다. 아이들은 가족 이외에도 신뢰할 만한 가치 있는 사람들이 존재한다는 걸 느껴야 한다.

가정과 학교생활은 좀 더 커다란 전체를 위한 준비 과정이다. 가정이나 학교의 목표는 아이들이 서로 동료가 되도록 하고 전 인류의 평등한 일부가 되도록 교육하는 일이다. 이런 상황 아래서만 아이는 용기를 잃지 않고 긴장감 없이 인생의 여러 문제에 직면할 수 있다. 뿐만 아니라 다른 사람의 복리를 증대하는 일에 공헌할 수 있게 된다.

그가 모든 사람들의 친구가 되고 유익한 일과 행복한 결혼으로 다른 사람들에게 공헌할 수 있다면 그는 결코 다른 사람들보다 뒤떨어진다고 생각하지 않을 것이며, 패배감도 느끼지 않을 것이다. 그는 이 세상에서 사랑이 가득한 장소에 속해 있는 사람으로서 편안하게 느끼고 자신이 좋아하는 사람들과 만나며, 모든 곤경에 맞서는 자신감을 갖게 될 것이다.

그는 '이 세계는 나의 세계다. 그러므로 다른 사람들에게 기대만 할 것이 아니라 내 스스로 행동하고 창출해 내지 않으면 안 된다'라고 느낀다. 그는 현재가 인류 역사 속에서 단 한 번의 시기라는 것, 그가 인간의 역사 전체에 속해 있는, 다시 말하면 과거, 현재, 미래에 걸쳐 있는 사람이라는 점을 충분히 인정할 것이다. 그런 한편으로 지금이야말로 자신의 창조적 과제를 성취하고 인류 발전에 스스로 공헌할 수 있는 시기라는 것도 느끼게 된다.

이 세상에는 수많은 악이나 편견이나 재해와 같은 어려움들이 존재하고 있는 게 사실이다. 하지만 그것이 우리 세계다. 좋은 점도 불리한 점도 우리가 감당해야 할 우리의 몫이다. 우리가 최선을 다해 개선해 가야 할 세계인 것이다. 그러므로 자신의 일을 맡은 사람은 누구나 인류를 발전시키는 데 있어서도 올바른 방법으로 자기의 몫을 충실히 해내야 한다.

좋은 인생을 살기 위해 우리가 해야 할 과제는 인생의 세 가지 문제를 협동적인 방법으로 해결하고 책임지는 것이다. 우리가 사람들 한 명 한 명에게 요구하는 것, 그들에게 해 줄 수 있는 최고의 조언은 선량하고 유능한 동료로서 서로가 서로에게 진정한 동반자가 되어야 한다는 것이다. 한마디로 말하면 우리 인간 각자가 스스로 서로의 동료라는 것을 증명하고 확인해야 한다는 사실이다.

사랑은
모든 것을
가능하게 한다

:: 편견과 사랑

결혼을 만사의 끝이라 간주하는 것은 잘못이다.
수많은 소설의 내용도 남녀가 막 결혼을 하려는
시점에서 끝나는 경우가 많다. 그런 소설의 전반적인
상황은 마치 결혼 자체가 만사를 만족스러운
상태로 해결해 주는 것처럼, 마침내 그들이 과제의
맨 마지막 부분에 서 있는 것처럼 취급된다. 사실
결혼은 그들이 이제 겨우 공동생활의 출발점에 서
있는 데에 지나지 않는다. 사랑 그 자체가 만사를
해결해 주지는 않는다.

결혼,
그 친밀한 결합

인간에게 결혼이란 무엇인가? 이 물음에 대한 정답은 국가나 지역, 시대에 따라 달라진다. 독일의 어느 지방에는 약혼한 두 사람이 과연 결혼 생활을 조화롭게 영위해 나갈 수 있을지 여부를 시험해 보는 관습이 있다. 결혼식을 앞두고 신랑과 신부는 나무가 줄기 달린 채로 쓰러져 있는 공터로 가게 된다. 거기에서 그들은 날이 무딘 칼을 건네받고 그 나무줄기를 자르도록 요구된다.

이 테스트를 통해 그들이 서로 어느 정도까지 협력할 수 있는가를 평가하는 것이다. 그 일은 두 사람에게 주어진 과제다. 두 사람의 관계가 상대의 성적 매력에만 이끌리고 서로에 대한 신뢰가 없다면 두 사람은 아무것도 함께 성취할 수 없다. 만일 어느 한편이 주도권을 쥐고 모든 것을 혼자서 하려고 한다면, 설령 다른 한쪽이 양보를 했다고 하더라도 일은 두 배의 시간이 걸리게 된다.

그들에게 요구되는 것은 자발적인 결합이다. 독일의 이 마을 사람들은 결혼을 위한 가장 주된 필수 조건이 협동이라고 생각하였던 것이다.

사랑과 결혼이란 무엇인가에 대하여 나는 불완전하나마 다음과 같이 정의하고자 한다. 결혼으로 성취되는 사랑은 이성의 반려자를 향한 가장 친밀한 헌신이며, 그 사랑은 서로에게 육체적인 매력을 느끼는 것, 동지임을 의식하는 것, 자녀를 갖는다는 결의 속에서 표명된다. 사랑과 결혼이 두 사람의 행복만을 위한 협동이 아닌 전 인류의 행복을 위한 협동의 한 측면이라는 점은 쉽게 증명될 수 있다.

사랑과 결혼이 인류의 복리를 위한 협동이라고 보는 견해는 이 문제의 모든 국면을 조명하기 시작한다. 모든 인간적인 노력 중에서 가장 중요한 육체적 관심조차도 인류에게 있어 가장 필요한 요소였던 것이다.

거듭 설명했듯이 불완전한 신체 기관으로 고통스러워하는 사람은 지구라고 하는 이 가련한 혹성에서 살아갈 준비가 잘 갖추어져 있다고 할 수 없다. 인간의 생명을 이어 나가는 방법은 번식이다. 우리들의 육체적 관심과 번식에 대한 끊임없는 노력은 바로 인간 생명의 보존이라는 필연성으로부터 유래한다.

사람들은 흔히 사랑에 관한 모든 문제에 있어 어려움을 느끼며 엇갈리는 의견들로 소통하지 못하고 있다. 많은 부부들이 이러한 난국에 직면해 있고 시댁과 친정 모두 그들을 걱정하고 있으며, 사회 전체가 그들 때문에 정신을 차리지 못하고 있다.

만일 우리들이 사랑에 대한 정확한 결론에 도달하려고 한다면, 우리의 이러한 도전은 완전히 편견을 배제한 것이어야만 한다. 우리는 충분하고 자유로운 토의를 방해받는 일 없이 가능한 한 폭넓은 방향으로 생각하지 않으면 안 된다.

나는 사랑과 결혼의 문제를 완전히 고립된 자신만의 문제로서 판단할 수는 없다고 본다. 인간은 완전히 자유일 수 없기 때문이다. 인간은 어떤 문제를 해결함에 있어서 자신에 대한 개인적인 고찰로는 합리적인 결론에 도달할 수 없다. 인간은 누구나 일정한 끈으로 묶여 있다. 인간의 발달은 일정한 테두리 안에서 일어나는 것이고, 그는 자신의 모든 결정을 이 테두리 안에서 맞추어 나가지 않으면 안 된다. 이 세 가지 주된 끈은 다음과 같다.

첫째, 우리들이 우주 안의 특정한 한 장소에 살고 있고, 우리 환경이 갖고 있는 한계나 기능성을 근거로 삼아 발달해 나가지 않으면 안 된다는 사실이다.

둘째, 우리는 우리와 똑같은 타인들 사이에서 살고 있으며, 그들에게 동조하는 것을 배우지 않으면 안 된다는 사실이다.

셋째, 우리는 남성과 여성이라고 하는 양성 속에서 살고 있으며 우리 자손의 미래는 이 두 가지 성의 관계에 의존하고 있다는 사실이다.

어느 한 개인이 다른 사람들과 인류의 복리에 관심을 갖고 있다면, 그가 이루는 모든 일은 다른 사람들의 관심과 이해에 의해 이끌려지며, 사랑과 결혼의 문제를 마치 타인의 행복과 관련되어 있는 일처럼 해결하려고 할 것이다.

그는 자신이 이러한 방식으로 문제를 해결하고 있다는 사실을 알 필요는 없다. 그에게 물어봐도 아마 자신의 목표에 대해서 과학적으로 설명할 수 없을 것이다. 그는 자연 발생적으로 인류의 복리와 개선을 추구하고 있으며 이 관심은 그의 모든 활동 속에서 간파될 수 있다. 이런 사람들의 근본적인 인생관은 '나는 이웃에게 어떠한 공헌을 할 수 있는가?', '어떻게 하면 전체의 일부로서 기여할 것인가?' 하는 데 있다.

반면 인류의 복리에 대해 별 관심이 없는 사람들은 위와 같은 생각 대신에 '인생은 왜 필요한 것인가?', '나는 인생으로부터 무엇을 획득할 수 있는가?', '인생에는 어떠한 보상이 있는가?', '다른 사람들은 나의 일을 충분히 고려하고 있는가?', '나는 정당하게 평가받고 있는가'라는 물음을 갖는다. 이러한 인생관을 갖고 있는 사람은 사랑과 결혼에 관한 문제도 역시 똑같은 방식으로 해결하려고 한다. 그는 항상 '나는 결혼으로부터 무엇을 얻을 수 있는가'라고 자문한다.

사랑이란 어떤 심리학자들이 믿고 있는 것처럼 그렇게 순수하고 자연적인 것이 결코 아니다. 성은 충동 내지 본능이라고 불린다. 물론 사랑과 결혼의 문제는 그저 단순하게 어떻게 하여 이 충동을 만족시키는가 하는 문제는 아니다.

어느 면을 보더라도 우리들의 충동이나 본능은 점차 교화되고 세련되게 발전해 가고 있음을 알 수 있다. 또한 우리들은 이웃과 더불어 어떻게 하면 서로 방해받지 않고 순조롭게 일을 처리할 수 있는지 배워 왔다.

옷을 입는 방법과 옷을 청결하게 하는 방법을 배워 왔듯이 말이다. 우리들의 공복감조차도 단순히 자연적인 배출구를 찾아내기 위한 목적은 아니다. 우리들은 식사를 함에 있어서 취미나 음식 만드는 법을 창출해 왔다.

이렇듯 우리가 느끼는 모든 충동은 공동의 문화에 적합하게 훈련되어 왔다. 그 모든 것은 우리들이 인류의 복리를 위하여, 그리고 사람과의 만남 속에 존재하는 우리들의 생을 위하여 노력하도록 익혀 왔음을 반영해 준다.

사랑과 결혼의 문제 또한 이런 입장에서 생각해 보면 전체에 대한 관심과 인류에 대한 관심이 항상 내포되어 있지 않으면 안 된다는 것을 알게 된다. 바로 이러한 관심이 가장 우선이 되어야 하는 것이다.

사랑과 결혼이 전체적인 인간의 복리를 고려함으로써만 해결될 수 있는 문제라는 점을 이해하기 전에는 여기에 대해 어떠한 부분을 논의해도 —해방이나 변혁, 새로운 규칙이나 제도와 같은 것들을 의논한다 해도— 아무런 의미가 없다. 어쩌면 우리들은 이 문제를 개선하고 보다 완전한 해답을 발견하게 될 수도 있지만, 그렇더라도 결국 우리가 두 개의 성 속에 살고 있다는 사실과 우리들이 서로 간의 교제를 필요로 하는 이 지구에 살고 있다는 사실을 전제로 한다. 우리의 해답이 이미 이들 조건을 고려하고 있다면 그 답 속에 있는 진리는 영원불변하는 것이다.

평등의 조건이 충족되어야
조화가 가능하다

의외로 두 사람이 함께 어떤 일을 해 나가는 경험은 별로 많지 않다. 그러한 이유에서 사랑과 결혼이라는 새로운 문제는 두 사람에게 어려움을 야기할 수 있다. 그렇지만 결혼하는 두 남녀가 서로에게 관심을 갖고 있다면 이는 보다 쉽게 해결되는 문제다.

두 사람이 잘 협동하기 위해서는 각자가 자기 자신보다도 상대에 대해서 큰 관심을 기울이지 않으면 안 된다. 이것이야말로 사랑과 결혼이 성공하는 유일한 길이다. 우리는 이미 결혼에 관한 많은 의견이나 제안들이 어떤 식으로 잘못되어 왔는가를 알고 있다.

결혼한 두 사람이 자기 자신보다도 상대방에게 더 관심을 갖기 위해서는 '평등'이라는 조건이 반드시 필요하다. 그만큼 친밀한 헌신이 요구되는 경우에는 그 어느 쪽도 종속된다든가 소외되는 입장이 되어서는 안 되기 때문이다.

양자가 이러한 태도를 갖고 있을 때에야 비로소 평등한 관계가 가능해진다. 서로의 삶을 기쁘고 풍성하게 만들기 위한 노력이 쌍방에서 이루어지지 않으면 안 된다. 이러한 상태가 되어야 서로를 필요로 하고 서로를 가치 있는 존재로 느끼게 된다.

여기에서 우리들은 결혼의 근본적인 보증, 결혼 관계 속에 내재된 행복의 근원적인 의미를 찾아낼 수 있다. 그것은 '당신은 가치 있는 존재다. 당신은 나에게 있어서 그 무엇과도 바꿀 수 없는 소중한 사람이다. 당신의 행동은 매우 사랑스럽다. 당신은 친구 중의 진정한 친구다. 당신의 반려자는 당신을 필요로 하고 있다'라고 하는 사랑의 감정이다.

어느 한 반려자가 종속된 관계로 있다면 진정한 협동을 할 수 없다. 만일 한 사람이 다른 한쪽을 지배하고 강제로 복종시키고자 한다면, 두 사람이 풍부한 삶을 함께 살아가는 일은 절대 불가능해진다.

우리들의 현재의 조건 아래서는 많은 남성들 그리고 실로 많은 여성들까지도, 지배하고 명령하고 주도적 역할을 하고 주인이 되는 것은 남성 쪽이라고 확신하고 있다. 바로 이 점이 그토록 불행한 가정이 많이 존재하는 이유가 된다. 열등한 입장에 있으면서 분노나 불쾌감을 느끼는 일 없이 끝까지 참을 수 있는 사람은 이 세상에 아무도 없다.

두 사람이 평등한 관계 속에 있다면 항상 서로의 힘든 점들을 함께 해결해 내고자 노력하게 된다. 가령 그들은 자녀를 갖는 문제에 동의할 것이다. 그들은 자녀를 갖지 않는 일이 인류의 미래에 대해 어떤 경고가 되는지 잘 알고 있다. 또한 그들은 교육에 관한 문제가 발생했을 때에도 그 일을 해결하기 위해 서로 노력할 것이다. 왜냐하면 불행한 결혼으로 인해 태어난 아이가 얼마나 불리한 입장에 놓이게 되는지, 훌륭하게 성장하기가 얼마나 힘든지를 잘 알기 때문이다.

현대 문명 속에 사는 우리들은 협동을 위한 준비를 제대로 갖추지 못하고 있다. 우리는 오로지 개인적인 성공에만 관심이 있으며, 인생에 무엇을 공헌할 수 있는가 하는 점보다는 인생으로부터 무엇을 획득할 수 있는지에 대해서만 집중하고 있다.

대개의 사람들은 타인의 흥미와 목표, 욕망, 희망, 야심 등에 대해 관심을 가져 본 적이 별로 없다. 대개는 공통의 과제라고 하는 문제에 대하여 준비되지 않은 것이다. 우리 주변에서 발견되는 수많은 실패한 결혼을 보면서 놀랄 필요는 없다.

단, 우리는 그러한 현상을 주의 깊게 살핌으로써 앞으로 어떻게 하면 그토록 많은 과오를 피할 수 있을지를 배운다. 결혼을 위한 마음의 준비가 하룻밤 사이에 이루어질 수는 없다. 우리는 아이의 특징적 사고방식이나 행동 속에서 그 아이가 성인이 되었을 때 자기 앞에 벌어질 상황에 대해 어떤 식으로 자신을 훈련시키고 있는가를 간파할 수 있다.

아이가 성장해서 점차 사랑의 문제에 대해 접하게 될 때의 주된 특징은 5~6세 때 이미 확립된다. 아이의 발달 과정 초기에 이미 사랑과 결혼에 관한 자신의 견해를 형성시켜 가는 것이다. 물론 이는 어른들 세계에 있어서의 성적 자극을 의미하지는 않는다. 아이는 자기가 마주하게 될 일반적인 사회생활의 국면에 대해서 계속해서 자신을 훈련시켜 나갈 뿐이다.

사랑과 결혼은 어린 시절 환경의 여러 요소들과 결부되어 있다. 아이들을 둘러싸고 있는 환경이 그 아이의 장래에 관한 관념 속으로 파고들어 가는 것이다. 아이는 그러한 환경의 여러 요소들에 대해 어떤 방식으로든 이해를 하고, 어떤 입장으로든 행동을 취하지 않으면 안 된다.

아이들이 이성에 대한 이른 관심을 보이거나 자신들이 좋아하는 상대를 선택하거나 할 때 무조건 잘못되었다든가, 곤란한 일이라든가, 성적으로 조숙한 경향이라는 식으로 해석해서는 안 된다. 더욱이 그 모습을 비웃거나 조롱해서는 결코 안 된다. 우리는 그것을 사랑과 결혼을 위한 그들 나름의 준비이자 첫걸음으로 봐야 한다. 그와 같은 현상을 아무짝에도 쓸모없는 일로 일축해서는 안 된다. 그것은 사랑이라는 멋진 과제를 훌륭히 치르기 위하여 준비하지 않으면 안 될, 전 인류를 위한 필연적인 과정이라는 사실을 알아야 한다.

이와 같이 이해함으로써 우리는 아이의 마음속에 하나의 이상을 심어줄 수 있다. 아이들은 머지않은 장래에 서로에게 훌륭하게 준비가 갖추어져 있는 동료로서, 친밀하고 헌신을 함께 나누는 친구로서 서로 만나게 될 것이다.

어린이들이 무의식적으로 온 힘을 다해 일부일처제를 신봉하고 있다는 사실을 관찰하는 일은 참으로 흥미롭다. 더구나 이런 현상은 그들 부모의 결혼이 반드시 조화롭고 행복하지 않은 상황 하에서도 자주 나타난다. 결혼에 대한 아이의 견해가 얼마나 중대한지는 충분히 짐작할 수 있을 것이다.

따라서 만일 아이가 그릇된 가르침을 받는다면 그 아이는 결혼을 위험한 것 혹은 자신의 힘으로는 도저히 감당해 낼 수 없는 일이라고 간주하기가 쉽다. 내 자신의 경험에 비추어 보면 4~6세의 빠른 시기에 어른들의 성적 관계에 대한 여러 사실을 알게 되거나 조숙한 경험을 한 적이 있는 아이들은 훗날 다른 사람들에 비해 훨씬 더 사랑과 결혼의 문제를 두려워하게 된다.

육체적인 매력도 그들에게는 위험으로 받아들여진다. 아이가 조금씩 성장할수록 최초의 성적 설명이나 경험을 접하는 데 따른 충격이 줄어든다. 아이가 커갈수록 성적 문제를 이해시키는 데 과오를 범할 위험성이 훨씬 줄어드는 것이다.

아이들에게 도움이 되기 위한 키포인트는 결코 거짓을 말하지 않을 것, 그들의 질문을 대충 얼버무리지 말 것, 질문의 배후에 어떤 의도가 있는지를 정확히 이해할 것, 그들이 이해할 수 있다고 여겨지는 만큼의 설명을 해 줄 것 등이다. 쓸데없는 변명이나 지나친 정보는 오히려 크나큰 문제를 일으킨다.

인생의 다른 문제와 마찬가지로 이 문제에 있어서도 아이들에게는 자신이 배우고자 하는 바를 자신의 노력으로 터득하는 편이 보다 바람직하다. 아이와 부모 사이에 깊은 신뢰가 밑바탕이 되어 있다면, 아이가 해를 당하는 경우는 없다. 아이는 언제라도 자기가 알 필요가 있는 일에 대해 질문할 테니 말이다.

종속당하지 않은
건강한 정신을 갖는 훈련

어른들은 아이들이 또래 친구들로부터 듣는 성적 설명은 잘못된 방향으로 흘러갈 것이라고 생각한다. 하지만 다른 정신 영역이 건강하다면 이 때문에 해를 받는 일은 없다. 건강한 정신을 가진 사람은 어리다고 해서 자기 친구들이 말하는 바를 곧이곧대로 믿지 않는다. 대개의 경우 아이들은 대단히 비판적이며 자기가 들은 것을 확신할 수 없을 때에는 부모나 형제자매에게 다시 질문을 한다. 오랜 경험에 비추어 볼 때 이러한 문제에 있어서는 어른들보다 아이들이 훨씬 더 섬세하고 재치가 있다는 것을 고백하지 않을 수 없다.

육체적 관심은 유년 시절에 이미 훈련되고 있다. 동정이라든가 사랑에 관해 아이가 감지하는 막연한 느낌과 주위에 있는 이성들로부터 받는 막연한 인상이 육체적인 관심의 시초다.

소년들은 그의 어머니나 여자형제나 주위의 소녀들로부터 이러한 인상을 받아들인다. 그가 장차 어떠한 타입의 여성을 선택하는가는 아주 어렸을 때 느낀 주변의 이성들로부터 영향을 받는 것이다.

때로는 예술 작품에 의해 영향을 받기도 한다. 모든 사람은 대개 이런 식으로 자기의 이상형을 꿈꾼다. 이처럼 미래 생활과의 연관성을 생각해 보면 엄밀한 의미로서의 '자유로운 선택'은 없음을 알 수 있다. 사람들은 자신이 훈련을 받은 범위 안에서만 선택할 뿐이다. 이러한 미적 탐구는 결코 무의미하지 않다.

우리들의 미적 감각은 항상 건강과 인류의 개선을 향하는 감정에 기초하는 것으로써, 우리들의 모든 기능과 능력들도 이 방향을 향해 형성된다. 우리는 그로부터 벗어날 수 없다. 우리들은 영원을 향하는 것, 인류의 복리를 위하고 장래 이익이 되는 것을 아름답다고 인식한다. 그것들은 우리의 자녀들이 그렇게 자라나 주기를 바라는 소망의 상징이다. 이러한 감각이야말로 항상 우리들의 마음을 사로잡는 아름다움인 것이다.

때때로 소년이 어머니와의 관계가 원만치 못하다거나 소녀가 아버지와 사이가 좋지 못한 경우가 있는데 이러한 경우 그들은 대체적으로 부모와 대조적인 타입의 연애 상대를 찾게 된다.

예를 들어 어느 소년의 어머니가 그에게 잔소리를 많이 하고 몹시 위협적인 사람이라면 그는 지배적인 타입이 아닌 여성만을 성적 매력이 있다고 생각하게 되기도 한다. 그런데 이런 생각에만 빠져 버리면 자칫 과오를 범하기가 쉽다. 간혹 그러한 타입의 남성은 자신이 힘센 자임을 증명하기 위해 상대적으로 연약한 여성을 찾기도 한다. 자신이 복종시킬 수 있는 상대를 찾게 되는 것이다. 자기 자신의 강함을 스스로 즐기고 싶어 하거나 혹은 상대방을 통해 자신의 강함을 증명해 보이기 위해서다.

어머니와의 불화가 매우 심각하다면 그 남성은 사랑과 결혼에 대해 제대로 준비되기가 힘들며, 이성에 대한 육체적 매력조차 느끼지 못할지도 모른다. 그 정도가 지나칠 때에는 이성을 완전히 배제해 버리는 성도착자가 되어 버릴 수도 있다.

반대로 부모의 결혼이 조화롭다면 자녀들은 항상 좋은 훈련을 받게 된다. 아이가 생각하는 결혼의 초기 인상은 부모의 생활로부터 받아들여진다. 놀랍게도 실패자의 대다수는 붕괴된 결혼이나 불행한 가정생활을 경험한 아이들 사이에서 흔하게 나타난다.

부모들 자신이 협동할 수 없다면 자녀들에게 협동이라는 것을 가르칠 수 없다. 어떤 사람이 결혼에 적합한지를 알아보는 가장 좋은 방법은 그 사람이 올바른 가정 안에서 살아왔는지 알아보는 일이다. 그 사람의 부모와 형제자매에 대한 태도를 관찰하는 것이다.

중요한 점은 그가 사랑과 결혼을 위한 훈련을 받았는지 여부다. 우리들은 이 점에 있어서 주의 깊게 생각해야만 한다. 우리가 어떤 사람을 평가할 때는 그 사람이 어떤 환경에 놓여있느냐가 아니라, 그 사람이 자신의 환경에 어떤 가치를 부여하고 있는가에 중요도를 두어야 한다.

그가 부모와 가정생활에 대해 불행한 경험을 했더라도, 자신의 환경에 대해 객관적으로 인식하고 평가를 내릴 수 있다면 유익한 방향으로 이끌어 갈 수 있다. 그 사람이 자신의 가정생활을 보다 좋은 방면으로 이끌어 가기 위한 자극이 되는 것이다. 이는 그가 결혼에 있어 잘 준비된 사람이 되기 위하여 스스로 노력해 왔음을 뜻한다. 우리는 어떤 사람이 과거에 불행한 가정생활을 경험했다는 사실만으로 결코 그 사람을 저울질하거나 배제해서는 안 된다.

어린 시절의 환경과 별개로 항상 자신에 대한 관심만 추구하는 사람은 자신의 장래 인생에 대해 최악의 준비를 하는 것과 같다. 어떤 사람이 이러한 식으로만 계속 훈련된다면 인생을 어떠한 쾌락이나 자극을 획득하는 것으로만 생각하게 된다. 그는 자신의 자유와 쾌락만을 요구하고, 어떻게 하면 상대방의 삶을 즐겁고 풍요롭게 만들 것인가에 대한 생각은 결코 하지 않는다. 이는 지극히 불행한 일이다.

나는 이러한 사람들을, 말에 목걸이를 걸어 주려 하면서 엉덩이부터 들이밀려고 하는 남자에 비유하고 싶다. 그것은 죄악은 아니지만 그릇된 방법이다. 우리는 사랑에 대한 태도를 준비하는 데 있어서 항상 책임을 줄이려 하거나 회피해서는 안 된다. 망설임이나 의심이 있는 사람은 확고한 인생을 설계할 수 없다.

협동은 영원을 향한 결단을 요구한다. 그처럼 확고하고 변함없는 결단이 행해지는 결합만이 참사랑이요, 참된 결혼이라고 할 수 있다. 이러한 결단 속에는 서로 협동하면서 자녀를 낳고 그들을 교육하면서 될 수 있는 한 참된 인간으로 인류에 도움이 되는, 책임 있는 구성원으로 키워 나가겠다고 하는 결단도 포함된다.

바람직한 결혼은 인류의 미래 세대를 양육하기 위한 최선의 수단이라고 할 수 있다. 그리고 실제로 결혼이란 항상 이런 사실을 고려하지 않으면 안 된다. 결혼은 실로 어려운 문제다. 그것은 독자적인 법칙과 법률을 갖고 있다. 만일 우리들이 이 법칙들 가운데 일부만을 선택하고 나머지는 회피한다면 협동이라고 하는 이 지구상에서의 영원불멸의 법칙을 어기는 결과를 초래하는 것이다. 만일 우리가 결혼을 하나의 시험 기간으로 간주하거나 5년이나 10년이라는 일정 기간을 정해서 그동안만 책임을 지려 한다면 친밀한 사랑의 헌신 같은 일은 도저히 불가능하다. 도피처를 생각하고 있는 사람이 결혼의 과제를 위해 전력을 기울일 수는 없다.

결혼은 의존하는
도피처가 아니다

　인생에 있어서 대단히 중요하고 진지한 과제는 결코 '도피'를 마련해 놓고 있지 않다. 우리들은 그처럼 한정해 놓은 사랑 따위는 결코 논할 가치가 없다. 결혼이란 서로에게 아무런 부담을 주지 않는 홀가분한 그 무엇이라고 생각하는 사람들은, 설령 그들이 매우 착하며 호감이 가는 인물이라 하더라도 매우 그릇된 길을 걷고 있는 것이다. 그들이 주장하는 홀가분함은 결혼을 앞둔 커플의 순수한 노력을 깨뜨려 버린다.

　그들은 한 쌍의 남녀가 도피할 길을 마련해 주고, 그들에게 부과된 과제를 쉽사리 소홀하게 여기도록 만든다. 우리의 사회생활 속에는 수많은 어려움이 있고, 그 어려움이 많은 사람들로 하여금 사랑과 결혼의 문제를 올바른 방식으로 해결하는 일을 방해하고 있다는 사실을 나는 잘 알고 있다.

　하지만 나는 사랑과 결혼을 희생시키고 싶지는 않다. 나는 오히려 사회생활의 어려운 문제들을 희생시키고 싶다. 서로 사랑하는 반려자는 서로에게 반드시 필요한 것이 무엇인지 잘 안다. 그것은 소극적이거나 이기적이 아닌, 서로에 대한 성실하고도 진실로 가득한 신뢰감이다.

일상생활 전반에 걸쳐 매우 불성실하다면 결혼에 대해서도 마찬가지로 준비가 제대로 갖추어져 있는 사람이라고 볼 수 없다. 만일 남녀 모두가 각자의 자유를 누리는 데 동의한다면 참다운 동지 관계를 계속 유지하기란 불가능하다. 진정한 의미에 있어서 그러한 관계는 참된 부부 관계라 할 수 없다. 동지와 같은 부부 관계란 모든 방향에 걸쳐서 자유로운 것이 아니라, 항상 서로 협동해야만 하는 책무를 짊어지는 것이다.

그와 같은 이기적인 동의가 서로에게 얼마만큼 해를 미치게 되는지 한 가지 사례를 들어 보겠다. 재혼 부부가 있었다. 그들은 각자 한 번씩 이혼한 경력을 갖고 있었으며 두 사람 모두 교양과 지성을 겸비한 사람들이었다. 그들은 재혼이라는 새로운 모험이 이전에 경험했던 결혼보다 훨씬 나은 일이 되기를 간절히 원하고 있었다.

그러나 그들은 자신들의 첫 번째 결혼이 왜 실패로 끝났는지 깨닫지 못하고 있었다. 그들은 스스로에게 사회적 관심이 결여되어 있다는 사실을 인식하지 못한 채 그저 올바른 방법만을 찾아 헤매고 있었다.

그들은 자신들이 자유사상의 선구자임을 공언하며 서로가 서로에게 싫증을 내는 위험을 겪는 일 따위는 절대로 일어나지 못하도록, 전혀 부담을 주지 않는 홀가분한 결혼을 하기로 했다. 그래서 서로에게 모든 의미에 있어서의 완전한 자유를 선언했다.

결국 그들은 각자가 하고 싶은 것은 무엇이든지 하되 서로가 신뢰하고 있다는 전제 아래에서 무엇이든지 이야기하기로 결정했다. 이 점에 있어서는 남편 쪽이 훨씬 커다란 용기를 갖고 있었던 듯하다.

남편은 집에 돌아오면 언제나 아내에게 그가 즐긴 화려한 이야기들을 들려주었는데, 아내 역시도 그 이야기를 들으면서 크게 기뻐하고 남편의 성공 사례들을 대단히 자랑스럽게 생각했다.

한편 아내도 나름대로 바람을 피우거나 다른 연애 관계를 시작해 보려고 했다. 그런데 시작도 하기 전에 광장공포증이 나타났다. 이윽고 그녀는 혼자서는 외출도 할 수 없었고 신경증으로 인해 방 안에만 틀어박혀 꼼짝도 못하게 되었다. 그녀는 현관에서 한 발자국만 밖으로 내딛으려 해도 너무나 무서워서 다시 되돌아올 수밖에 없는 지경에 이르렀다.

이 광장공포증은 그녀의 결의에 대한 일종의 방위였다. 또한 여기에는 그 이상의 뜻이 내포되어 있었다. 그녀가 바깥에 나갈 수 없었기 때문에 드디어 그녀의 남편이 그녀 곁에 있어 주어야만 했다.

그들의 결혼 논리가 어떠한 식으로 그 결의를 깨뜨려 버렸는지 이제는 이해할 수 있을 것이다. 남편은 아내와 함께 집에 있지 않으면 안 되었기 때문에 더 이상 자유방임을 부르짖을 수가 없게 되었다. 아내 쪽에서도 혼자서 밖에 나가는 것을 두려워했기 때문에 스스로의 자유를 마음껏 누리지 못했다. 만일 이 부인이 치유되었다면 그녀는 분명히 결혼에 관한 보다 나은 이해에 도달하고, 남편도 역시 결혼을 협동적인 과제로서 재인식하게 되었을 것이다.

결혼에 있어서 또 하나의 문제는 그 출발점에 있다. 가정에서 지나치게 귀여움을 받고 자라난 사람은 결혼을 한 뒤에 흔히 자신이 상대방에게 무시를 당하고 있다는 느낌을 갖는다. 왜냐하면 그는 사회생활에 적응하는 훈련을 받지 못했기 때문이다.

그런 사람들은 결혼 후에 대단한 폭군이 되기 쉽다. 그는 자신이 희생물이 되었다고 생각하며, 감옥에 갇혔다고 느끼게 되어 저항하기 시작한다. 가정에서 도에 넘치게 귀여움을 받고 자라난 두 남녀가 결합한 모습을 관찰하는 일은 무척 흥미롭다. 부부는 서로 자기에게 관심과 주의를 기울여 줄 것을 원하고, 양쪽 모두 서로에게 쉽게 만족하지 못한다.

그러고 나면 도피를 추구하게 된다. 어느 한편이 더욱 많은 주의를 끌기 위하여 다른 사람과 사귀는 것이다. 사람들 가운데는 한 사람과의 연애도 제대로 못하면서 동시에 두 사람을 좋아하지 않고는 못 배기는 이들이 있다. 그들은 그렇게 함으로써 스스로 자유롭다고 느낀다. 그들은 이 사람에게서 저 사람에게로 도피하며 사랑에 대한 책임을 충분히 지려하지 않는다. 두 사람을 사랑하려고 하는 것은 그 어느 쪽도 사랑하지 않는다는 증거다.

때로는 낭만적이고 이상적인 혹은 이루어질 수 없는 사랑을 어설프게 만들어 내려는 사람들도 있다. 그들은 그와 같은 식으로 해서 현실 속의 어떤 상대와도 사랑할 필요가 없다는 자기 나름대로의 감정에 깊이 빠지게 된다. 너무 높은 사랑의 이상 또한 모든 가능성을 배제하기 위해서 사용되어진다. 거기에 도달할 수 있는 사람은 이 세상에 아무도 없기 때문이다.

수많은 사람들이 그들의 성장 과정 속에서의 과오 때문에 자신의 성적 역할을 혐오스럽게 받아들이도록 스스로를 훈련시키고 있다. 그들은 자신의 자연적인 기능을 방해하여 육체적인 면에서 선천적으로 특별한 장애가 없음에도 불구하고 합당한 결혼 생활을 유지할 수 없게 만들어 버린다. 이는 내가 '남성적 저항'이라고 부르는 증상으로써, 현재 우리들의 문화 속에서 남성이 과대평가됨으로 인해 더욱 크게 촉진되는 현상이다. 아이들이 자신들의 성적 역할에 대해 혐오감을 느끼도록 강요된다면 크게 불안감을 느낄 것은 두말할 나위가 없다.

성에 있어서 남성의 역할이 지배적인 위치에 있다는 걸 인식하도록 요구되는 한, 소년이든 소녀든 그들이 모두 남성적인 역할을 우상시하게 될 것임은 너무나 당연한 이치다. 동시에 소년들은 자신이 과연 성적 역할을 훌륭히 감당해 낼 수 있을지의 여부를 의심할 것이며, 남성적이라는 것의 중요성을 지나치게 강조한 나머지 자신이 시험대에 오르는 일을 회피하려고 들 것이다. 이 성적 역할에 대한 불만족은 우리 문화 속에서 너무나 자주 볼 수 있다. 우리는 그것을 여성의 불감증 및 남성의 성적 불능의 모든 예에서 찾아보게 된다. 이 사례들을 보면 한결같이 사랑과 결혼에 대한 저항이 보인다.

그것은 정당한 저항이다. 여성과 남성이 평등하다는 감정을 진심으로 갖고 있지 않는 한 이 실패는 도저히 회복 불가능하다. 인류의 반 이상이 스스로에게 주어진 입장에 만족할 수 없는 이유를 갖고 있는 한, 결혼의 성공을 가로막는 너무나도 커다란 장애는 계속될 것이다. 이에 대한 치료법은 오직 평등을 위한 훈련뿐이다. 우리는 자녀들에게 장래의 역할에 대해 애매한 상태로 있는 것을 절대로 허락해서는 안 된다.

육체적 기능은
항상 진실만을 말한다

만일 혼전 성 경험이 없다면 사랑과 결혼에 있어서 바람직한 헌신은 가장 확실하게 이루어진다. 나는 경험을 통해서 대개의 남자들은 그들의 연인이 결혼 전에 자신에게 몸을 맡기는 것을 내심으로는 원치 않고 있다는 점을 깨달았다. 남자들은 종종 그 일을 정숙치 못한 표시로 간주하고 그 행동에 의해 충격을 받기도 한다. 더욱이 오늘날 우리의 문화적 상황에서는 혼전 관계가 여성에게 훨씬 더 무거운 짐이 된다.

만일 결혼이라는 계약이 용기에서 우러나온 게 아니라 두려움이 밑바닥에 깔린 것이라면 그야말로 크나큰 잘못이다. 우리는 용기가 협동의 한 측면이라는 점을 이해하고 있다. 따라서 사람들이 두려움을 갖고 자신의 반려자를 선택한다면, 참다운 협동을 원하고 있는 게 아니라는 사실을 확연히 나타내 주는 것이다. 이러한 경우는 알코올 중독자에게서 또는 사회적 지위나 교육면에서 자기보다 훨씬 낮은 사람을 선택하려는 사람에게서 볼 수 있다. 그들은 사랑과 결혼에 대해 너무나 두려운 나머지 상대가 자신을 우러러봐 줄 상황을 형성하고 싶어 한다.

사회적 관심을 훈련할 수 있는 또 하나의 방법은 우정이다. 우정 속에서 상대방의 눈으로 보고 상대방의 귀로 듣고 상대방의 마음으로 느끼는 법을 배운다. 우정의 훈련은 결혼을 위한 훌륭한 준비가 된다.

만일 아이가 욕구불만에 가득 차 있고 항상 감시당하고 과보호를 받으며 고립된 상태 속에서 자라나 한 사람의 친구도 갖지 못했다면, 그 아이는 자신과 타인을 일치시켜 한마음으로 만들어 나가는 능력을 발달시킬 수 없다. 그 아이는 항상 자기만의 세계에서 자신이 가장 중요한 존재라고 생각하며 항상 자기 자신의 복리를 확보하는 데에만 온 힘을 쏟게 된다.

두 아이가 함께 일하고 함께 배우면서 공부하는 상황을 만들어 주는 것은 대단히 유익한 일이다. 또 나는 춤추는 것을 절대 나쁘게 평가해서는 안 된다고 생각한다. 춤은 두 사람이 공동의 관계를 형성하지 않으면 안 되는 활동이다. 그런 의미에서 나는 아이들에게 춤을 추도록 훈련시키는 것을 무척 바람직하게 생각하고 있다.

그러나 공통의 과제라기보다 오히려 일종의 쇼처럼 되어 가는 춤을 의미하는 것은 결코 아니다. 단순하고 쉬운 춤이 있다면, 그것은 아이들의 발달에 대단히 훌륭한 역할을 해 줄 것이다.

반대로 게임은 추천하지 않는다. 만일 그 게임이 협동 정신을 훈련하는 것이라면 도움이 될 수도 있겠지만, 아이들이 게임을 할 때는 경쟁심으로 상대방을 이겨 누르려 하는 욕망이 자주 엿보인다.

결혼에 대한 준비가 갖추어져 있는지를 판단하는 또 하나의 지표는 직업이다. 이 문제는 오늘날 사랑과 결혼의 문제보다 더 우선시되고 있다. 부부 가운데 어느 한 사람 혹은 두 사람이 직업을 갖고 그것으로 생활비를 벌어 가족을 부양해야 한다는 사실은 결혼 생활에 있어서 지극히 당연한 일이다. 결혼을 위한 준비에는 직업을 위한 준비도 당연히 포함되어야만 한다.

이성에 대해 접근할 때에는 항상 어느 정도의 용기와 협동 능력이 나타난다. 사람들은 모두 구애를 하는 데 있어서 그들 특유의 접근 방식, 즉 자기의 독자적인 방식이나 기질을 갖고 있다. 구애를 하는 데 있어서 어떤 사람은 무척 여유 있으면서도 신중하다. 또 어떤 사람은 경솔하고 성급하다. 어쨌든 이 표현들은 항상 그 사람의 목표나 인생 방식과 일치하며 그 한 가지 표현임에 분명하다.

이 구애의 기질을 통하여 과연 이 사람이 인류의 미래에 도움을 줄 수 있는지 어떤지, 자신감이 있고 협동적인지, 혹은 오로지 자기 자신만 생각하는지, 무대공포증으로 괴로워하며 '나는 지금 어떤 쇼를 하고 있지? 다른 사람은 나를 어떻게 생각할까?'와 같은 회의감으로 자신을 괴롭히고 있는지 여부를 간파할 수 있다.

단지 그 사람의 연애 방식만 가지고는 결혼에 대한 그의 적성을 완전하게 판단할 수 없다. 왜냐하면 연애를 할 당시에는 직업적인 목표를 바로 눈앞에 두고 있기 때문에, 다른 문제에 대해서는 우유부단해질 수도 있기 때문이다. 그럼에도 우리는 그 사람의 태도로부터 인격의 확실한 지표를 간파할 수 있다.

우리의 문화는 일반적으로 남자가 먼저 사랑을 고백하고 최초의 접근을 시도하는 것이 정석처럼 되어 있다. 이러한 문화적 요구가 존재하는 한 소년들로 하여금 망설이거나 도피함이 없이 남자답게 주도권을 장악하는 태도를 취하도록 훈련시키는 일이 필요하다. 이때는 그들이 스스로를 사회생활 전체의 일부로 느끼며, 유익한 점이든 불리한 점이든 모두 자기 것으로 받아들일 수 있어야만 비로소 훈련이 이루어진다.

물론 여자들이 먼저 구애할 수도 있으며 주도권을 잡을 수도 있다. 그러나 아직까지 우리 사회는 여자들이 좀 더 신중하고 조심스러운 것을 미덕으로 생각하고 있다. 그래서 여성들의 구애는 그녀들의 갑작스런 치장이라든가 말의 뉘앙스나 눈빛을 통해서 표현된다.

말하자면, 남자의 접근은 보다 단순하고 적극적이며 여자들의 경우는 좀 더 복잡하고 소극적이다. 이와 같이 상대방을 향한 성적 관심은 필요한 것이지만 항상 인간의 복리를 추구하는 욕구의 선을 따라 이루어져야 한다. 두 사람이 정말 서로에게 관심을 갖고 있다면 성적 매력이 사라져 버리는 문제는 결코 발생하지 않는다.

이 관심이 끝나 버린다고 하는 상황은 언제나 관심의 결여를 내포하고 있다. 그 사람이 이미 상대방에 대하여 평등하고 아름다운 협동 정신을 갖고 있지 않으며, 상대방의 삶을 풍요롭게 만들고자 하는 의욕이 사라져 버린 상태임을 말하고 있는 것이다.

때때로 사람들은 관심은 지속되고 있지만 매력이 소멸되어 버렸다고 생각하기도 하는데 이는 결코 진실에서 우러나오는 말이 아니다. 정신은 거짓을 말할 수 있지만 육체적인 기능은 항상 진실만을 말해 준다. 육체적 기능이 충분하지 못하다면 이들 두 사람 사이에 진실한 동의란 없는 것이다. 두 사람 모두 서로에 대한 관심을 잃어버렸거나 아니면 적어도 어느 한편이 이미 사랑과 결혼의 과제를 해결하고자 하는 의욕을 상실하고 도피를 추구하고 있다는 뜻이다.

인간의 성충동은 다른 동물과는 다르다. 인간의 성충동은 지속적이다. 이는 인류의 복리와 존속을 보증해 주는 하나의 방법이다. 다른 피조물들은 이와 같이 종족 보존 본능의 생존권을 확실한 것으로 만들기 위해 인간과는 다른 수단을 강구했다. 예컨대 동물의 암컷 가운데 완전히 성숙되지 않은 수많은 알을 낳는 종들이 있다. 그중의 대부분은 없어지거나 부서져버리지만 워낙 숫자가 많기 때문에 어느 정도는 살아남는다는 것을 보증해 준다.

인간의 경우에도 살아남을 수 있는 한 가지 방법이 있다. 바로 자녀를 갖는 일이다. 그러므로 사랑과 결혼의 문제에 있어서 인류의 복리에 대한 자연 발생적인 관심을 갖는 사람이라면 누구나 자식을 낳고 기르는 일에 헌신적일 것이다.

반면에 의식적이든 무의식적이든 이웃 사람들에게 관심을 갖지 않는 사람들은 생식이라는 무거운 짐을 거부한다. 만일 다른 사람에게 늘 무언가를 기대하고 요구하며 남을 위해 베풀 마음이 없다면 아마도 아이를 좋아할 수 없을 것이다. 그들은 오로지 자기 자신에게만 관심을 기울이며 아이들을 귀찮고 성가시고 시끄러운 존재, 자기를 방해하는 존재라고 생각할 것이다. 때문에 우리는 사랑과 결혼의 문제를 충분히 해결하기 위해서는 자녀를 낳는 결의가 필요한 것이라고 말한다.

진정한 가능성이
시작되는 순간

인류의 다음 세대를 키워 나가기 위한 가장 좋은 방법은 바로 결혼이다. 그리고 결혼하는 사람은 항상 이 점을 염두에 두고 있어야만 한다. 친밀한 헌신, 상대방에 대한 진실한 관심을 요구하는 관계를 시작하려고 하는 사람은 누구나 이 관계의 근본적 기초를 흔들거나 그곳으로부터 도망가려고 하지 않는다.

물론 이 관계가 붕괴될 가능성도 있음을 우리들은 잘 알고 있다. 불행하게도 우리는 그 가능성을 항상 피할 수 있다고는 보장하지 못한다. 그러나 만일 우리가 사랑과 결혼을 우리들이 직면하고 해결해야 할 사회적 과제로 보고 있다면 문제는 쉽게 해결될 수도 있다. 그때는 이 문제를 해결하기 위해 모든 수단을 다 동원할 것이다.

붕괴가 일어나는 원인은 일반적으로 쌍방이 온 힘을 집중하지 않는 데 있다. 결국 그들은 결혼을 통해 값진 것을 창출해 내려 하지 않고, 단지

Chapter 10 >> 사랑은 모든 것을 가능하게 한다

무언가를 획득하려는 기대만 하고 있기 때문이다.

사랑과 결혼을 천국과 같이 생각하는 것은 잘못이다. 또한 결혼을 만사의 끝이라 간주하는 것도 잘못이다. 두 사람의 관계에 있어서 진정한 가능성이 시작되는 순간이 바로 결혼이며, 결혼은 그들이 인생의 과제에 직면하고 사회를 위하여 무언가를 공헌할 수 있는 절호의 기회다.

그런데 실상 이와는 다른 견해, 즉 결혼을 하나의 종말이나 궁극적인 목표로 보는 견해가 아직도 우리 문화 속에서 많이 나타난다. 수많은 소설의 내용도 남녀가 막 결혼을 하려는 시점에서 끝나는 경우가 많다. 그런 소설의 전반적인 상황은 마치 결혼 자체가 만사를 만족스러운 상태로 해결해 주는 것처럼, 마침내 그들이 과제의 맨 마지막 부분에 서 있는 것처럼 취급된다. 사실 결혼은 그들이 이제 겨우 공동생활의 출발점에 서 있는 데에 지나지 않는다. 여기서 우리가 한 가지 인식해야 할 점은 사랑 그 자체가 만사를 해결해 주지는 않는다는 사실이다.

사랑에는 여러 종류가 있다. 결혼과 함께 제기되는 여러 문제를 해결하기 위해서는 직업과 관심, 협동이 반드시 요구된다. 이 관계 속에 어떤 기적적인 요소가 있다고 생각한다면 잘못이다.

한 사람의 결혼에 대한 태도는 인생 방식의 여러 표현 가운데 하나다. 우리가 그 태도를 이해할 수 있으려면 먼저 그 사람의 인생 방식을 이해해야 한다. 인생 방식은 그의 모든 노력이나 목표와 일치한다. 때문에 우리들은 왜 그토록 많은 사람들이 항상 해방이나 도피를 추구하고 있는가를 이해할 수 있다. 나는 정확히 어느 정도의 사람들이 이러한 태도를 취하고 있는가를 말할 수 있다. 나는 끊임없이 지나치게 귀여움을 받고 자라난 사람이라면 누구나 다 그렇다고 단언한다.

이러한 사람들은 사회생활 전반에 걸쳐 위험한 유형의 인물들이다. 성인이 되어서도 변함없이 응석받이 아이들인 것이다. 그들의 인생 방식은 태어나서 4~5년 사이에 이미 굳어져 버렸기 때문에, 항상 '나는 내가 원하는 것은 무엇이든지 손에 넣을 수 있다'라는 통각 체계를 갖고 있다.

그들은 자신들이 원하는 모든 것을 손에 넣을 수 없다면 인생에는 아무 의미도 없다고 생각한다. 그들은 염세적으로 되어 가며 '죽음을 향한 동경'을 갖기도 한다. 그들은 스스로를 병들게 하고 신경질적이 되며, 자신의 잘못된 인생 방식으로부터 자기만의 '철학'을 만들어 낸다. 그러면서 자신의 그릇된 사고를 독창적이며 대단히 소중한 것이라고 느낀다. 그리고 자신의 충동이나 감정을 억압해야만 할 때에는 마치 세상이 자신에게 원한을 품고 있는 것처럼 느낀다. 그들은 그런 식으로 훈련되어 온 것이다.

그들 중 일부는 아직도 자기가 계속 끈질기게 울어 대고 항의하고 협동을 거부하면 원하는 바를 달성할 수 있으리라 기대하기도 한다. 그 결과 그들은 다른 사람들에게 공헌하기를 원치 않고 언제나 모든 일을 편하게 하고 싶어 하며 자기가 원하는 모든 일로부터 거부당하지 않기를 간절히 원한다. 그 때문에 결혼을 한번 시험 삼아 해 보거나 그랬다가 원상태로 되돌리고 싶어 하며, 동거 내지는 부담 없는 결혼 따위를 희망한다. 그들은 결혼 생활의 첫날부터 자유와 권리를 요구한다. 인생 전반에 대한 관심이 아닌 오로지 자기 자신의 사적인 관심에만 매달려 있기 때문이다.

Chapter 10 >> 사랑은 모든 것을 가능하게 한다

만일 어느 한 사람이 다른 사람에게 진심으로 관심을 갖고 있다면 그 관심에 부합되는 모든 희생을 각오할 것임이 틀림없다. 결국 그는 자신을 진실하고 책임감 있는 성실한 사람, 신뢰할 만한 가치가 있는 사람으로 가꾸어 나갈 것이다. 나는 조화로운 결혼 생활을 가꾸어 나가는 데 성공하지 못하는 사람은 적어도 사랑과 결혼이라는 문제에 있어서 자기 자신의 인생 방식이 잘못된 것이었음을 깨달아야만 하리라고 믿는다.

　또 한 가지 중요한 점은 아이들의 복리에 관심을 갖는 일이다. 만일 어떤 결혼이 내가 지지해 왔던 바와 다른 견해에 입각해서 이루어진다면, 자녀의 양육 면에 있어서도 대단히 심각한 문제가 발생할 것이다.

　부부가 매일 말싸움을 벌이거나 그들의 결혼을 하찮은 것으로 생각한다면, 그래서 결혼 생활 중에 빚어지는 모든 문제를 부정적으로 받아들이고 결과적으로 헤어지게 된다면 그들의 자녀가 긍정적으로 자라나는 데 결코 도움이 되지 않으리라는 사실은 자명하다.

　아마 부부가 떨어져서 생활할 수밖에 없는 경우도 있을 수 있고, 부부가 헤어지는 편이 오히려 더 나은 경우도 있을 것이다. 그런데 누가 이러한 경우를 결정해야만 하는가? 과연 이 문제를 어려서부터 정확한 가르침을 받아 오지 못한 사람들, 결혼이 하나의 과제라고 하는 사실을 이해하지 못하는 사람들, 오로지 자기 자신에게만 관심과 흥미가 있는 사람들의 손에 맡길 수 있는가?

　그들은 '결혼으로부터 무엇을 얻을 수 있는가?'라는 식으로 결혼을 보아 왔듯이 이혼도 똑같은 방식으로 보게 마련이다. 분명 이러한 사람들에게 결정을 맡겨서는 안 된다. 결혼과 이혼을 몇 번이나 반복하면서 똑같은 잘못을 계속해 저지르는 사람들이 실제로 우리 주변에는 너무나 많이 있다.

그렇다면 과연 누가 결정해야 하는가? 우리는 이혼 문제를 자칫 정신과 의사가 결정하도록 맡겨야 한다고 생각하기 쉽지만 거기에는 어려움이 따른다. 미국은 어떤지 모르겠지만 유럽에 있는 대부분의 정신과 의사들은 개인의 행복이 가장 중요하다고 생각하는 경우를 나는 보아 왔다. 그래서 이혼 문제를 그들과 상담할 경우 의사들은 그 부부에게 이혼이 바로 문제 해결의 열쇠라고 말하기가 쉽다.

의사들이 그와 같은 해결을 제안해도 되는 경우는 단지 이 문제와 관련되어 있는 전체적인 사안을 보도록 올바르게 훈련받아 오지 않은 부부일 경우에만 제시할 수 있는 해결 방안이다.

결혼을 개인적 문제의 해결이라고 간주할 때에도 정신과 의사에게서 똑같은 과오가 범해진다. 유럽에서는 만일 어느 청소년이 신경증에 걸리게 되면 종종 정신과 의사들이 애인을 사귀어 성관계를 가져 보라고 권한다. 그들은 성인에게도 똑같은 충고를 한다. 이는 사랑과 결혼을 단순한 하나의 치료법으로 간주하는 처사며, 그 처방을 실행하는 사람들은 엄청나게 많은 것들을 잃어버리고 만다. 사랑과 결혼 문제의 올바른 해결은 개인의 인격에 있어서 최고의 성취에 속하는 사항이다. 인생에 있어서 이 문제 이상으로 행복과 진실과 밀접하게 결부된 사안은 없다.

우리는 그 부분을 절대로 사소하게 취급해서는 안 된다. 사랑과 결혼은 단순히 범죄행위나 알코올 중독이나 신경증을 위한 치료법으로 간주될 수 없는 것이다. 신경증 환자는 사랑과 결혼에 적합한 자가 되기 위해 반드시 먼저 올바른 치료를 받을 필요가 있다. 그 환자가 사랑과 결혼에 바르게 접근할 수 있게 되기 전에 그러한 관계 속으로 들어간다면 그는 반드시 새로운 위험과 불행을 맞이하게 될 것이다.

결혼은 실로 높은 이상이며, 그 과제의 해결은 대단히 많은 노력과 자발적 헌신을 요구한다. 준비도 안 된 상태에서 섣부르게 그와 같은 무거운 짐을 짊어져서는 안 된다.

한편 불합리한 목표를 갖고 결혼의 문에 들어서는 사람들도 있다. 어떤 사람들은 경제적인 안정을 위하여 결혼한다. 동정심 때문에 결혼하는 사람도 있는가 하면, 상대의 재산을 손에 넣기 위하여 결혼하는 사람도 있다. 그러나 결혼에는 그러한 장난기 어린 의도를 허락할 만한 여지가 없다.

심지어 어떤 사람은 자신의 수많은 어려움을 보다 증대시키기 위하여 결혼한 경우도 있었다. 그는 아마 시험이나 장래의 직업에 대해서 곤란을 느끼고 있었던 듯하다. 그는 자신이 쉽게 실패해 버릴 것이라고 느끼고 있었기 때문에 뭔가 구실을 만들고 싶어 했다. 그래서 뭔가 알리바이를 조작하기 위하여 결혼이라는 무거운 짐을 끌어들였던 것이다.

우리는 결혼이라는 문제를 가볍게 보거나 그 가치를 하락시켜서는 안 되며, 항상 이상적인 자리에 두어야 한다. 지금까지 많은 사람들이 해방이라고 주장해 온 것들에 대해서 실제로 불이익을 뒤집어쓴 쪽은 항상 여자들이었다. 우리의 문화 속에서 편안함을 즐겨 온 쪽은 분명 남자들이다. 이는 우리들 공동의 접근 방식에 있어서의 오류다.

그것은 개인적인 항변에 의해서는 극복될 수 없다. 특히 결혼 자체에 있어서 개인적인 항변은 사회적 관계나 배우자의 관심을 방해만 할 뿐이다. 그 문제는 전체적인 우리 문화의 방향을 인식하고 변화시킴으로써만 극복될 수 있다.

나의 제자 중 한 사람인 데이지 교수는 어느 앙케트 조사를 통해 소녀들 중 42퍼센트가 다시 태어나면 남자로 살기를 희망한다는 사실을 발견했다. 이는 소녀들이 자신들의 성에 대해 실망하고 있음을 의미한다. 이렇게 인류의 반수가 자신의 성에 대해 실망하고 낙담하며 자신의 입장을 비관적으로 생각하고 남성에게 큰 자유가 주어지는 현실에 항의하고 있다면 과연 사랑과 결혼의 문제를 어떻게 해결할 수 있겠는가.

여자들이 항상 자기들이 경시될 것이라 예측하고, 자신이 남자의 성적 대상물밖에 안 된다고 믿고, 남자들이 일부다처주의를 부르짖거나 남자의 바람기를 당연한 것으로 믿는다면 그러한 상태에서 어떻게 사랑과 결혼 문제가 바람직하게 해결될 수 있겠는가.

지금까지 우리가 논술해 왔던 모든 것으로부터 우리는 하나의 단순하고도 유익한 결론을 내릴 수 있다. 인간은 반드시 일부일처주의라고 할 수도 없고 일부다처주의라고도 할 수 없다. 다만 우리는 서로가 평등한 다른 인간과의 교제 속에서 두 개의 성으로 나뉘어 생활하고 있다는 사실을 인식해야 한다. 그리고 환경이 우리에게 부과하는 인생의 세 가지 문제를 충실한 방법으로 해결해 나가지 않으면 안 된다. 이 세 가지 문제는 다음과 같은 결론에 이르게 한다.

사랑과 결혼에 관한 문제에 있어서 개인에게 가장 바람직한 최상의 귀결은 바로 일부일처제에 의해서 가장 확실히 이루어질 수 있으리라는 점

이다. 우리는 결혼에 대한 위대한 결론을 충분히 이해하고 실행해 나가
야만 한다.

옮긴이 유진상

서울에서 태어나 대일외국어고등학교, 경희대학교를 졸업했다. 이후 일본으로 건너가 도쿄 메로스어학원을 수료하고 일본외국어전문대학에서 한·일 동시통역을 전공했다. 다시 미국으로 건너가 어학연수를 마치고 캘리포니아주립대학교에서 언어학을 전공한 다음 대학원에서는 철학과 심리학에 심취했다. 또한 잡지에 미국 문화를 소개하는 글을 쓰기도 했다. 귀국하여 전문 번역과 출판 기획자로 나서게 되었으며, 지금은 글쓰기에도 열정을 다하고 있다. 편저로 『심리학의 더 즐거움: 인간관계의 최종 병기』가 있으며, 번역서로는 『조직의 바이블: 조직을 관리하는 2대 원칙』 『부자 엄마 강의록』 『100년의 교제술』 『내 아들아 세상은 넓고 할 일은 많다』 『생각의 논쟁』 『손에 잡히는 심리학』 『철학의 즐거움』 등이 있다.

삶이 흔들릴 때
아들러 심리학

초판 인쇄	2024년 7월 25일
초판 발행	2024년 7월 30일

지은이	알프레드 아들러
옮긴이	유진상
펴낸이	김상철
발행처	스타북스
등록번호	제300-2006-00104호
주소	서울시 종로구 종로 19 르메이에르종로타운 B동 920호
전화	02) 735-1312
팩스	02) 735-5501
이메일	starbooks22@naver.com

ISBN	979-11-5795-746-0 03180

© 2024 Starbooks Inc.
Printed in Seoul, Korea